稲井田そう

illust. 藤実なんな

TOブックス

目次

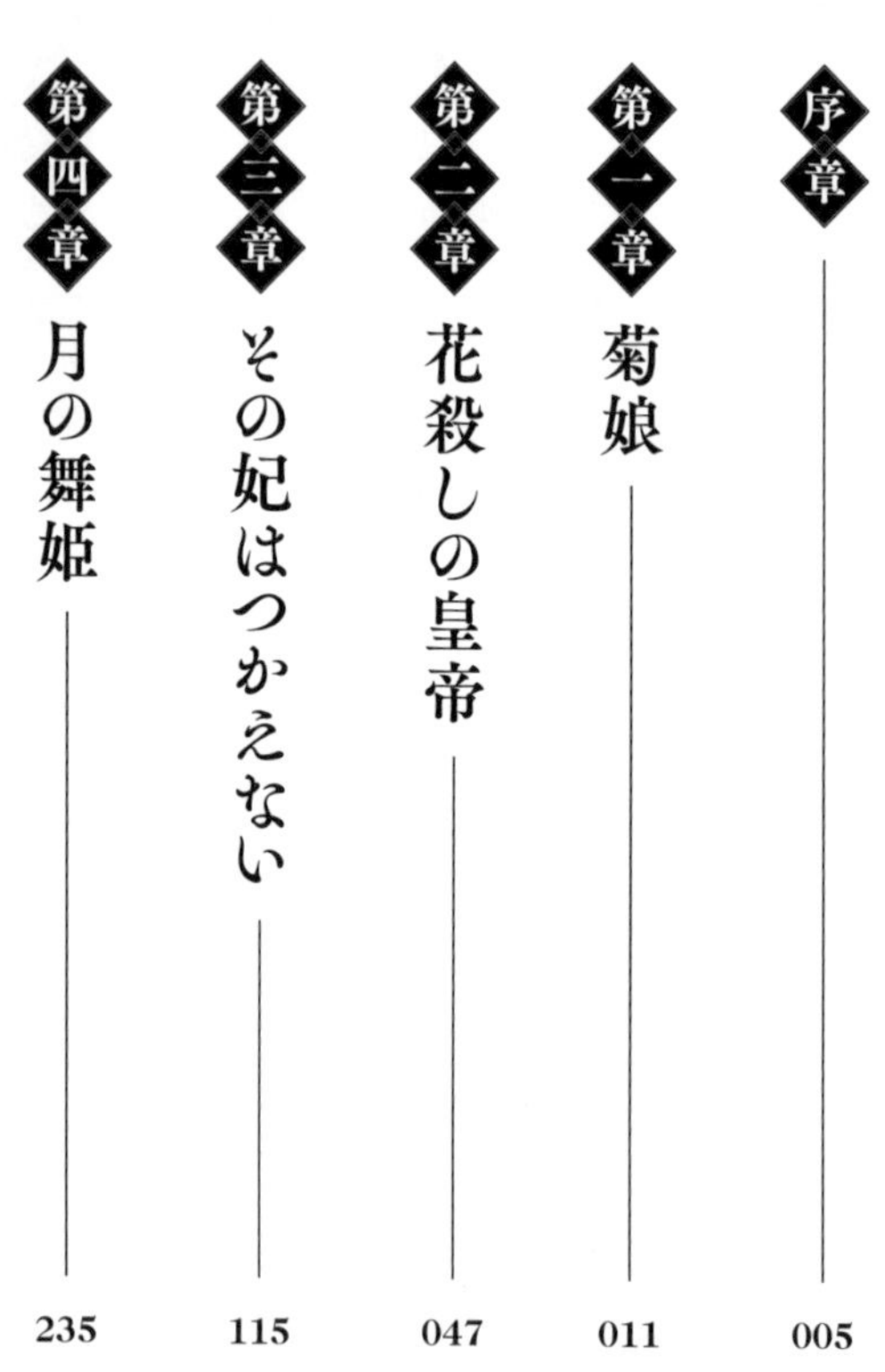

イラスト ―― 藤実なんな
デザイン ―― AFTERGLOW

人物紹介

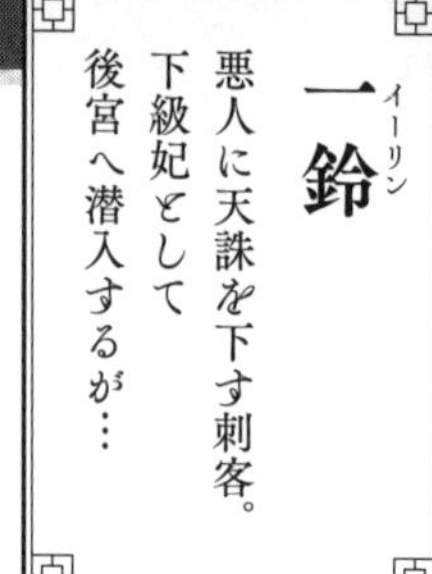

一鈴（イーリン）
悪人に天誅を下す刺客。
下級妃として
後宮へ潜入するが…

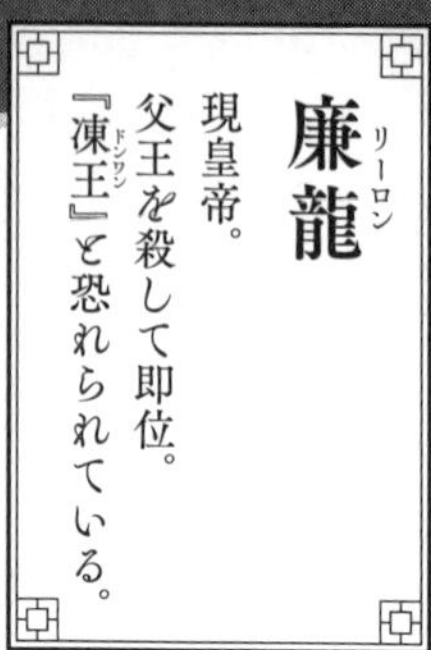

廉龍（リーロン）
現皇帝。
父王を殺して即位。
『凍王（ドンワン）』と恐れられている。

四花妃（しかひ）

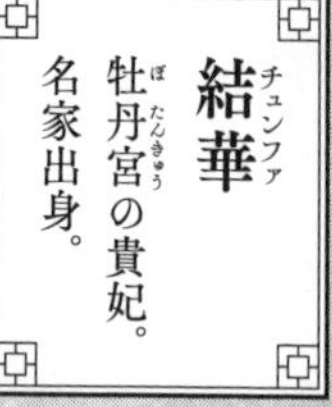

結華（チュンファ）
牡丹宮（ぼたんきゅう）の貴妃。
名家出身。

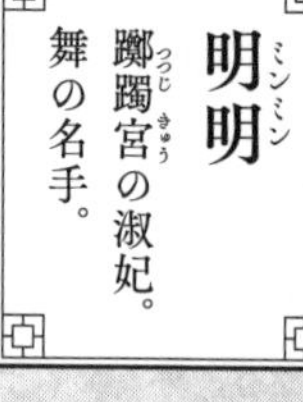

明明（ミンミン）
躑躅宮（つつじきゅう）の淑妃。
舞の名手。

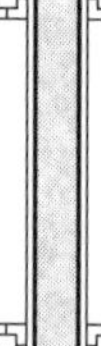

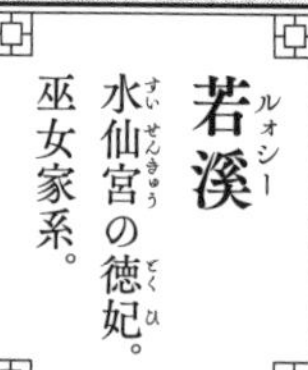

若溪（ルオシー）
水仙宮（すいせんきゅう）の徳妃（とくひ）。
巫女家系。

雨涵（ユーハン）
蘭宮（らんきゅう）の賢妃（けんひ）。
没落令嬢。

小白（シャオバイ）
一鈴の相棒。
糖獣（とうじゅう）のオス。

天天（テンテン）
廉龍が飼う虎。

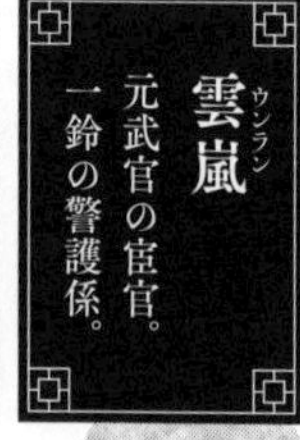

雲嵐（ウンラン）
元武官の宦官。
一鈴の警護係。

万宗（ワンゾン）
廉龍の秘書官。

领导（頭領）
遊侠（ゆうきょう）の頭。

序章

助けなければいけない。

一目（ひとめ）見た瞬間から思った。

今にも死にそうなあの存在を救えるのは、この冷たくどこまでも残酷な世界（螺淵）で、自分しか居ない。

強い確信を持って手を伸ばした。

「はぁ、はっ、はぁっ」

一鈴（イーリン）は白い息を漏らしながら、傷だらけの獣を抱え、町への道のりをただただ走っていく。

明日は螺淵（らえん）の第一皇子が十三歳を迎えることを祝して、国中を挙げての祭りが開かれる。普段、人がめったに通らない山道も、祭の道具や露店の品物を運ぶ者がせわしなく行き交っていた。

「医者は、医者はいませんか、この猫の手当てをしたいんです。お願いします……お願いします！」

一鈴（イーリン）は必死になって行商人たちや、遠方からはるばるやってきたらしい、身ぎれいな格好の人々に声をかける。しかし皆、一鈴（イーリン）の抱える獣を一瞥（いちべつ）すると、憐（あわ）れみはするが足を止めることはしない。

一鈴（イーリン）が傷だらけの獣を見つけたのは、今日の昼前。住んでいる小屋を出てすぐのことだった。

町から離れ、山奥で世捨て人のように暮らす一鈴（イーリン）は、仕事の為に必ず山を下りる必要がある。その途中、土で汚れ、身体のあちこちの毛を乾いた血で固め、道のはしに横たわる獣が居た。

三毛猫なのか、茶猫なのか、白猫なのかも分からない。野鳥の群れに襲われたのか、熊に弄ばれたのか、後ろ足は鋭い嘴（くちばし）か爪で傷つけられた痕があり、今もなお、血は止まらない。

出発は昼前、空はまだ青かった。

なのに今はもう夕方だ。空は緋色一色、青いところは欠片もない。猫の息はどんどん細くなって、冷えていくばかり。一鈴（イーリン）は穿いていた下衣を引きちぎり、猫をくるんでいたが、それでも猫の体温は確実に失われている。医者に診せなくてはならない。仕事中に他人と話をすることは、一鈴（イーリン）の主から禁じられていることのひとつだ。それでも見捨てることが出来なかったのは一鈴（イーリン）自身が、助けを求めても、助けてもらえなかったからだ。

親の顔を知ることもなく、白い石塀に囲まれた箱庭で一鈴（イーリン）は育った。

箱庭で学んだことは、人の殺し方、世界の醜さ、誰かに助けてもらうことの難しさ。

地獄から奇跡的に抜け出すことができ、現在十歳を迎えた一鈴（イーリン）だが、助けてと言っても、誰も助けてくれないという諦めが、傷痕と共に、身体に刻みつけられている。

自分は、助けられる存在になりたい。助けてもらいたさを、救われたさを、よく知っているから。

だから猫に手を差し伸べた。

けれど、猫は弱っていく。

一鈴（イーリン）は人の殺し方を知っている。誰でも、どうとでも出来る。

でも生かし方を知らない。手当ての仕方も分からない。

「あの、だれか……っ」

「うるせえな！　そんな汚え猫もって寄ってくるんじゃねえよ！」

医者を探すため、懸命に人々に声をかけるが、大荷物を持って歩いていた男の一人が、苛立った様子で一鈴を突き飛ばした。

「変な病気でもうつったらどうしてくれるんだ！　始末できねえなら飼うんじゃねえよ」

男は一鈴が抱える猫を、一鈴が飼っている猫だと誤解しているらしい。人と猫が共にいたなら、飼っていると思っても無理はない。

始末できないなら飼うな。

助けられないなら、手を伸ばすな。

言っていることは違う。しかし、同じような意味に感じた。

自分が関わらなければ、猫は手当ての仕方を知っている者に拾われて、こんなふうに弱ることもなかったんじゃないか。

一鈴は町に向かって走りながらも、不安に駆られた。猫の呼吸は、吸うことも吐くこともしない間隔が増えてきている。やがて、町に入る関所が見えた頃には、助けたい気持ちより、もうこの猫を助けられないという絶望で、一鈴の足取りはおぼつかないものになっていた。

このまま、この猫は死ぬんだ。

命を奪い続けてきたからこそ、確信する。

なら自分がこの猫にしてやれることはなんだろう。一鈴が考えている間にも、夕日は沈んでいく。

この猫を孤独にさせたくない。死ぬことは、恐ろしいことだから。

日が、徐々に山の暗闇へ身を沈める。

弔いすら知らぬ一鈴（イーリン）は、猫を抱えて足を止めた。

救う為に必死に働かせていた思考は、いつの間にか凪いだものに変わっていく。

猫の血が止まらない。

自分は誰も救えない。

一鈴（イーリン）は先程とは比べ物にならないほど確かな足取りで、関所への大路をそれていく。

――助けてあげられなくて、ごめんなさい。

繰り返し猫に謝る。

関所への道をそれ、山に戻ろうとした。しかし――、

「待て」

後ろから、腕を掴まれた。

振り返ると、一鈴（イーリン）と同い年くらいの子供が険しい表情で立っている。黒髪を肩の辺りでざっくりと切った少年だ。切れ長の瞳は女性的で、肌は白く全体的にほっそりとしている。怜悧な雰囲気を持ち貴族のようにも見えるが、着ているのは一鈴（イーリン）と変わらぬ安っぽい衣だ。

「だれ？」

不思議な雰囲気をまとった少年に、一鈴（イーリン）は戸惑う。

出会ってきた人々の顔を思い返すが、思い当たる人は居ない。

自分は早く、この猫と共にいかなければいけないのに。

少年から離れようとするが、彼は一鈴（イーリン）の腕を掴む力を強めた。

「その獣と、心中でもするつもりなんじゃないだろうな」

少年と目が合った。鋭い視線で射貫かれる。

「え……」

「やめろ。死ぬな。獣は俺が助けてやる。この螺淵（らえん）で、一番腕のいい医者に診せてやる」

少年は一鈴（イーリン）から猫を奪い取った。

「俺に任せろ。大丈夫だ。だから、そんな泣きそうな顔をするな」

してない。涙の流し方なんて、とうに忘れた。

「泣きそうな顔なんて……」

「いいや泣きそうだった。でも安心しろ、猫は治して、お前に返してやるから」

「……本当に、いいのですか」

一鈴（イーリン）は猫を医者に診てもらうことを願っていた。そのために走っていた。けれど、いざ差し伸べてくれた手を前にして、二の足を踏む。

「ああ。でも、医者の元へはお前を連れていけない。それでもいいか」

「この子が、救われるなら」

「わかった」

少年が安堵した様子で頷く。ややあって彼は一鈴（イーリン）を見た。

「お前、名前は？」

「わたしの……なまえ……」

一鈴は思わず口をつぐむ。自分の名前は、贖罪のために名乗っているものだ。戒めでもあり、罪の象徴。その名前を、少年の耳に入れてはいけない気がした。

黙っていれば、少年もしばらく沈黙したあと、小刀を差し出してきた。

「護身用に持っておけ」

「でも」

「いいから持っておけ。俺はこいつを医者に診せる。お前はちゃんと家に帰れ。早く行かないと、こいつが死ぬだろ」

少年は一鈴に小刀を押し付けると、急いで関所のほうへ走っていく。

雪起こしのように突然で鮮烈な出逢いに一鈴は呆然と立ち尽くした。

この世界に神様なんていない。

けれど、自分に背を向け去っていく背中は、なによりも清らかで、気高い。

「かみさま」

一鈴は呟く。

生き地獄の暗闇に、光がさした瞬間だった。

第一章　菊娘

千年前。数多の国を討ち取り、天下統一を果たした大国、螺淵。その皇后が、一人の男児を産んだ末に子が望めぬ身となった。

未来の皇帝たる者は、幼き子一人。

世辞にも丈夫とは言えなかった為、側近たちは皇帝に、今の皇后を手放し新たな妻を迎え入れるべきだと進言した。

このままでは、愛する子供が危険に晒される。

皇后さえ、どうか私のことは気にせず、新しい妻を迎えてほしいと皇帝に乞う。

愛する者が他の者と結ばれるよう望むことが、どれほど辛く苦しいことか。

皇后の覚悟を目の当たりにしながらも、あるいは覚悟を目の当たりにしたからか、皇帝は皇后を手放すことをしなかった。

子を守りきればいい。

今は幼いが、いずれは自分のように、国の上に立つ存在となるのだ。

そんな皇帝の想いとは裏腹に、皇后の父親が皇子を庇い殺された。

毎夜皇后は、父を殺された悲しみに涙を流す。子が殺される不安を訴え、子が孕めなくなった自らを責める。

——私が死ねば、貴方は別の女と契ってくれますか？

刃を構えた皇后を見て、皇帝はとうとう側室を設けることにした。

しかし、他の者と血を繋ぐことが最善とはいえ、自分の愛する女は一人しかいない。

皇帝の血を繋ぐ為だけにお前たちは存在するのだと言わんばかりに、側室とは住まいを別にし、警備ではなく隔離として門と石壁で区切り、国の未来を思案する核であり皇帝と皇后の寝所もある――天龍宮の後に住まわせた。

側室たちは、決して皇帝と皇后の前に立つことはない。かくして側室の宮殿が並ぶ一帯を、人々は後宮と呼んだ。

時代の移り変わりとともに、側室たちへの対応、後宮の在り方も大きく変わっていった。

色を好む皇帝が即位すれば、側室は伝統的な祭祀に参加出来るようになり、夜伽以外の過ごし方も増え、待遇がよくなった。

自然を好む皇帝が即位すれば、後宮の敷地に各地から取り寄せた花や木々が植えられ、水が引かれ、湖も出来た。

節制を重んじる皇帝が即位すれば、側室に序列が定められ、側室のなかで最も優れているのは貴妃で、その次に淑妃、徳妃、賢妃と敬うべきだとした。

四花妃とも呼ばれるその位は、どの時代であっても一つの位につき一人にしか与えられず、もし欠員が出れば下位の夫人が繰り上がったり、まったく別の、献上された他国の王女がその席に納まることもあった。

一方、位なき妃も存在しそれらは皆同列とされていた。四花妃はどの時代も一定の家柄や容姿、能力を求められたが、位なき妃は酔狂な皇帝が美しい奴隷を買うなど、資格よりも縁によって迎え入れられる者が多く、その数は年々増え、野心による謀略も増えた。

そうして皇帝の血を繋いでいった後宮は今、螺淵の花園とも呼ばれ、続いている。

牡丹宮、躑躅宮、水仙宮、蘭宮と、四花妃の住まう宮殿の名が花に因んでいること。

与えられた名前の花が、その住まいに咲き乱れていること。

高いところから後宮を見下ろすと、宮に流れる小川や湖によって、後宮自体がちょうど一つの大きな花に見えるからだ。

そうした後宮、皇帝が住まう天龍宮を抱え螺淵の中心にそびえる緋天城。それらを見下ろす山の奥。自然豊かな緑とともに、夜闇に溶けた粗末な小屋で、一人の娘が正座していた。髪と瞳はどこまでも深い黒色で、冷めた眼差しをしながら、じっと正面を見据えている。

娘の前には、赤く染め上げられた簾が下がり、その向こうには燭台の炎に照らされる、男とも女とも分からない影がのびていた。

「一鈴」

簾の奥から声がして、黒髪の娘が落としていた視線をそっと上げる。燭台に揺らめく影はわずかに大きくなった。

「此度の務め、よく果たしてくれた。次は東抉の卑劣豪商、岩准の始末を命じたいところだったが、世は大きく変わってしまった。岩准を殺すよりもずっと難儀で危うき命をお前に出さなくてはいけなくなってしまったのだ。やってくれるか」

「はい」

一鈴は、螺淵の平和のため悪を取り除く遊侠の领导から密命を受け、螺淵を守るべく仕事を請け負っている。

先の任務では、女を攫って売る悪行を組織ぐるみで働いていた野盗の一団を排除した。

どんなに優れた用心棒をつけても、要塞のような場所に身を潜めても、一鈴（イーリン）は必ず仕事を全うする。

狙った獲物は絶対に逃がさない。

すべては世を良くするため。

自分のような、人殺しでしか生きていけない哀れな者を出さないためだ。

そして「神様」に出会ってからは、この螺淵（らえん）を神様にふさわしい国にするという理由も加わった。

「どんな任務でも、果たしてみせましょう」

「ならば一鈴（イーリン）、皇帝を暗殺せよ」

「総龍帝（そうりゅうてい）様を……」

しかし簾の奥、いまだ一鈴（イーリン）がその顔を見たことのない领导（頭領）が放った言葉に思わず疑念の声を漏らした。

螺淵（らえん）の主である総龍帝（そうりゅうてい）は友好国に援軍を惜しまず、民の税を減らし、その叡智によって螺淵（らえん）を発展させた徳の高い人物として名を馳（は）せている。そんな相手を殺すことを领导（頭領）が命じるとは信じがたかった。

「違う。総龍帝（そうりゅうてい）ではない。新たな皇帝が即位したのだ」

领导（頭領）が、影を揺らした。

「皇帝が死んだ？　それはいつのことですか」

一鈴（イーリン）が任務のために螺淵（らえん）の首都黎涅（リンイエ）を離れたのは半年前に遡る。

任務中は誰にも姿を見られぬよう、影として過ごさなくてはいけない。町に出ることもなく山道や崖を越え、川を泳いで、数多の破落戸（ごろつき）に守られた要塞に忍び込み、誰にも顔を見られることなく野盗の一団を壊滅させた。

この半年間、一鈴（イーリン）は土の中でじっと羽化を待つ蛹（さなぎ）のように、世情を知らぬまま任務を遂行していた。

「半年前、総龍帝（そうりゅうてい）と皇后の子であり、王位継承権第一位であった廉龍（リーロン）皇子が総龍帝（そうりゅうてい）を殺した。全ての儀式を終え、廉龍（リーロン）皇子は、晴龍帝（せいりゅうてい）として緋天城（ひてんじょう）を支配している」

皇帝というものは、清らかで民を想い人を敬う器量をもち、徳を積んだ者でなくてはいけない。徳無き王は神によって裁かれ、正しき王にその席と命を献上する——そう、螺淵（らえん）では古くから伝わっていた。親殺しは大罪であり、さらに理由が皇帝の権利を奪うためにとあるならば、民の反乱が起きてもおかしくはないことだ。

「反乱は起きているのですか」

「廉龍（リーロン）皇子は総龍帝（そうりゅうてい）を殺してすぐ、先帝の側近たちを粛清、幼少から共に在った異国人の血が入った者を秘書官として置いた。総龍帝（そうりゅうてい）が目をかけていた後宮の妃たちもすべからく一新した。丞相（じょうしょう）たちは晴龍帝（せいりゅうてい）が民によからぬことをせぬよう抑えているが、反乱すら起きぬ圧政が強いられている」

そんな危険な人物が、国のため、民のためにと心を砕くはずがない。一鈴（イーリン）は言葉を失う。领导（頭領）はしばしの沈黙の後、口を開く。

「お前は後宮に妃として入り、悪帝を殺すのだ」

「妃にならずとも、すぐに皇帝を殺して参ります」

皇帝に近づいて殺すのが目的であれば、自分の足で緋天城（ひてんじょう）を囲う門を越え、軍人を打倒し、皇帝を殺すほうがずっと早い。

「一鈴（イーリン）」

しかし、簾越しの领导（頭領）は一鈴（イーリン）の考えを見透かすように、一鈴（イーリン）の名を呼んだ。

「お前が強いことは知っている。武器を持った黒幇（こくはん）五十人を相手にして、一人で戦い任務を果たした。突破不可能とされた要塞に入り込み、自分よりもずっと大きな男を何人も組み伏せた。しかし此度の任務は皇帝の暗殺だ。お前が信用できぬわけではないが、我々はお前への助力を惜しみたくないのだ」

「……领导（頭領）」

「三日後、お前には緋天城（ひてんじょう）へ向かってもらう。ただし、絶対に焦るな。お前は俊敏だが、この任務は今までで――いや、お前が生涯受ける殺しの依頼の中で、最も難儀なものだ。すぐ殺して帰るなどとは考えるな。我々はいくらでも待つ。咲く花が落ちても、葉が青く茂ろうとも、実りが始まろうとも、雪が降ろうとも、じっと待っている。だから、正しき時に、皇帝を殺せ」

「承知いたしました」

「お前は偏屈な学者の娘であり、幼き頃国を出て、舞い戻ってきたことになっている。多少国の世情を知らずとも、いいようになる。頼んだぞ一鈴（イーリン）」

「はい、领导（頭領）」

一鈴（イーリン）は、静かに领导（頭領）の願いを拝命する。

良き国のため、手を汚す。

それが一鈴（イーリン）の生業（なりわい）だ。

自分のような存在が、もう二度とこの世界に現れぬように。

そうして三日が経ち、一鈴（イーリン）は後宮に通ずる深紅の門——深華門（しんかもん）の前にいた。

「この先が後宮だ」

隣に立ち、声をかけてくるのは、遊侠の協力者らしい官吏だ。

一鈴（イーリン）の父の知り合いだからという体で、一鈴（イーリン）の案内を行った。

母を早くに亡くし、学者の父と共に他国を巡りながら育ち、十八の歳を迎えたことで後宮入りをすることになった娘、永一鈴（ヨンイーリン）。これから位なき末端の妃として後宮に入る一鈴（イーリン）の、作り上げられた来歴だ。全てが嘘で塗り固められた来歴だが、一鈴（イーリン）という名前はそのまま使用している。

一鈴（イーリン）に親からつけられた名前はない。一鈴（イーリン）という名前を知り、今ここに立っている人殺しと結びつけられるのは、遊侠の者だけだ。

一鈴（イーリン）は改めて前を見据える。

螺淵（らえん）の首都、黎涅（リンイエ）。その中心にそびえる緋天城（ひてんじょう）。政の中心となり悠久の歴史を持つその場所は、海に匹敵するほど深い水堀と天に届かんとする城壁が囲み、九つの大門により区切られている。

内城には即位や祭祀など儀式および発令を行う好天殿（こうてんでん）をはじめ、皇帝の居（きょ）所である天龍宮（てんりゅうきゅう）、宴を行う陽輪殿（ようりんでん）、政や軍事に関する堂のほか、花園や万を超える宮女や宦官（かんがん）の住まう宿舎もあり、建物の数は百を超える。

緋天城（ひてんじょう）内にいる遊侠の手の者たちにより難なくここまでやってきた一鈴（イーリン）は、深華門（しんかもん）を改めて眺めた。

屋根も柱も何もかもが、緋色だ。

一番外側の門もそれはそれは大きく途方も無い高さを誇っていたが、目の前の深華門（しんかもん）は異質に感じた。武器を持った武官が左右に二人ずつ、櫓（やぐら）に一人ずつ立ってこちらを見ていることで人間が出入りするところだと認識できるが、門ではなく後から櫓と門を取ってつけられた牢獄にしか見えない。

「本日縁延宮（えんえんきゅう）に、妃として入宮となった永一鈴（ヨンイーリン）だ。承認印はここにある」

一鈴（イーリン）に付き添っていた官吏が武官たちと言葉を交わすと、門が開く。遊侠の官吏とはここで別れなければならない。

一鈴（イーリン）は官吏に礼を伝えて門の中へと一歩踏み出すと、多様な花や蜜が混ざりあったような香風が、向かいから吹き荒れた。視界に広がった光景に息を呑む。

方方に小川が流れ、色彩豊かな蝶が舞い、花が爛漫と咲く景色は、まるで天国のようだった。

水仙の刺繍がされた藤黄（とうおう）色の衣を纏（まと）い、ふわふわとした髪をなびかせる妃らしき女が散歩している。その隣には、顔に黒子のある宮女がつき話をしていた。宮女の服には粗孔雀緑（青緑）の刺繍がある。そんな二人の反対方向では、深褐色の羽織に、紫の首巻きをした商人が荷車を引いている。

一鈴（イーリン）が商人に違和感を覚え注視していると、後ろで門が閉ざされ、鈍く重い音が響いた。

後宮では、皇族以外の立ち入りを厳しく制限している。意図せぬ人間が出入りせぬよう、常に閉め切り、承認がない限り何人たりとも入れない。

なぜなら後宮の特性上、皇帝が最も無防備になる瞬間が発生し、さらには後宮の妃が皇族以外の子を孕みそれを皇帝の子としたならば、世が乱れる原因となるからだ。

入宮できる男は皇帝をのぞき、生殖機能を人工的に排された宦官だ。科挙により、知力体力、家柄など厳密に精査される役人とは異なり、去勢し——なおかつ螺淵ではひときわ美しい者のみに与えられる、出世の道。美しさを偽り、化粧を施して宦官となる者など、家柄や能力に恵まれなかった者の、最後の手段だ。

ただし、数代前の皇帝が妃を華やかにさせたいと、他の宮女や女官、宦官の監視のもと商人の立ち入りも、去勢が必須となるが許されているらしい。商売に熱心な者は、美しい者であっても唇に紅をさし、妓女が男を惑わす如く白粉を塗り、妃の気を惹く。醜ければ美しく貧しい者を雇い、金を払って去勢させ、後宮に送り込むほどだ。妃を相手にした商売は、商人たちにとっての夢であり、数多の欲望が渦巻いている。

「一鈴様、こちらへ」

後宮内は、轎で移動するようだ。門に入ってすぐそばで、宦官らしき男たちが待機していた。

男と女では、骨盤の違い故か、重心の置き方が異なっているというのが一鈴の持論だった。たとえ影だけだとしても、そこにいるのが男の身体か女の身体なのか、一鈴は即座に識別できる。

宦官たちは、去勢されていない男と比べ重心の置き方に大きな違いがあるように思えた。

一鈴は轎の中に入る。香でもたいたのか、轎の中は白檀の甘い香りが強い。一鈴は宦官たちが輿を抱え、ゆっくりと進みだしたのを見計らい、わずかに胸元をくつろげた。

「小白」

一鈴が小声で呼びかけると、子供の握りこぶしほどの小さな毛玉が襟から滑り落ちた。毛玉は灰の体毛にまだらな白の縞が入っており、耳が生えている。大きく丸いガラス玉のような瞳を持つ——小さな獣、小白(シャオパイ)は「ぷしーっぷしーっ」と低い声で鳴いた。

小白(シャオパイ)との出会いは、数年前に遡る。一鈴(イーリン)が任務中、道に転がり死にかけていた毛玉を見つけたのが始まりだ。前にも一鈴(イーリン)は傷だらけの動物を発見したことがある。その時は猫だった。猫はその後、優しい者(神様)の申し出により救われたが、以降一鈴(イーリン)の心には、動物への執着が根付いていた。

小白(シャオパイ)を見つけたときも、遊侠の任務中だった。任務に遅れれば、その分苦しめられる人が増える。しかし死にゆく獣を見ていると、猫を拾った時向けられた、あの冷たい視線の持ち主たちと自分が重なり焦燥感に駆られた。一鈴(イーリン)はその日小白(シャオパイ)を連れ任務に出て、そのまま小白(シャオパイ)の世話をしている。

「ぷしーっ、ぷし、ぷしーっ」

小白(シャオパイ)は一鈴(イーリン)の肩に乗り、前足でとんとん叩く。菓子を要求する合図だ。

動物は、本来虫や果物、花の蜜や木の実を食べる。人間の食事は毒であるが、小白(シャオパイ)は菓子しか食べようとしなかった。

一鈴(イーリン)は徹底的に小白(シャオパイ)から人間の食事を遠ざけ野菜や木の実を食べさせていたが、ある時通りすがりの学者から、小白(シャオパイ)が糖獣(とうじゅう)と呼ばれる新種の獣で、成体は従来の生き物と大きく異なると知らされた。砂糖を得るために木箱をかじったりするので、害獣として駆除の対象らしい。とにかく下品でだらしがない種族らしいが、小白(シャオパイ)はただ甘い菓子に釣られる役立たずではなく、その飛膜により自由に空を滑空し、水の中を泳ぐことも可能としていた。

極度のきれい好きで毎日沐浴をさせなければ暴れ出す欠点はあれど、壁の隙間に入り込み、閉じた扉を内側から開くことも可能にする。これまで一鈴（イーリン）は小白（シャオパイ）に、幾度となく助けられてきた。

「いま、国では大規模な害獣駆除が行われているらしい。犬や猫もだ。お前も見つかれば殺される。気をつけろよ。ただでさえ、東の恐水病が収まってないんだから、病気を持ち込むと疑われたら、棍棒で潰されるぞ」

恐水病というのは、病にかかっている犬や猫に噛まれた末に、発熱や嘔吐などをしてから死ぬ、薬もなくかかれば最後死ぬ他ない恐ろしい病だ。病を持つ犬猫は、水を恐れる特徴があることから、螺（ら）淵（えん）では恐水病と呼ばれている。

领导（頭領）曰く、三年ほど前に当時皇子であった廉龍（リーロン）が、総龍帝（そうりゅうてい）に提言してから、犬や猫の大規模な殺処分が行われているらしい。他国では、疑われた犬猫をそっと役人が引き取り、苦しみが少ないような毒を使って殺すが、廉龍（リーロン）の言葉により総龍帝（そうりゅうてい）はそれをさせず、飼い主の眼の前だろうと平気で殴り殺すよう命じていると聞いた。そしてその措置は、廉龍（リーロン）が皇帝になってから、さらに激しくなっているらしい。

恐水病にかかっているか、かかっていないかの判断は難しい。もしかかったならば、一鈴（イーリン）は自分で始末をつけてやらなければいけないと思っているが、やり方が問題だ。

「後宮で変な真似して、他の動物から怪我させられたりするなよ」

「しゅぅ」

小白（シャオパイ）がこっそり隠れるようなそぶりを見せた。

しかし小さい獣といっても、小白（シャオパイ）は丸々と一鈴（イーリン）の拳くらいの大きさになる。さらに一鈴（イーリン）の仕事を手伝っていることで、自分は強いと錯覚しているのか、妙な自信に溢れており、苦言などどこ吹く風だ。

一鈴(イーリン)は懐から麻で出来た巾着を取る。中から氷砂糖を一つつまむと小白(シャオパイ)に食べさせ、巾着をしまうと、次に小刀を出した。

傍目には、黒漆に、菊が散る螺鈿細工を施した木札にしか見えない、神様からの授かりもの。後宮に入るにあたって検められたが、手練れの役人の目すら欺き、持ち込むことができた。

一鈴(イーリン)はよくこの小刀で、木彫りをする。もう目にすることは叶わないであろう、神様を造る。

そして任務のときは必ず触れる、お守りだ。

神様に譲られたこの小刀では、絶対に人を殺さない。神具のように信仰心すら一鈴(イーリン)は向けている。

「しょぅ」

小刀に触れていると、小白(シャオパイ)がタタタッと一鈴(イーリン)の頭に飛び乗り、轎の簾の隙間を覗き込んだ。

出発前に読み込んだ後宮の歴史に関する資料には、宮内の地形図のほか、水害の被害状況を把握するために皇帝の末子が大きな川の流れる西の里へ向かい、そのまま儚くなったなど、皇帝の血筋及び関係者がどんな死に方をしていったのかも記されていた。

领导(頭領)は一鈴(イーリン)へ、焦るあまり虎の口に手を入れるような真似はするなと、暗に言いたかったのだろう。

しばらくして、轎が止まった。一鈴(イーリン)の耳が、轎に近づく三人の女の足音をとらえる。

「お待ちしておりました。一鈴(イーリン)様」

一鈴(イーリン)が轎を降りると、すぐそばに灰色の官服をまとった宮女が近づいてきた。轎の中からは分からなかった存在に、一鈴(イーリン)は少し驚いた。

「私は一鈴(イーリン)様にお仕えすることになりました、亜梦(ヤーモン)と申します」

亜梦(ヤーモン)と名乗り、恭しく礼をする背には三人、似たような雰囲気の宮女が並んでいる。足音は、先程一鈴(イーリン)が聞いたのと同じ音だ。

亜梦(ヤーモン)が背にしている黒い瓦の御殿——縁延宮(えんえんきゅう)が、一鈴(イーリン)が今日から暮らす場所となる。宮女は一鈴(イーリン)の荷物を運びながら、中へと促してくる。

位のない妃は、数十人をひと纏まりとして暮らす。いわば予備のようなものだ。

位を持った妃に比べて警備も皇帝の寵愛を受ける望みもずっと薄いが、暗殺にはうってつけの立場だ。三人分の足音を聞きながら、一鈴(イーリン)は草灰色(こげ茶色)の廊下を歩いていく。

「こちらが一鈴(イーリン)様のお住まいになります」

前を歩く亜梦(ヤーモン)に案内をされ、辿り着いたのは廊下と同色の一室だった。

悪人ばかり殺す任務についていたことで、一鈴(イーリン)は人を殺さぬ人間の部屋、悪事を働かない人間の生活する部屋を見たことがない。

この場所には、暗器や武器を保管している棚も、緊急時の脱出のために隠している扉も見られない。血のにおいもしない。平和的な部屋に圧倒されていると、亜梦(ヤーモン)が一鈴(イーリン)に振り返った。

「後宮を出るときは、いつでもおっしゃってくださいませ。服でも宝飾品でも、いくつかお恵みいただければ、すぐに取り計らいますので」

「え……」

一鈴(イーリン)は亜梦(ヤーモン)の言葉に耳を疑う。冗談を言っているのかと思えば、他の宮女も訳知り顔で頷いている。

皇帝を殺すまで、後宮から出る気はない。しかし亜梦(ヤーモン)は、もう慣れているといわんばかりに部屋の窓を開きながら、一方的に語りだす。

「上位の方々——先程深華門(しんかもん)のそばにいらっしゃった、若溪(ルオシー)様など四花妃(しかひ)の方は難しいですが、位なき妃にはよくあることですよ。皇帝の寵愛を受けられないから、蹴落としあいに疲れた……理由は様々です。晴龍帝(せいりゅうてい)様が即位されてからは、死にたくないとその数は一気に増えましたけれど」

——あら、塵屑(ちりくず)だわ。亜梦(ヤーモン)はあっけらかんと自分の服で窓の隅を拭った。気安い雰囲気に、まだ何か後宮の内情について探れるかもしれないと、一鈴(イーリン)は否定することなく聞き手に回った。

「晴龍帝(せいりゅうてい)様は、どんなお方ですか」

「残酷で恐ろしいお方です。凍王(ドンワン)と呼ばれるだけのことはあります。動物の大規模な殺処分のこともありますし。人にも動物にも、冷たいお方です。残酷な殺し方を——簡単に命令するような」

亜梦(ヤーモン)の表情が、ぱっと消えた。目つきも鋭いものに変わるが、すぐに穏やかな顔に戻る。

「すみません、えっと、皇帝について他に聞きたいことはありますか？」

「凍王(ドンワン)とは、どういう意味ですか」

先程の亜梦(ヤーモン)の変化は放っておけないものだったが、かといって任務をおざなりにも出来ない。殺す人間の情報は多いほうが良い。

「知らないのですか？」

亜梦(ヤーモン)は信じられないと言わんばかりに、驚いた顔をした。一鈴(イーリン)には常識がない。悪人を殺して寝て殺しての生活をしてきた。常識が欠けていることに自覚もある。「すみません」と謝罪すれば、亜梦(ヤーモン)

はしばらく一鈴（イーリン）を眺めた後、「ああ、よその国にいらっしゃったから」と納得してくれた。

「凍王（ドンワン）というのは、晴龍帝（せいりゅうてい）様の二つ名のようなものです。先程お話ししたとおり残酷な方で、人の足を灼（や）く、動物を、飼い主の眼の前でむごたらしく殺すことを良しとする——けれど感情を表に出さない。簡単に言えば、人の心がない、心が凍っているということです」

「心が凍っている……」

亜梦（ヤーモン）の話を聞いて、一鈴（イーリン）はかつて自分が殺してきた悪人たちを思い返した。

勝った方を生かしてやると言って、捕らえた者を戦わせ、賭け事をして金を集めて殺す卑劣漢。

若い女を攫っては、その血を奪って殺す悪女。

莫大な富により、男女問わず蹂躙（じゅうりん）する下衆。しかし皆、感情らしきものがあった。

「陛下の美しさに惹かれ寵愛を望む妃もいらっしゃいますが、しばらく経つと皆気が変わりますので」

顔が美しいと言われても一鈴（イーリン）はよく分からない。花や植物、動物の毛並みは、見ているだけで惚れ惚れとするが、人間を美しいと思わない。ただ、悪人たちが「綺麗な女だ」「綺麗な男だ」と悪事に手を染めるところを見てきたからか、どういう顔が好まれやすいかだけ知っている。

後宮の中で、皆が美しいと思うような顔をした男を殺せばいいのか。

漠然と考える一鈴（イーリン）は、晴龍帝（せいりゅうてい）の顔を知らない。

いつもなら始末対象の顔は、遊侠の職人による実物と寸分違わぬ絵図などで任務に入る前に知らされるが、今回絵図は用意されなかった。

先帝である総龍帝（そうりゅうてい）は、たびたび視察を行い庶民の前に姿を現した。総龍帝（そうりゅうてい）の似顔絵や肖像画の複製を神仏同然に縁起物として家々に飾る人間もいるらしいが、晴龍帝は皇子の代からあまり人前に――庶民の前には姿を現さなかった。数多の悪人を垣間見てきた職人すら、相対することがなく、描けなかったようだ。

慣れない手はずの任務にやり辛さがないと言えば嘘になるが、ここは後宮。宦官ではない男が、皇帝だ。豪華な装いの美しい男を殺せばいい。最悪下穿きを脱がして確認する。

「それに陛下は躑躅宮の项明明様か、牡丹宮の全結華様としか、過ごそうとなさりません。四花妃でもない限り、その美貌を実際に目にするのは人生で一度あるかないかの機会でしょうし」

「明明様……？」

「それはそれは、美しい人なのですよ。躑躅宮の明明様は。あの方も、陛下と同じ雪や氷のような、冷たい美しさを持った方ですから。結華様ももちろん、お美しいお方ではありますが」

「ふたりとも美しいことで有名な妃なのですか」

明明に、結華。美しい妃に惹かれているのなら、凍王なんて名ばかりだ。心があり、欲があるからこそ人に惹かれる。欲や感情を出した瞬間、人は最も弱くなる。一鈴が今まで殺してきた者は皆、富や名声、色恋に浮かれた隙をつかれ消えていった。

「ええ。次期皇后の座に最も近いお二人です。結華様は何をなさっても完璧ですし、ただ明明様は……」

亜梦は言いかけて、「話しすぎましたね」と苦笑する。明明について語る気はないらしい。

「そういうこともあって、ただ一生この後宮に閉じ込められるだけの妃であることを望まないというのは、珍しくないのですよ。なので出たくなったら気兼ねなく、いつでも仰ってくださいね」

亜梦（ヤーモン）は一通り室内の点検を終えると、一鈴（イーリン）の荷物を棚にしまい始める。手慣れているのは、元の手腕だけではなく、入れ替わりが激しいせいかもしれない。

一鈴（イーリン）は窓から四花妃（しかひ）の住まう宮殿に視線を移した。金と各々の色で彩られた四つの宮殿は、遠くからでも荘厳で、それぞれ意匠を凝らした建築がされていた。極彩色の花に囲まれるさまは、先程の門で見た花々の景色と違い、異界のようにも感じる。

「それに、陛下が夜菊（よぎく）様に殺されるのも時間の問題と言われてますから、きっと大丈夫です」

黙っていたことで、一鈴（イーリン）が凍王（ドンワン）に怯えていると考えたらしい。亜梦（ヤーモン）が励ますように笑う。

「夜菊（よぎく）？」

「夜菊（よぎく）様をご存知ないのですか……？」

亜梦（ヤーモン）が目を丸くする。しかし妃に対して不敬と思い直してか、「粛清屋です」と続けた。

「数多の野盗から黒幇（こくはん）五十人、人を買い弄ぶ豪商に、農民から搾取する役人、悪人は次々と夜菊（よぎく）に殺されているのです。そしてその悪人の亡骸のそばには必ず紅菊が手向けられていること、その姿を誰も知らぬことから夜に溶けているのだと、夜菊（よぎく）様と巷（ちまた）で慕われ、そのご活躍が後宮にまで噂される存在です」

粛清対象だった屍に、必ず菊を添える。

一鈴（イーリン）の殺しの証明だ。领导（頭領）は「暗殺不可能な者を殺せるのはお前だけだ。疑う余地もない」と言っていたが、仕事として報酬をもらう以上、きちんとしなければと続けていた習慣だった。

そして任務中の一鈴（イーリン）の姿を見たものは、皆この世を去っている。さらに移動中も、船も乗り合い馬車も牛車も使わず、町に立ち寄ることもない。そもそも会話自体しないように努めている。仕事以外は山奥の小屋で畑を耕し、小白の世話をするか、動物を眺めながら鍛錬をして過ごしていた。一鈴の顔と仕事を知る人間は、领导だけだ。

そして亚梦の語る粛清屋が始末してきた人間に、心当たりがある。

「……さよう……ですか……」

そう返事をするのが精一杯だった。

菊を置いて自分の存在を主張するのは、任務を自分が全うしたことを主人に証明するためだ。名を馳せるためではない。ましてや、殺す対象に正体を知られていないとはいえ、狙っていると巷で広まっているなんて刺客の面汚しにほかならない。死んだほうがいい。

一鈴に残された道はただひとつ。すぐに皇帝を殺すことだ。

领导の采配の手前、大人しく後宮入りした一鈴であったが、皇帝は即日殺すつもりだった。屋根に登り壁を伝って、門番に少々痛い思いをしてもらい、皇帝の首を切る。造作もないことだった。なにせこれまで千を超えるほどしてきたことだ。あだ名までつけられている以上、早く仕事を済ませ、この後宮から早々に去らなければいけない。

「晴龍帝は今宵、躑躅宮の项明明様の元で休まれるとのことです。四花妃の宮殿の中で、この住まいと最も近い場所です。窓から晴龍帝様のお姿を拝見することは叶わないでしょうが、目があった妃を気に入らないと斬り殺した方ですから、夜半に窓へ近づくのは、避けたほうがよろしいでしょう」

一鈴が反応しないでいると、亚梦は自分の言葉を信じていないと思ったらしく、声をひそめる。

「……後宮には、幾つもの魂が彷徨っていると言われているのです。晴龍帝が切ってしまわれた魂が」

「迷信では？」

「宮女の中に何人も……女とも、男とも定まらぬうめき声を聞いた者がいるのです。初めはうめき声でしたが、最近では人の言葉に近いくらい、はっきりしたものになってきて……」

目があった者を殺す。

そんな人間を皇帝として生かしておくわけにはいかない。もう少し自分が早く螺淵に戻っていればと一鈴は後悔を覚えた。

「それより、一鈴様、あの、大変恐れ入りますが……」

皇帝について話をしてくれていた亜梦が、やや気まずそうにこちらを見てきて、一鈴はたじろいだ。

「どうしましたか……」

一鈴は、苦い顔の亜梦の様子を窺う。

もしかして、自分が刺客とばれたのか。

遊侠にお膳立てを受けたとはいえ、世俗から浮いた身の上の自分が世に溶け込むなんて無理がある。そして此度の任務は晴龍帝を殺すこと。亜梦がその邪魔をするならば、昏倒させ捕縛し——手荒な真似をしなくてはならない。

悪人でもない人間に手を出す。一鈴の出来ないことだ。考えただけで、胸のあたりがぐっと苦しくなり、気持ちが悪くなる。

「緋色や紅の衣装は、皇族の色なのです。濁ったお色ならまだしも、この色味は……やや強すぎます」

亜梦は一鈴の着ていた衣にそっと触れた。なんだそんなことかと、一鈴は安堵する。

一鈴（イーリン）は遊侠から渡された紅紐を使っていたが、どうやらそれでは他の妃に目をつけられ不敬にあたるらしい。

今まで遊侠が間違いを犯すなんてことは一度もなかったのに。奇妙には思ったが、自分はどうせ、晴龍帝（せいりゅうてい）を殺してすぐに立ち去る身の上だと、一鈴（イーリン）は軽く相槌をうって亜梦（ヤーモン）から視線を外す。

「では、日が沈んだら、すぐに休むようにしましょう」

そして、晴龍帝（せいりゅうてい）を殺す。

一鈴（イーリン）は亜梦（ヤーモン）を下がらせると、躑躅宮（つつじきゅう）に思いを馳せた。

晴龍帝（せいりゅうてい）は夜、深華門（しんかもん）をくぐり、妃の元へ出向く。しかしその頻度は極めて少なく、一定ですらない。十、長い時で二十日後宮に立ち入らないこともあるらしい。

後宮入りの前、晴龍帝（せいりゅうてい）についての調査記録を読んでいた一鈴（イーリン）は、日が沈むのを待って縁延宮（えんえんきゅう）を抜け出し、建物の屋根を伝って晴龍帝（せいりゅうてい）が今宵向かうらしい、項明明（シァンミンミン）の住まう躑躅宮（つつじきゅう）を目指していた。

皇帝の夜伽の頻度を聞いたとき、後宮で待つより天龍宮（てんりゅうきゅう）に乗り込もうと思っていたが、自分が妃として入った当日皇帝が夜伽に現れるとは、なんと運のいいことだろう。一鈴（イーリン）はほくそ笑みながら、辺りを見回す。

整然と宮殿が立ち並ぶ後宮の中は川が流れ、花々が揺れている。今宵の月は分厚い雲に覆われているが、月明かりに照らされればさぞ美しい光景が広がっていたことだろう。熟れたびわが実る木からは、甘い香りとともに虫の音が聞こえ、ここが黎涅（リンイエ）の中心とはとても思えない。

「きゅう、しゅー……」

胸元に潜む小白(シャオバイ)が、どこからか漂う菓子の香りにつられて顔を出す。

「駄目だ。晴龍帝(せいりゅうてい)を殺すのが先だ。任務が終われば、なんでも買ってやるから」

前の任務を終えて、すぐに领导(頭領)から後宮に入るよう命じられた。小白(シャオバイ)に砂糖は与えていたが、菓子は与えていない。そろそろ食べさせないと勝手な行動をとってしまう。一鈴(イーリン)は謝りながら、こちらを警戒している者がいないか辺りを見渡した。遠くから宴の音が聞こえるが、こちらに近づく者はいない。風の音や、若草の揺れる音のほうが、はっきりと聞こえる。

動物が暮らせるような場所だ。血塗られた迷信を聞いた後でもそう思ってしまうほど自然が豊かだ。川の水も美しく、清流でしか生きられない生き物も、ここならば安らかに過ごせるだろう。

晴龍帝(せいりゅうてい)を殺し、そのまま帰ってしまうのが惜しい。一鈴(イーリン)は後ろ髪を引かれながらも、後宮で働く者たちが住まう殿舎と殿舎の狭間——細道の陰に降り立った。奥にあるのは、寺院だろうか。鬱蒼(うっそう)と茂る木々の隙間から、夜に溶けるように黒い瓦の建物がある。舗装の代わりか、血のように赤い花が並び、引き込まれそうな感覚に陥りながらもハッとした一鈴(イーリン)は、そっとその場から離れた。そのまま建物の裏を伝って、躑躅宮(つつじきゅう)を目指していた——その時。

「ア——、ア——……」

真後ろから、低い、唸り声が聞こえた。人のものではない。獣の鳴き声だ。

ここは後宮で、自然豊かといえど貴族の住まい。今までの経験では、酔狂な貴族が動物を飼うとき、飼育をするための小屋があった。虐げることを目的としてもだ。放し飼いにしているのは、定住の居を持たぬ遊牧民か、小屋が建てられぬ貧しい者たちだけ。記憶している後宮の見取り図には、動物を飼う場所なんてなさそうだった。

——警備に動物を使っているのか？

一鈴(イーリン)は疑念を抱きながらも、音を立てぬよう、慎重に振り返る。細道の奥、暗闇から、ずるずると重いものを引きずる音が響く。音が大きくなるにつれ、血のにおいが漂い始めた。人の血とはまた異なった鉄臭さに、一鈴(イーリン)は構えを取る。

「グァウ、グ、グー……」

やがて暗闇を背負うように虎が姿をあらわした。

雪のようにふさふさとした毛に包まれ、瞳は宝石のように輝いている。

虎は螺淵(らえん)では神聖なものとされ、幸福を招き、失ったものを取り戻す象徴だが、その強さや凶暴性から危険視もされている動物だ。隙を見せないように一鈴(イーリン)は正面から構えるが、虎はごろごろと喉を鳴らし、一歩ずつ近づいてきて——一鈴(イーリン)の足に巻き付くように寝ころび始めた。

「は……？」

後宮を歩き、人馴れしている虎。

にわかに信じがたい存在が目の前でくつろぐ姿に、一鈴(イーリン)は思考が止まった。

「なんだお前は……」

一鈴(イーリン)が虎に手を伸ばすと、虎は鼻をふすふす鳴らしながら前足を一鈴(イーリン)の手に置いてくる。従順な猫のような仕草でかわいがりたくなるが、堪えた。胸元では小白(シャオバイ)が怒りを露わにし、虎を威嚇している。

一鈴（イーリン）は今から国のために、晴龍帝（せいりゅうてい）を殺しに行かなくてはならない。虎に離れてもらうため、その背中に触れる。すると、羽毛のような毛並みが部分的に湿っていることに気づいた。

矢か何かを、射られている。

「お前、食事をしたんじゃなくて、怪我を――っ⁉」

殺気を感じた一鈴（イーリン）は虎に手を伸ばすのをやめ、虎を支えながら身体を横に転がす。先程一鈴（イーリン）がいた場所には、いくつもの矢が突き刺さっていた。よく狙いを定めもしない人間が放ったものだ。すぐに官服を纏った五人の男たちがこちらに駆けてきて、一鈴（イーリン）は目を疑った。

去勢されていない姿勢に、走り方。松明でこちらを照らす男たちは、宦官（かんがん）ではない。後宮に出入りできる男は、宦官（かんがん）ではなかったのか。もしやこの五人のうちの誰かが皇帝で、虎を討伐しようとしているのか。

「くそ、あの虎しぶといな……まだ生きてやがる」

「そのそばにいるのは誰だ？　妃か？」

「顔を見られたなら、殺すしかないだろう」

虎を傷つけたらしい五人の男たちは、一鈴（イーリン）を怪訝な顔で見る。痛めつけるだけに飽き足らず、虎の命まで奪おうとしているようだ。一鈴（イーリン）は虎に「しばらくじっとしてるんだぞ」と声をかけ、男たちに向き直る。

「悪いが、まだ任務の途中だ。みすみす殺されるわけにはいかない。それに、虎の尾を踏むやつは、死んで当然――だからな」

動物を傷つける者は悪人だ。

そして、この五人のうち誰かが皇帝ならば、そもそも敵だ。一鈴(イーリン)は助走をつけることもなく、男たちに飛びかかった。

「なんだ⁉」

「ぎゃあああっ」

武器はなく松明だけを握る男から、明かりを奪ってそのまま首に肘を打ち込む。暗殺対象に血を流させるのは、三流のすることだ。血が乾いた跡を見れば、だいたいいつ死んだのか、襲われたのかが分かってしまう。返り血を肌に浴びてしまえば、そこの感覚が鈍る。螺淵(らえん)の軍人が習得するのは、剣や弓、武器を使う戦い方だが、刺客は違う。

掌底打ちで首を狙う。拳で殴るより、血を出させずに済むからだ。

夜闇に視覚を奪われ、弓を構えなくなった一人の首を突く。

「おい、虎だけでも殺せっ」

順調そうに男を倒す一鈴(イーリン)だが、誰かを守ることに慣れぬ一鈴(イーリン)は、虎を狙われたことで隙が生まれた。攻撃の手を一旦止めると、男が一人、大路へ駆けていく。

矢筒から一本拝借し、逃げようとする背中に手投げで刺す。

「怯むな！　殺せ！」

闇雲に短剣で攻撃をしかける男を、落ちていた弓でいなしながら、首を絞めて落とす。

最後に残った一人の弓を軽く躱(かわ)し、回し蹴りによって全員を制圧した一鈴(イーリン)は、倒れた男を小さな前足でついている小白(シャオパイ)を拾い上げ、闇のなか、虎へまっすぐ向かった。

「待たせたな。今、手当てをしてやるから」

一鈴(イーリン)は自分の衣を破ると、虎の傷口に布を押し当て、結ぶ。太ももの辺りが露わになってしまったが、今日は晴龍帝(せいりゅうてい)を殺すだけだ。人前に出るわけでもない。

しかし、虎はどうしたものか。

見た感じでは分からなかったが、男たちの衣は、触れた感じからするに麻の安物だった。一鈴(イーリン)が始末してきたような豪族が着ている絹物ではない。ようするにこれから晴龍帝(せいりゅうてい)を殺しに行かなくてはいけないのだ。

晴龍帝(せいりゅうてい)を殺したらこの虎と後宮を出るか。この虎は後宮で飼われているのか、それともはぐれた虎か。このまま置いていってもいいのか。しかし、自分には任務がある……。

一鈴(イーリン)はぎりぎりと胃を痛めながら、虎を見つめる。手負いの虎を連れて任務に向かうわけにはいかない。自分には领导(頭領)からの大切な使命がある。

虎の毛並みは柔らかいが、その皮膚は硬く幸い致命傷に至っていない。消毒さえきちんとされれば、すぐに治るだろう。

「前にもこんなことがあったな――」

一鈴(イーリン)は遠い記憶を思い出し、辟易(へきえき)。猫を拾い、誰もが目を逸し通り過ぎていく光景を思い出すたびに、胸のあたりに痛みが走る。あの一件さえなければ、きっと一鈴(イーリン)は小白(シャオパイ)を拾うことも、こうして虎に目をかけ寄り道することもなかった。

「どうしたものか……」

「天天（テンテン）」

凛とした声に、一鈴（イーリン）は振り返る。

小白（シャオバイ）が縮こまり、胸元に入り込んできた。

声が合図であったかのように、雲に秘されていた月が露わとなって、一鈴（イーリン）と、声の主が照らされた。

鋭く、全てを見通す水晶のような、感情の読めない瞳。

艶やかな黒髪はさらさらとしていて呪具の一種かと思う。顔も身体も、人と思えぬほどに均整が取れていた。美しい黒虎が、そのまま人になったような、はたまた黄泉の誘い人かと錯覚に陥る。

得体のしれない男だと、一鈴（イーリン）は身構えた。

「その虎に何をしている」

無感動な瞳で男は問い、身にまとう黒の寝衣をはためかせ一鈴（イーリン）に近づいてくる。宦官（かんがん）とも思えぬ装いだ。しかしここは殿舎と殿舎の狭間——細道の陰。いくら後宮内とはいえ、皇帝が単独で動くはずもない。服にしても、貴族にしては質素だ。ともすれば、先程虎を殺そうとした謎の男たちの仲間ではないのか。しかし、目の前の男は虎に何をしているのか訊ねてきた。

「手当てを……」

「倒れている男は、どうしたんだ？」

黒衣の男が、先程一鈴（イーリン）が打ちのめした男たちを一瞥する。淡々とした口調だが、尋問をされているみたいだ。じわじわと、指の先から冷気をあてられ、凍らされているようにも感じる。

「この虎が、倒して――」

一鈴はとっさに嘘をついた。自分が五人の男を倒せる力を持っていることを、知られてはいけない気がした。

「虎とともに襲われたのか」

「はい」

「一人、背中に矢を受けている男がいる。虎は矢を射ることができない。お前がやったのか」

一鈴は矢筒を一本拝借し、手投げした。虎が手投げすることはできないし、相手に致命傷を与えたいのなら、噛みつくか突進するほうが確実で早い。

「いや……」

「後宮は、簡単に男五人が潜り込める場所ではない。にもかかわらず、入り込むことを可能にした男たちだ。そしてこの男たちが持っているこの弓は、刺客の中でもよほどの手練でなければ扱えない性質のものだ。並大抵の人間が敵う相手ではない」

確かに後宮は、男が簡単に入れる場所ではない。万が一にも、無関係の男が入り込めば、侵入を許したもの含め、即刻殺されるような場所だ。にもかかわらず、目の前の男、そして倒れている男たちと、去勢されていない男が続々と入り込んでいるのは、異常な状況にほかならない。

「誤射ではないでしょうか……」

先程から、小出しに質問をしてくるのは一体なんなのか。一鈴は目の前の男を見返し、視線が若干合ってないことに気付いた。

もしかしてこの男は、自分の所作を観察して、嘘を吐いていないか、見極めているのでは。

一鈴（イーリン）の脳裏に、领导（頭領）の言葉が蘇る。

领导（頭領）は相手をじっと観察すれば、嘘が見抜けると言っていた。その仕組みについて一鈴（イーリン）は手ほどきを受けたが、最終的に「人間には向き不向きがあるから」とさじを投げられた。ぞくりと一鈴（イーリン）の背筋に嫌なものが走る。隙を突くかのように、男は一鈴（イーリン）と視線を合わせてきた。

まるで深淵を見ているような気がして、一鈴（イーリン）は後ずさる。

今まで殺意を向けられる機会は幾度となくあった。刃を向けられること、銃口を向けられることこそが日常だ。危険には慣れている。

しかし、環首刀を引き抜くことなくただ立っている目の前の男に、本能的な畏怖を感じた。

目の前の一鈴（イーリン）に対してだけではない、深い絶望とそれに伴う殺意を、目の前の男は全てに、世界に向けて、ここに立っている。

絶対的な佇まいに、呼吸や、汗をかくことすら、男が何かを引き起こすきっかけになってしまうような気がして、一鈴（イーリン）は一歩も動けなくなった。

「お前が、この男たちを殺したのではないか」

「私は……」

一鈴（イーリン）が後ずさると、ひゅっと風の音がした。眼前に白い毛玉が横切る。

「グウウウウウ！」

ついさっきまで足元に横たわっていた虎が、目の前の男に向かって襲いかかった。男も驚いているのか、ハッと目を大きく見開いて、それまで引き結んでいた唇がわずかに開く。

「天天(テンテン)、お前、何をする」

虎に問いかけているようだ。虎の名前が、天天(テンテン)というらしい。この男が飼い主なのだろうか。男は天天(テンテン)を押しのけようとするが、押されてしまっている。このままだと人が集まってきてしまう。一鈴(イーリン)は焦るが、案の定こちらに向かって駆けてくる足音が聞こえてきた。

「晴龍帝(せいりゅうてい)様！　天天(テンテン)様！　ご無事ですか！」

「晴龍帝(せいりゅうてい)様！　晴龍帝(せいりゅうてい)様！」

その呼び声に一鈴(イーリン)は動きを止めた。

今、誰が、誰を呼んだ？

天天(テンテン)は分かる。今まさに、飼い主らしい男を裏切り一鈴(イーリン)を助けてくれた、勇敢な虎。

しかし何故、要人の如く様付けされている？

一鈴(イーリン)の周りには、天天(テンテン)、そして飼い虎に裏切られた男が一人。

晴龍帝(せいりゅうてい)は、男だ。この場に男は一人だけ。身ぎれいな格好をしているが、護衛を伴うこと無く一人歩きをして、虎に威嚇されている飼い主がいるだけだ。

目の前の現実が受け止めきれず、一鈴(イーリン)は愕然(がくぜん)としながらも、ゆっくりと振り返る。

「晴龍帝(せいりゅうてい)様……？」

「ああ」

男――晴龍帝廉龍(せいりゅうていリーロン)……らしい男は、皮肉めいた眼差しを一鈴(イーリン)に向ける。

今殺すかと悩むものの、怒る天天（テンテン）により、巧妙に廉龍（リーロン）の首や腹が隠されている。

このままだと天天（テンテン）を巻き込む。皇帝の護衛たちも集まってしまった。巻き込んでしまう。

「この者は天天（テンテン）の手当てをした。天龍宮（てんりゅうきゅう）に招く。それと、この一帯を管轄している武官は、全員降格とする」

廉龍（リーロン）は命令を下すと、先程一鈴（イーリン）が昏倒させた刺客の首をさっさと刎（は）ねてしまった。まるで殺すことを日常としているように無感動な瞳だった。天天（テンテン）を伴い武官に守られながら、一鈴（イーリン）の前を横切っていく。

あの、月がふわりと顔をのぞかせた瞬間が、晴龍帝（せいりゅうてい）を殺す好機だった。

その後、適当な話をしてしまったが、話なんてせず殺しておけば良かった。

一鈴（イーリン）はあまりのことに言葉を失う。

空に浮かぶ月は雲に隠れ、後宮の花々は闇に包まれていった。


「では、一鈴（イーリン）様、おやすみなさいませ」

皇帝から一鈴（イーリン）を縁延宮（えんえんきゅう）に送れと命じられた宦官（かんがん）たちが、縁延宮（えんえんきゅう）の一鈴（イーリン）の部屋の前で一礼する。

「おやすみなさいませ……」

皇帝を即日殺すという好機を思い切り放り捨ててしまった一鈴（イーリン）は、未だ茫然自失の状態で返事をした。宦官（かんがん）たちはそのまま足早に去っていこうとする。

「一鈴（イーリン）様！」

しかし、すぐに亜梦（ヤーモン）が向かいの廊下から走ってきた。

「お部屋にいらっしゃらないから、捜しましたよ。一体どうなさったのですか！」

亜梦（ヤーモン）は一鈴（イーリン）の後ろにいた宦官（かんがん）たちを見て、「い、一体どうなさったのですか」と問う。しかし宦官（かんがん）たちは話す気がないのか、「夜間出歩いているところを保護したまでです。自分の受け持つ妃は、しっかり見ていてください」と亜梦（ヤーモン）に注意をして出ていく。

任務失敗どころか、皇帝暗殺の機会をみすみす逃してしまった。

それどころか、亜梦（ヤーモン）が怒られた。

一鈴（イーリン）は申し訳ない気持ちで、亜梦（ヤーモン）に振り返る。

「申し訳ございません……」

一鈴（イーリン）が抜け出せば、亜梦（ヤーモン）の責任が問われる。当然のことだが、きちんと想像が出来ていなかった。

今日出会ったばかりで、一鈴（イーリン）の任務は国の未来に関わることだが、自分のせいで誰かが怒られることは初めてで心苦しい。何度も謝ると、亜梦（ヤーモン）は困ったように肩をすくめた。

「一鈴（イーリン）様、駄目ですよ。後宮を内々に出たいのなら、きちんと相談してくださらないと……」

そう言いながら亜梦（ヤーモン）は一鈴（イーリン）を部屋の中へ入っていくよう促す。

一鈴（イーリン）がすごすごと中に入ると、亜梦（ヤーモン）は一鈴（イーリン）の衣に触れた。

「お父上が恋しかったのですか？」

どうやら、着替えさせようとしてくれているらしい。一鈴（イーリン）は指で小白（シャオパイ）に合図して、小刀とともに巾着に入ってくれるよう頼む。

小白（シャオパイ）が小刀とともに巾着に入ったのを確認した一鈴（イーリン）は、巾着を机に置いた。

「いや……よ、夜風にあたりたかっただけで……」

「このように、お召し物が切られるような風にです？」

亜梦は、一鈴の上掛けを外し、切れた跡を示す。着ていた衣は、天天の手当ての為に太ももあたりまで切り裂いてしまっている。あの後廉龍を追いかけてきたらしい宦官たちから上掛けを借りて、それを巻く形で対処していた。

「驚きましたよ。寝ているとばかり思って私ものんびりさせてもらっていたら、見慣れない宦官たちと一緒にこんな姿で帰られたのですから……」

どうやら、あっけらかんとした宮女と思っていたが、それなりに一鈴を心配してくれていたらしい。

「それに、大層なお怪我もされて……」

亜梦の視線が、自分の右の二の腕に注がれていることを感じ取った一鈴は、「これは違う」とすぐに隠した。

そこにあるのは、一鈴が幼少期に焼かれた、十字の火傷痕だ。着替えはいつも一人で、そもそも生活空間に人間を入れたことなどほとんど無かった為、隠すことを忘れていた。

「なんでも無いです」

念を押すように一鈴が言うと、亜梦はそれ以上追及することなく一鈴を着替えさせると、「ちょっと待っていてください」と、部屋を出た。そのまま足音すらさせず、木箱を手にし颯爽と戻ってくると、切れた衣を手に取った。

「少し借りますね。すぐ終わりますから」

木箱は、裁縫箱だったらしい。針と糸で衣を縫い始めた。衣は後宮に入るときに着てきたものだが、開かれた裁縫箱のなかには、朱に金や深い碧、緑に黒と、色とりどりの糸が入っている。

「こんなに……」

一鈴（イーリン）がじっと見つめると、亜梦（ヤーモン）は儚く笑う。

「後宮は、妃の方たちにとっては、いいところとは限りませんからね。お召し物を切り裂かれる……なんて嫌がらせも往々にしてあるのですよ。虎にじゃれつかれて切られた方は、初めてですけれど」

「嫌がらせ？」

「はい。美しい衣装を手に入れて、皇帝に褒めてもらいたい。総龍帝（そうりゅうてい）の代には、そんな妃の方が多くいらっしゃいましたから。縁延宮（えんえんきゅう）にいる妃も十分減りましたが、かつてはかなり多かったのです。そして、皆周りを出し抜こうとしていました。まぁ、皇帝に相見（まみ）えるかなんて、砂の中から金を探るより難しいものですけどね」

妃同士の、争い。

政に関することで争うだけではなく、後宮の中では女たちが皇帝を巡って争っている。戦の争いは知れど、女同士のそれには疎い一鈴（イーリン）は、そういった種類の争いがあることが、どこか腑に落ちなかった。漠然と、遠い世界にあるもの——後宮の中にいるのに、そう認識している。

「亜梦（ヤーモン）は、妃たちのために、糸を揃えたのですか」

「ええ。最初は……こういう細々した仕事は、嫌いでした。でも、後宮に来て、全て覚えました。掃除の仕方も、何もかも」

「優しいですね」

亜梦の手付きは、素人目に見ても巧みなものだ。そして、人のために色のついた糸を揃える。自分には出来ない性質の仕事だと、一鈴は亜梦が針仕事をしているのを見て微笑みそうになり——やめた。今日一鈴は初めて任務を失敗した。笑っている場合ではない。

亜梦は、さっと表情をこわばらせた。

「優しくなんてありませんよ。優しかったら、私は後宮に入ってませんから」

「それはどういう——」

遠くから足音が聞こえてきて、一鈴は言葉を止めながら扉のほうへ視線を向ける。同時に、亜梦も振り返った。

亜梦も、この足音を察知しているのか。

かなり離れた位置のはずなのに。一鈴が驚いて亜梦の顔を見ると、亜梦はハッとした様子で俯く。

ふたりともしばらく動きを止めていると、見慣れぬ宦官が入ってきた。

「一鈴様、晴龍帝様からのお言葉を預かってまいりました」

「お言葉?」

「はい。明日の朝、天龍宮へお越しください」

宦官は一鈴に伝えるなり部屋を後にする。

一鈴は取り残されるように、思考が止まった。

第二章　花殺しの皇帝

深華門(しんかもん)の外、天龍宮(てんりゅうきゅう)では皇帝である廉龍(リーロン)がいるため、縁延宮(えんえんきゅう)の宮女は——四花妃(しかひ)つきではない宮女は警備を理由に入れない。過去に自分が仕える妃をないがしろにした皇帝に直訴しようと、乗り込んだ宮女がいたからだ。

後宮入りした翌朝のこと。縁延宮(えんえんきゅう)で亜梦(ヤーモン)に見送られた一鈴(イーリン)は、天龍宮(てんりゅうきゅう)の客間で「しばしお待ちください」と言われるがまま、中にいた天天(テンテン)と待機している。

天龍宮(てんりゅうきゅう)は、晴龍帝(せいりゅうてい)が執務を行ったり、休んだりする、私的に使用することを目的とした宮殿だ。後宮を背にするようにして建ち、いわば後宮の外となる。位が高くなければ入ることすら許されぬ宮殿ということで、亜梦(ヤーモン)は縁延宮(えんえんきゅう)で待機となり、一鈴(イーリン)は天龍宮(てんりゅうきゅう)と後宮を行き来できる宦官(かんがん)により監視、護送されるような形でここに運ばれてきた。

「グゥ……！」

一鈴(イーリン)は自分の足にじゃれてくる天天(テンテン)を見る。

主人を裏切った虎は、薬師たちにより処置を受けたらしい。昨日一鈴(イーリン)がした手当てよりずっと立派な繃帯(ほうたい)を巻いている。裏切られた主人こと晴龍帝(せいりゅうてい)は、どこにいるか分からない。周りには槍を携えた武官が二人、茶を淹れる宦官(かんがん)が一人、そして虎が一匹。天天(テンテン)が甘えるたびに胸元の小白(シャオバイ)が威嚇を始めるので、なんとも落ち着かない。

一鈴(イーリン)は、膝に上体をのせてきた天天(テンテン)の背中を撫(な)で、室内を見渡す。

吊り下げられた花形の提灯(ていとう)は、緋色の明かりを床に落としている。絨毯は、植物とも動物とも判断ができない柄で、その上では金加工の長椅子や机が輝いている。廊下も入ってすぐの広間も、同じ様相だった。後宮の地図も、中の間取りも全て頭の中にある。だからこそ天天と会った時、一鈴は驚いたが、皇帝の虎で、天龍宮に住んでいるのであれば納得がいく。

おそらく天天は、皇帝の護衛の代わりなのだろう。

異国人の血がまざった秘書をそばに置いているらしいが、それらしき姿が見えない。そちらは頭脳で皇帝を支え、天天が皇帝の身を守っているのだろうか。

何故、人間を差し置いて虎を頼りにするのか。暗殺を警戒してか、心を凍らせているという凍王は、虎しか信じられないか。

晴龍帝は父親を殺して今の座についた。昨夜相対した晴龍帝の眼差しは、誰も信用せず、たとえ誰であろうと自分の望みの邪魔になる者は全て切り捨ててしまうような、強い殺意を放っていた。

「なぜお前は、飼い主を助けなかったんだ？」

絶対的な信頼を置かれているかもしれない天天だが、すぐ廉龍を裏切った。甘味を半年抜いた小白ならまだしも、虎は利口な動物で、主人を裏切ることなんてしないはずだ。ましてや、警戒心もそれなりに持っている。手当ての恩義にしても、一鈴になつく天天は異常だ。

でも、愛くるしくて、困る。

天天はごろごろと喉を鳴らした。一鈴は動物を愛して止まないが、動物は決してそうではなかった。なついてきたのは小白くらいなもので、任務中、休みの日に出会った野良猫や野良犬、鳥に蛇、猪に熊、みな等しく一鈴を恐れ、避けていた。なのに天天は、一鈴からべったり張り付いて離れない。猫のように甘え、猫のようにはしゃいでいる。虎であることも忘れそうだ。

天天（テンテン）を愛でていると、遠くから足音が響いてくる。廉龍（リーロン）、そして恰幅のいい武官が三人、宦官（かんがん）とは違う足音だ。一人宦官（かんがん）もついている。

「待たせたか」

扉が開かれ、三人の武官と、ほっそりした宦官（かんがん）を伴い廉龍（リーロン）がやってきた。一鈴（イーリン）は強いて言えば、殺せる機会を待っている。昨夜廉龍（リーロン）は地味な寝衣を纏っていたが、今は立派な龍刺繍の外衣を羽織り、宝石のついた環首刀を携え、まさしく皇帝としての正装をしていた。皇帝の寝衣は、今まで始末してきた人間の中で最も質素で、とてもこの国の頂点に君臨する者とは思えぬものだった。最初からこの正装をしていたならば、間違いなくこの男が皇帝だと、殺せていたはずなのに。

――もしや、それが狙いか。

警戒していると、廉龍（リーロン）は一鈴（イーリン）にむかってきた。

呆気にとられる間に、廉龍（リーロン）は瞬く間に距離を詰め、目の前に迫った。月明かりという柔らかな光の元ではなく、はっきりとした明かりに照らされた顔は、あいかわらず人の温度のようなものを感じず、作り物めいている。あっけにとられている間に、首筋――頸動脈や耳のあたりを、中指と人差し指で触れられた。

「……なにか」

「擦り傷がある。後で手当てをしてもらうといい。座れ」

晴龍帝（せいりゅうてい）はさっと一鈴（イーリン）から身体を離すと、椅子に座った。

目の前の男の目的が全くわからないことに居心地の悪さを感じながら、一鈴（イーリン）は促されるまま廉龍（リーロン）の

前に座る。

「早速だが、お前のことを調べさせてもらった」

「私のこと……ですか」

自分がなんであるか、悟られてしまったのか。しかし刺客と知ったならば、廉龍が直々に現れるのはおかしい。

「遠くで学者の父親の研究を手伝い、螺淵に戻ってきたのはつい最近……昨日、縁延宮に後宮入り。災難だったな。入って早々に五人の死体を見るとは」

廉龍はひとりで納得し、一鈴を見据える。

「で、何故お前は、縁延宮を抜け出して、あそこにいたんだ」

「え」

一鈴は思わず固まった。

言い訳を考えるが、思いつかない。昨日の亜梦の話を思い出し、皇帝を見てみたかったとでも言えば良いのかと思いつく。

しかしいざ晴龍帝を前にすると、とても晴龍帝の顔を拝みたかったとは言えなくなってしまった。動悸がしてきて、必死に頭を働かせるが、何も浮かばない。

「後宮暮らしは、本意ではなかったということか」

黙っている一鈴に、晴龍帝が問いかける。

皇帝を前に失礼にあたるが、素性を知られるわけにはいかない。一鈴は藁にもすがる思いで頷いた。

「望みはあるか」

次は何を言われるのか。何を追及されるのか……ひやひやする一鈴だったが、予期せぬ言葉に顔を上げた。

「望み……？」

「おいそれと後宮から出ることは許せぬが、天天を手当てした礼がしたい」

先程とは打って変わって、雰囲気を和らげた廉龍に一鈴は戸惑った。「特に何も」と否定すれば、廉龍は天天を見やる。

「お前には信じられないかもしれないが、この虎は人を嫌う。自分には絶対に触れさせないし、少し近づくだけでも襲いかかる虎だ」

そんなはずはない。天天が人を嫌うなんて。天天は、まだ会って間もない一鈴に自分から寄ってき、頬をすりつけたり、じゃれたのに。

「……この後宮に、四花妃がいることは知っているか？」

「はい」

突然話が変わった。戸惑いながらも一鈴は頷く。

蘭宮の賢妃、罗雨涵。水仙宮の徳妃、柳若溪。躑躅宮の淑妃、项明明、牡丹宮の貴妃全結華。

最終的に皇帝の子を産み、皇后になる者たちの名前だ。本来は皇后を設けるはずだが、晴龍帝は皇后を選ぶ素振りがないらしい。どうやら、子を産んだものを皇后とするらしかった。

しかしそれでは、子が生まれるまで、皇后の席は空白だ。出立前に领导からその話を聞いたとき一鈴は疑問を感じていた。螺淵では、まず皇后を定めてから、四花妃を選ぶ。にもかかわらず、四花妃だけを先に選んでしまうことが不思議だった。

「天天の手当ての礼として、お前に皇貴妃の位を授けよう」

「ありがとうございます……え」

皇貴妃。

皇貴妃なんて単語は、聞いたことがない。褒章みたいなものか。

「縁延宮より、いい暮らしが出来るだろう。明日からすべきことも責任も増えるが、よろしく頼む」

廉龍はそう言うが、明日からも何も、明日は皇帝の命日になる日だ。天天から飼い主を奪うのは心苦しいが、国を良くする為、皇帝には死んでもらう。

「万宗、私は丞相に話をしてくる。後は頼んだぞ」

廉龍が、傍に控えていた宦官に声をかけ、部屋から去っていく。万宗と呼ばれた宦官がそっと近づいてきた。

「一鈴様――いえ、皇貴妃様はじめまして。万宗と申します。皇帝の身の回りを整えつつ、秘書官を務めております。どうぞよろしくお願い申し上げます」

優しく穏やかな瞳は、深い碧色をしていた。色素が抜け落ちたような白い髪は、儚さを感じさせる。身体も筋肉なんてほとんどついてないように華奢で艶めかしい。ただ骨格は男そのもので、重心の置き方も女とは異なっているし、宦官であることも確かなはずだ。

「まず、皇帝陛下が一鈴様に賜った位についてご説明しましょう。皇貴妃という位は、陛下が新しく貴妃の上に設けた位でございます」

まずいことになった。一鈴は即座に自らの危機を悟った。

皇貴妃という何かは、後宮の褒章あたりだと思っていたが、そうとなれば話は違う。返上したい。

「陛下はその御心により、国内外問わず秀でた女性から皇后を選ぶのではなく、後宮で、自分の子を産みし女性を皇后にすると定めました。しかしそれでは皇后を定めるまでに時間がかかります。皇后不在の状態が長く続けば政も祭祀も円滑には進みません。そのために、代理として新たな位を設けた次第にございます」

それは、貴妃では駄目なのか。皇貴妃の立場になってしまえば、一鈴はこの国の政に関わることになってしまう。この国が良くなることは望めど、皇帝を殺しすぐにこの後宮から行方を晦ます人間が、そんな重要な位を賜ってはいけない。一鈴は思わず、「貴妃では駄目なのですか」と本音を漏らした。

「はい。陛下が一鈴様をお選びになったということは、一鈴様が皇貴妃であるべきと陛下が定めたということです。一鈴様のお言葉を拝借するならば、駄目です」

「でも……」

それは、説明になっているのか。煙に巻かれた気がして、一鈴は言いよどむ。しかし万宗は気にする素振りもなく、柔和な笑みを崩さない。

得体が知れない。底が知れない。今まで人を始末してきて、少なからず悪人の思考にはそれなりの行動様式や思考様式があったが、凍王の側近であるはずの万宗はそのどれもに該当しない。

「そして、皇貴妃となりました一鈴様には、本日より縁延宮から蓮花宮に移っていただきます。宮女も多く付きますよ」

「え――」

皇貴妃という位をつけられた末に、自分は住まいまで移されるのか。宮女――いや、自分を監視する者まで増やされるなんてとんでもないことだ。ただでさえ、亜梦は、仕事は確かなれど、熱意や、廉龍への忠誠心は極めて薄かった。こちらが驚くほど、一鈴から目を離してくれていた。

そして深華門のそばという、皇帝を殺して逃げるにうってつけの場所まで奪われていく。昨夜皇帝を殺さなかっただけで、こんなにも状況が悪化するのか。一鈴は上手く返事が出来なかった。

「ご安心ください。縁延宮は他の妃との共同住まいでしたが、蓮花宮で生活をする妃は一鈴様のみ。敷地も建物も広く、昨晩の住居より壮麗ですよ」

万宗は一鈴の挙動を緊張や環境変化への不安によるものだと思ったらしい。励ましてくるが、一鈴の慰めにはならない。

今すぐこの場を離れて、丞相の元へ向かった皇帝を殺しに行くか。魔の差した思考にふけるも、今までの任務だったなら、周囲は死んでもいい悪人ばかりでどんな被害が出ようと構わなかったが、この楼閣にいるのは国のために働く役人たちだ。巻き込めない。

顔を引きつらせていると、やけに大きな足音が遠くから響いてくる。廊下から今一鈴のいる部屋に向かっているらしい足音の主は、バンッと大きな音を立てて部屋に入ってきた。

「万宗、俺が蓮花宮の妃の警護ってどういうことだ！　あそこには誰も住んでないだろ！　ふざけてるのか！」

怒鳴り声とともに登場したのは、背が高く、暗い臙脂の髪が外向きにはねた男だった。足音のわりに重さを感じさせない体つきだが、しっかりとした筋肉がついている。軍人かと思ったものの、宦官(かんがん)のようだ。

万宗(ワンゾン)は「先程説明したはずですよ」と、背の高い男に振り向く。

「貴妃の上に、皇貴妃の位を設けることになったのです。そして君は、その皇貴妃の護衛に任命されました。大出世ですね。そしてこちらが、皇貴妃の一鈴(イーリン)様です。君の主人となるお方ですよ」

説明を終えると、万宗(ワンゾン)は困った顔で一鈴(イーリン)に微笑みかけた。

「そして彼が、皇貴妃様にお仕えする楊雲嵐(ヨウウンラン)と申します。もともとは武官でしたが、宦官(かんがん)を志望して、今年から後宮で働いています。少し融通が利かないところもありますが、今いる宦官(かんがん)の中で最も強いのは彼です。その点は安心してください」

身の安全。一番どうでもいい部分を保証されてしまったと、一鈴(イーリン)は気落ちした。皇貴妃に護衛をつけることは殊勝な心掛けではあるが、それでも自分に優秀な護衛がつくことは好ましくない。

「来たばっかりの妃を皇貴妃にするなんて誰が決めたんだよ。なんでこいつが貴妃より偉いんだよ」

「陛下です。それ以外に理由が必要ですか?」

万宗(ワンゾン)の言葉には、雲嵐(ウンラン)を無理やり納得させる意思とともに、晴龍帝(せいりゅうてい)に対する盲信も感じさせる。

「……よろしくお願いいたします」

一鈴(イーリン)は雲嵐(ウンラン)に声をかけるが、雲嵐(ウンラン)は返事をせず、ずいと凄むように近づいてきた。

「お前家柄がいいのか。何が得意なんだ」

「父は学者で、得意なことはなにも……」

「ほとんど平民みたいなものじゃねえか。ならなんでお前は選ばれたんだ」

それは一鈴(イーリン)にもわからない。

「雲嵐(ウンラン)、いい加減にしなさい。陛下の決定なのです。それに一鈴(イーリン)様は天天(テンテン)様に認められた妃でもあるのですよ」

万宗(ワンゾン)がため息を吐きながら、雲嵐(ウンラン)の後ろの襟をつかんで一鈴(イーリン)から引き離した。

「はぁ？　嘘つくならもう少しまともな嘘つけよ。あの馬鹿虎誰にでも噛み付こうとしてきて、皇帝についてるお前ですら気に入らない馬鹿虎じゃねえか」

馬鹿と二回強調している。

「皇帝は国を治めてる。平伏するべきだが、こいつはただ偉い奴に選ばれただけのやつだろ。それに皇后はまだこいつと決まったわけじゃない。晴龍帝(せいりゅうてい)の子を孕んだら別だが、守る必要はあっても敬う必要はねえ」

――それに。雲嵐(ウンラン)は不機嫌そうに一鈴(イーリン)を見やった。

「お前だって、知りもしないやつから一鈴(イーリン)様は我が命を懸けてお守りします！　なんて言われても信用できないだろ」

ふん、と鼻を鳴らし尊大に振る舞う雲嵐(ウンラン)だが、万宗(ワンゾン)はそんな雲嵐(ウンラン)を一鈴(イーリン)の護衛から外す気もないらしい。

雲嵐(ウンラン)はよほど腕の立つ人物なのだろうと、一鈴(イーリン)は雲嵐(ウンラン)の体躯を眺める。服で隠されていない部分から察するに、小さい頃から鍛えてきたようだ。身体の動かし方に変な癖も無ければ、殆ど酒も飲んでないと分かる。肉体的なことだけで言えば、軍人としての理想形。軍人としての活躍が頭打ちになったから、宦官（かんがん）の道を選んだとは思えない。

「おい。なにぼーっとしてるんだ。ひとまず縁延宮（えんえんきゅう）に帰るんだろ？」

呼びかけられ、一鈴（イーリン）は雲嵐（ウンラン）に視線を合わせた。仕事はちゃんとする気らしい。不機嫌そうにして、気が立っている様子だが、この部屋に入った時からずっと雲嵐（ウンラン）には隙がある。首も心臓も、恐ろしいほど無防備だ。おっとりとして、帳面を抱えている万宗（ワンゾン）のほうが、ずっとこちらを警戒しているように感じる。

「お前、この国の歴史をどれだけ知ってる？　もし自信がないのなら、少しは歴史の勉強しておいたほうがいいぞ。後宮についてなんと言われて来たか知らないが、ここは皇帝の寵愛を奪い合う場所だ。血塗られて殺されて謀られての繰り返しなんだからな」

「雲嵐（ウンラン）、そういうものから皇貴妃様をお守りするのが、貴方の仕事ですよ」

「だからって、本人甘やかして警戒させないのは違うだろ。ほら、さっさと行くぞ」

雲嵐（ウンラン）はどしどしと足音を立てて歩いていく。護衛なのに音を立てて周囲に自分の存在を知らせるのは危険ではないか。それとも自分の存在を知らせて周囲から脅威を遠ざけているのか。その体躯は立派なものだし、後者かもしれないと納得しながら一鈴（イーリン）は雲嵐（ウンラン）の後についていく。

「それで、お前生まれはどこだ。他所の国に行っていたと言うが、後宮に来る前はどこにいた」

「育ちも、居た場所も、喰京（サンジン）です」

一瞬、直近で任務に行っていた西刺（シースー）の地を口にするか悩んだが、自分の正体を知らせるきっかけになってしまうと止め、ここ数年行っていない場所を口にした。そして本当の出身地は、分からない。物心ついた時にいたのは箱庭だが、その場所がどこにあったのかも定かではない。

「喰京（サンジン）か、戦の時に立ち寄ったことがある。川が綺麗なところだ。今まで見た景色の中で、三本の指に入る名所だ。怖いくらい、菊が咲いてるけどな」

「菊」

一鈴（イーリン）は、自分が夜菊（よぎく）と呼ばれているらしいことを思い出す。

なんとなく始めた習慣だったが、もっとあだ名をつけられないような花を証明とすべきだった。他愛もない話をしている間にも、後悔ばかりが重なっていく。

「雲嵐（ウンラン）は自然が好きなのですか」

「平時に楽しみがないと頭がおかしくなるからな」

雲嵐（ウンラン）の話を聞きながら、一鈴（イーリン）は窓に視線を向けた。天龍宮（てんりゅうきゅう）の廊下からは、後宮の中が殆ど見えない。まるで、視界に入れたくないと遮られているようだ。

そしてこの楼閣の最上部に、晴龍帝（せいりゅうてい）の寝所がある。寝所からならば、後宮内を一望できるに違いない。わざわざ虎を散歩させていると思っていたが、高いところからは自分が、細かな部分は虎に任せているのだろうか。

天龍宮（てんりゅうきゅう）から後宮を囲う塀を眺めた一鈴（イーリン）は、鳥籠を思い浮かべた。

天龍宮（てんりゅうきゅう）から縁延宮（えんえんきゅう）に帰ると、一鈴（イーリン）は慌ただしくもそのまま居を移す運びとなった。とはいえ、ただの妃としてではなく、皇帝を殺すために後宮入りを果たした一鈴（イーリン）は、必要最低限の荷物しか無い。昨日とは手順を逆にするようにして荷物をまとめ、轎ではなく馬車に揺られた一鈴（イーリン）は蓮花宮（れんげきゅう）の前に立っていた。

赤炭の瓦が並ぶ反り上がった屋根に、赤い外壁。水堀と蓮花に囲まれ、上から見ると八角形のこの場所は、他の四花妃（しかひ）の住まいと異なり、宮殿に入る為には橋を渡る。往来がある場所は、武官が槍を構えている。真正面から攻め入るには、数名の武官を相手にし、邪道で向かうのならば自らの身体を濡らす必要がある。庇護すべき者の為、厳重な警備が敷かれた場所に、自分（刺客）が住む。

领导（頭領）から与えられた任務で、ここまでの失態を犯したのは初めてだ。小白（シャオパイ）を拾ったときだって、きちんと対象を排除することが出来たのに。

「立派な建物だな」

雲嵐（ウンラン）が辺りを見渡す。亜梦（ヤーモン）は一鈴（イーリン）から目を離すことが多かった。蓮花宮（れんげきゅう）に移り住むに当たって、亜梦（ヤーモン）もついてきてくれたが、新しくつけられた宮女たちがいるからか、やや暗い面立ちで、雑談することもなく手を動かしている。

雲嵐（ウンラン）は、きちんと護衛の仕事をしている。雲嵐（ウンラン）がいることで、よく喋る亜梦（ヤーモン）が黙っている。いいことかもしれないが、一鈴（イーリン）にはあまりにも都合が悪い。

宮殿の中に入ってもそれは同じで、雲嵐（ウンラン）は蝶とともに松、竹、梅の文様が刻まれた廊下に惚れ惚れしながらも、一鈴（イーリン）から目を逸らさない。隙はあるが、気付かれずにどこかへ行くのは厳しそうだ。首を絞めて意識を落とすしか無い。

「素晴らしい歳寒三友(さいかんさんゆう)だ」

「歳寒三友？」

「絵の題目だよ。清らかで美しいものの取り合わせだ。そんな事も知らないのか。お前何歳からよそに行ってたんだ？　そもそもどこに行ってたんだ。父親が学者って言ってたが、楽海(ルーハイ)のあたりか？」

「それより、雲嵐(ウンラン)は、絵を描くのですね」

誤魔化すと、雲嵐(ウンラン)は「嗜(たしな)む程度にな」と、返す。

「白い紙の上なら、好き勝手できる。画家を目指そうかと思った時もあったが、戦うほうが合ってる。それに、力が無ければ大切なものも守れない。そのせいで、万宗(ワンゾン)の野郎に頭下げなきゃいけなくなったけどな」

「万宗(ワンゾン)という方とは、付き合いが長いのですか」

「どうしてそう思うんだ」

「仲がよく見えたので」

雲嵐(ウンラン)は万宗(ワンゾン)と同世代に見えることが一点。上の立場であろう万宗(ワンゾン)に、野郎と言えることが一点。

逆にこれで、付き合いが浅いと言われたら、恐ろしいことだ。

「そうでもない。仲は良くない」

怖い。

一鈴(イーリン)は雲嵐(ウンラン)に怯えたが、雲嵐(ウンラン)は気付く様子もなく、万宗(ワンゾン)について語り始める。

「あいつは本当に最悪なやつだから、自主的に礼儀を欠いているだけだ。それが仲良く見えるなら、お前の目は節穴だ。後宮に入ったなら、審美眼くらい鍛えておけ」

雲嵐は万宗をよく思っていない為に、無礼をしてもいいと考えているらしい。向こう見ずな気質を感じて、一鈴は少しだけ雲嵐が怖くなった。

「最悪というのは万宗様が、異国の血を引いているからですか」

晴龍帝の説明をするときに、领导が、異国人の血を引いている秘書官、と言っていた。おそらく万宗のことだろう。螺淵では異国の人間に対して、風当たりが強い傾向にある。一鈴が相手にしている悪人は、螺淵の国の者が多い。抹殺対象である悪人に雇われている人間——いわば部下、下っ端と呼ばれる者たちは、異国の血が混ざっている者が多い。人目に触れる悪事を行うのは下っ端のため、結果的に異国人が物盗りをする、暴力を働く——と、人々には印象付けられてしまっている。ただ、中には螺淵に乗り込み、国を乗っ取ろう、螺淵に大規模な犯罪市場をつくろうとする異国の組織もいて、難しい問題だった。

「異国がどうとか、血なんて関係ねえ。俺は戦いでいろんな国の人間を見てきたが、あいつの性根の悪さ、涼しい顔して自分が一番いいところをとっていくずる賢さは、あいつ自身の醜さだ」

雲嵐は「血がどうとかつまんねえことで目え曇らせてるから物がちゃんと見えねえんだよ」と、一鈴を見やった。

雲嵐が万宗を嫌う理由は、もっと別のところにあるらしい。また万宗と雲嵐の関係がわからなくなったが、その言葉を聞いて、少しだけ雲嵐を知ることが出来た気がした。

「ただでさえ戦だって、人間減らしてるのに、血がどうこうで揉めてどうするんだ」

雲嵐は縁延宮にあった荷物を蓮花宮に入れる宦官に指示を出していく。

「私、少し部屋を見てきます」

「なら——お前、皇貴妃の後について行け、俺が指示出しをしてる。目を離すなよ」

一鈴がその場を離れようとすると、雲嵐はしっかり他の宦官を呼び寄せた。

渋々宦官に同行されながら、一鈴は寝室に向かう。

部屋は全て紫檀の家具で統一され、あちこちに金の装飾があしらわれている。縁延宮の部屋よりも華やかだが、隠れ場所も少なく窓も大きい為、不在がすぐに知られてしまうだろう。天龍宮と距離が近く、遠景を見渡せる拡大鏡があれば、人の出入りも把握される。目に自信のない刺客が持つ、市井には出回らない特殊な眼鏡を使えば、誰が出入りしているかも分かる。

一鈴は、顔が引きつるのを必死に抑える。皇帝からの寵愛を得てなければ住めない部屋と言えば聞こえは良い。しかし殺しに行く者が住むべきではない。

窓の外から見えるのは、天龍宮のみ。他の宮殿の様子はさっぱりわからない。どうしたものかと頭を抱えれば、服の中に隠している小白が前足で一鈴の鎖骨を叩き始めた。

「何だ小白。腹が空いたのか？」

掌に乗せてやると、小白は甘味の催促をしてくる。今朝は縁延宮から蓮花宮に移るにあたり、朝食の時間が遅くなっている。小白には手持ちの氷砂糖を与えたが、菓子は与えていない。小白は「そっちがその気なら飛び出してやるからな」と言いたげで、一鈴は焦る。

「頼む小白(シャオパイ)。任務があるんだ」

――なら自分が皇帝を殺してきて、菓子を食べるしかないですねぇ。へっへっへ。

そんな動きをし始めた小白(シャオパイ)を慌てて止めていると、万宗(ワンゾン)の足音が聞こえてきた。振り返って暫く待てば、万宗(ワンゾン)が柔和な笑みを浮かべて現れた。

「一鈴(イーリン)様。陛下に代わって本日のご予定についてお伝えしに参りました。本日の晩餐は、天龍宮(てんりゅうきゅう)にて、陛下、母后様とお召し上がりくださいませ」

「え……位を授かった妃は、皇帝や母后様と食事をともにするのですか？」

昨晩、縁延宮(えんえんきゅう)の自室まで食事を運んでくれていた、亜梦(ヤーモン)曰く、位のない妃の中でも、強力な後ろ盾が無い限りは、あまりいい食事にありつけないらしい。

「陛下及び妃たちは、それぞれ自分の住まいでお食事をされます。本日は、一鈴(イーリン)様と母后様の顔合わせとなります。そして近い内には、明花園(めいかえん)にて四花妃(しかひ)様と茶会が設けられる予定です」

「茶会……」

母后に、四花妃(しかひ)。妃たちはともかく、母后は子供に夫を殺された母親。会いたくはない。関わる人間を減らしたいことに加え、将来一鈴(イーリン)は晴龍帝(せいりゅうてい)を殺すのだ。こうなれば、万宗(ワンゾン)が出ていくのを待って、雲嵐(ウンラン)を撒いて、皇帝を強引にでも殺し、後宮を出るほかない。

「今、陛下はどちらへ？」

「本日は一鈴(イーリン)様に関する説明をなさるため、丞相たちとの引見をされています。そのあともご予定が重なっており、陛下とお話をされるのは、少々難しいことと存じます」

一鈴が殺しに行くことを疑っているくらい、徹底した返答だった。話しづらさを感じていると、万宗がちらりと廊下の様子を窺う。

「雲嵐はいかがですか？　皇貴妃様になにか失礼なことはしていませんか」

貴方に失礼なことを言っていましたよ。

心のなかで思いながら、一鈴は否定する。

「いえ」

「そうですか。よそから見た螺淵のように、この後宮も外から見れば、慣れないもののように感じるかもしれません。なので、お気づきのことがございましたら、いつでもおっしゃってくださいね」

雲嵐が危険ですよ。

すべて密告して、雲嵐が席を外している間に晴龍帝を殺しに行こうか迷う。しかし、人を不幸にしながら、自分の任務を果たすわけにはいかない。人の命を奪っているのだから。

「それにしても、不思議ですね」

万宗が目を細めた。

「……なにがでしょうか……」

「天天様は幼少から共に有られる陛下にだけ忠実に仕えておりました。他の者は誰であっても、近づくことを許しません。陛下のそばで働く私すら、未だに吠えられ近づけば最後、腕を折ろうとしてきます。これまで何人の宦官や宮女、妃たちが怪我をしたかわかりません。なのに、まさか天天様が昨日出会ったばかりの一鈴様に、あそこまで心を開かれるとは。五人の男たちが後宮に入り込んだことも信じられないことですが、天天様が陛下以外に懐かれたと聞いた時、本当に驚きました。天天様が妃を襲撃して怪我をさせたと聞くほうが、ずっとしっくりくることですので」

だから皇貴妃なんて位を与えられたのだろうか。一鈴は肩を落とす。

「ああいうのは、よくあることなのでしょうか、こう、後宮に男たちが入り込むというのは」

天天が一鈴に懐くというのは非常事態のようだが、一鈴には気になっている非常事態がもうひとつある。さっき万宗の言った天天を襲った人間たちのことだ。後宮に男がおいそれと入り込むことは出来ない。もともと、緋天城は厳重に警備されている。だからこそ一鈴は、ただ遊侠の刺客として侵入し、晴龍帝を殺すのではなく、わざわざ妃の一人として入り込んだのだ。昨日の男たちが、黒幇の関係者で、螺淵を良くする目的ではなく、螺淵に混乱をもたらすためならば、たとえ晴龍帝を殺すことが目的であっても、一鈴は黒幇のほうを先に仕留めなくてはいけない。

「前代未聞のことですよ。この後宮では、深華門の警備以外にも、後宮全体を囲う石塀の内側にも外側にも、等間隔に武官が立っているのです。なので……その不始末として、侵入を許した時刻についていた武官は皆職を辞するよう命じられ、一新しましたから」

万宗は困った顔で笑う。

今までない、前代未聞のことが、立て続けに起きている？

「ならば、陛下の独り歩きは……？　どうやら、護衛もつけずに出歩いていたようですが……」

「陛下は……時々あるのです。尊き御心は、平凡な私の心では到底計り知れぬことでございます」

「時々……」

「しかし、皇帝が護衛もつけず歩くことは、当然問題になることです。内密にはしているのですが……その関係で、一鈴(イーリン)様が天天(テンテン)様を手当てしてくださった事実ごと、伏せています。ただ、雲嵐(ウンラン)がやや反抗的な態度をとってしまうことは、想定外でした。私に反抗的なのはいつものことですが、陛下の一存にまで、異を唱えるとは……」

万宗(ワンゾン)は雲嵐(ウンラン)が反抗的なことを黙認しているらしい。一鈴(イーリン)は二人の関係を思案しつつ、昨晩の様子を思い返す。

晴龍帝(せいりゅうてい)は一人で後宮内を歩いていた。天天(テンテン)とは別行動だった。晴龍帝(せいりゅうてい)を襲いに来て、邪魔な天天(テンテン)を殺すにしても、何故最初から独り歩きしている晴龍帝(せいりゅうてい)を狙わなかったのだろう。

一鈴(イーリン)が天天(テンテン)と会ってすぐ晴龍帝(せいりゅうてい)が現れたことを考えるに、天天(テンテン)と廉龍(リーロン)、そして襲撃者の位置は、そこまで離れていなかったはずだ。

「天天(テンテン)が襲われるというのは、よくあることなのですか」

「それも初めてのことです。少なくとも私が務める前は、聞いたことがありません」

襲撃者たちは、いったいどこから侵入してきたのだろうか。遊侠すら知らぬ侵入経路を知っていた五人は、晴龍帝(せいりゅうてい)が首を刎ねてしまった。脅して、どうしてこんなことをするのか、他に仲間がいないのかと尋問すれば良かったのに。

そのせいで、もうどうにもならない。生かして尋問すればよかったのに。自分なんかを尋問せず。

一鈴(イーリン)は昨夜の廉龍(リーロン)について思い出した後、ハッとした。

「天天(テンテン)の散歩は？」

問いかけると、万宗(ワンゾン)はそっと眼鏡の鼻あての位置を整えた。

「天天(テンテン)様は晴龍帝(せいりゅうてい)様が後宮に訪れる日――夜伽の日に、宵のうちから、暁に至るまで、後宮内を巡るのです」

「なら、天天(テンテン)を伴わずに、晴龍帝(せいりゅうてい)だけが後宮に入ることもあるのですか」

「もちろん」

――では、時間になりましたら、迎えに参ります。

万宗(ワンゾン)は去る。それを見計らったかのように、小白(シャオバイ)が一鈴(イーリン)の胸元から這い出てきた。肩までサッと登ってしまうと、くりくりとした瞳を輝かせ、前足で催促の構えをとる。どうやら、いい夕食が食べられると期待しているらしい。

「お前は服から出せないぞ。騒ぎになるからな」

小白(シャオバイ)の背中を撫で、一鈴(イーリン)は窓辺に立つ。天天(テンテン)と晴龍帝(せいりゅうてい)を殺そうと、手引きした者がいる。それが誰か分かるまで、安易に殺せない。黒幇(こくはん)や他国の者が後ろにいたならば、それらが目的を果たすより前に、先にそちらを始末しなければいけない。

夫人の食事会――その前に、少し後宮の中を調べてみるか。

一鈴(イーリン)は小白(シャオバイ)を服の袂(たもと)に戻すと、部屋を後にした。

❀

一鈴(イーリン)に申し送りをした万宗(ワンゾン)は、天龍宮(てんりゅうきゅう)に帰ると、自身の主の元へ急いだ。

天龍宮(てんりゅうきゅう)の最奥には、神鏡の間(じんきょうのま)という部屋がある。皇帝が文書の確認や、自らの側近へ内々に話をしたいときに使われる、いわば政務用の私室だ。その名の由来は、神が鏡を用いて皇帝が正しき道を歩めているか監視しているからというもの。丞相たちとの引見は広間で行うことが多いが、文書の確認や指示出し程度であれば、皇帝が神鏡の間(じんきょうのま)から動くことはない。大部分の時間をそこで過ごしている。

今日もそれは同じで、万宗(ワンゾン)が断りを入れてから神鏡の間(じんきょうのま)に入ると、廉龍(リーロン)は部屋の中央にある執務机に向かい、筆を執っているところだった。

「廉龍(リーロン)様、お預かりしたお言葉を皇貴妃様にお伝えしてまいりました」

「感謝する」

そう言ったきり、廉龍(リーロン)は顔を上げること無く、他国からの文書を読み込んでは、手を動かしている。

昨日と、一昨日と、一週間前、寸分変わらぬ眼差しの主を、万宗(ワンゾン)は蒼い瞳で眺める。

科挙にて最良の結果を残しながら、異国の血が混ざっていたことで緋天城(ひてんじょう)の門をくぐることが出来なかった万宗(ワンゾン)を認め、その道を照らしてくれた廉龍(リーロン)。

廉龍(リーロン)が望む世界に、自分の持つ知恵が役立つならばと、万宗(ワンゾン)は廉龍(リーロン)を支えることを決め、自ら宦官(かんがん)に志願し、後宮に立ち入る権利すら獲得した。

しかしながら、叡智や崇高なる忠誠心を以てしても、主人の考えが分からない。

廉龍(リーロン)が後宮入りして間もない女を皇貴妃にしてしまったからだ。皇貴妃は皇后の代理と言っていい位で、廉龍(リーロン)が生み出した位だ。いわば最も皇后に近い席となる。家柄もぱっとしない、何が得意か即座に答えられないような凡庸な女を置いていい位ではなかった。

もうすぐ始まる丞相たちとの引見で、廉龍は独断で動いたことを追及されるだろう。ただでさえ、時期が悪い。丞相たちは表面上廉龍を敬ってはいるが、父親を殺し即位した廉龍をよく思っていない。先帝を殺すにしても、証拠の残らない毒殺を使ったり、事故に見せかけて、廉龍以外の者に斬らせるなど、やりようはあった。親殺しは不徳どころの問題ではない。相談の一つでもあれば、適当な宮女のせいにするなり、宦官のせいにするなり、万宗はどうにでも出来た。

だというのに、廉龍はなんの前触れもなく、父親の首を刎ねてしまった。

半年ほど前、満月の夜のこと。緋天城の西にある仏具を保管する永命殿にて、先帝が廉龍を呼び出した。「親子二人で話がしたい」と先帝の護衛も、万宗も外され、永命殿の前でしばらく待っていると、血塗れの廉龍だけが本殿から出てきたのだ。当初は事故を疑われたが、先帝の身体にもみ合った形跡はなく、一方的に廉龍が斬り殺したと知れてから、廉龍への風当たりは強まった。

後宮で跡を継げる男児が産まれれば、廉龍が殺される可能性は高まるだけだ。それを分かってか、廉龍も後宮に入ることより、職務を優先させる。

四面楚歌とも言えるなか、廉龍は恐怖により政治を行っている。今頃丞相たちは、一鈴の素性を調べ上げていることだろう。身籠れぬ娘を時間稼ぎに貰ってきたと思われてもおかしくない。

一鈴は元々よその国に滞在していた学者の娘で、その学者は母后と縁ある立ち位置にいる。母后は、先帝……総龍帝を愛していた。総龍帝も母后を愛し、二人は螺淵繁栄の象徴として、皇帝と皇后だからではなく、ただお互いを一人の人間として愛し合っていると評判で、実際、万宗も二人の愛を間近で見ていた。親は子供が出来ると、番よりも子供を大切に想うというが、どちらかといえば廉龍と母后には距離があり、むしろ総龍帝のほうが、廉龍への愛情が深かったように思う。

母后が廉龍をどう思っているか……。想像に容易い。明日の顔合わせは廉龍の動向をいち早く察知した母后の要請によるものだが、息子を心配して、周囲を探っていた……というわけではないだろう。

「天天様を狙った者たちに関してですが、まだ侵入経路が掴めておりません」

「引き続き調べてくれ」

廉龍はまた書類を見ては、筆を動かし、執務を再開する。即位してからというもの、万宗は廉龍が休む姿を見たことがない。

「少しは、お休みされてはいかがですか。この間も、視察のあとすぐに軍の会議に参加なさって――」

「そんな暇はない」

「しかし、このままでは……！」

「前にも話をしただろう、万宗」

廉龍が顔を上げた。

「私に同じ話をさせるな」

静かな拒絶に、追及を止める。けれど、納得がいかない。廉龍の望みに、得体の知れない皇貴妃は間違いなく邪魔になる。自らの首を絞めるようなことを、何故自分の君主は行ったのか。

「明日好天殿で、皇貴妃を迎え入れたことを発表する」

「明日ですか⁉　いくらなんでも突然すぎるのでは……」

一鈴を皇貴妃に定めるのも、母后を交えての食事会もそうだが、こうした儀礼や発表は、もっと時間をかけて準備をするものだ。生き急いでいるようにも感じるものの進め方に、万宗（ワンゾン）は大きな不安を覚えた。

「陛下……！」

「突然だろうが関係ない。明日行う。皇貴妃の存在を、後宮内で広く、早急に知らせる必要がある」

あの、突然現れた女が、なにか悪い影響を皇帝に及ぼしているのではないのか。

我慢ならなくなった万宗（ワンゾン）は問う。

「どうして、一鈴（イーリン）様を皇貴妃に選ばれたのですか。前からお知り合いだったのですか」

だから、自分の身を危険にさらしてまで。丞相たちの付け入る隙を、つくってしまったのか。

「全く知らない」

「ならば、天天（テンテン）様が懐かれていたからですか？」

「違う」

主人が嘘をついているようにも見えない。

万宗（ワンゾン）が様子を窺っていると、廉龍（リーロン）は万宗（ワンゾン）を見すえた。

「私が、あれを皇貴妃にした理由は――」

✿

「さようですか……」

廉龍（リーロン）が素性の知れぬ者を皇貴妃にした理由について話すと、万宗（ワンゾン）は納得と疑念がないまぜになったような、複雑な表情をして部屋から去っていった。気配が消えたのを待ってから、廉龍(リーロン)は政務を再開する。万宗(ワンゾン)は休まなければと、ことの折々に訴えてくるが、休むことに価値が見いだせない。

戦場にいれば、休む暇など、はなからない。

気を抜けば死ぬ。雨のように矢が降り注ぎ、風のように鉄砲の弾が絶え間なく飛んでいく。剣戟の音は止み時を知らず、世界には緋色しか存在しないことを思い知る。

廉龍(リーロン)の心は、いつだって戦とともに在る。

敵を討ち取り、狂喜に震える声。

果物が腐ったような、鼻について仕方ない鉄の香り。

身体の周りを、今もなお殺意が渦巻いている感覚が抜けない。なのに、不思議と戦に入る前と後が、上手く思い出せない時がある。

それでも、鮮やかに、記憶に残っているもの。

戦場に突然現れた、影のような「何か」だ。

勝利を確信して、武器を抱えながら喜ぶ者たちを一掃し、瞬く間に兵士たちを終焉に誘ったそれは、人の形をしていた。

「生きてるか」

屍の群れの中、負傷によって膝をついていた廉龍(リーロン)に問いかけながら、あたりにそっと菊を落とすその顔は、逆光となりよく見えなかった。

相手は、屍を綺麗に避けながら近づいてきて、廉龍(リーロン)に手を伸ばしてくる。あらわになっていた右の二の腕には、十字の火傷痕があり、それまでどれほど過酷な状況に身を置いていたかが窺えた。近づいた時、顔が見えた。なのにその顔が、思い出せない。

そして、渡してきたのは――、

「申し訳ございません、廉龍様、別件でひとつ――」

部屋に万宗が戻ってきて、廉龍は現在に意識を移す。扉を叩く音を聞き逃すほど意識が追憶に取り憑かれていた。自省しながら廉龍は万宗に申し送りをして、机に置いてある仏に視線を向ける。

廉龍が肌見離さず持ち歩き、一人で政務を行うときは必ず机に置く、木彫りの根付であり、神具だ。

また万宗が部屋を去ってから、根付に刻まれた刃の跡に一度触れ、廉龍は前を見据える。

刺客の夜菊は、殺した相手に菊を手向ける。

災害が起きたかのように、本当に一瞬で全てを塗り替えたその存在の名が、夜菊であると知ったのは、戦が終わってすぐのことだった。

「いつか、お前が」

ひとりでに呟いて、廉龍は執務に戻った。

❀

蓮花宮の廊下に、一人分の足音が響いている。

「せっかく綺麗にしたのに、なんだか勿体ない半面、縁延宮よりどこもかしこも立派で、嬉しくなってしまいますわね、一鈴様」

「勿体ないもないだろ。どの宮殿も常にきれいな方が良い。建てるのだって楽じゃないんだからな」

一鈴のうしろを、亜梦、雲嵐が歩く。雲嵐の足音は、やけに響く。刺客や武人は、足音を立ててはいけない。足音が響くということは、それだけ危険につながる。そして、刺客は他者の足音から、数多の情報を得なければいけない。体型、性別、年齢――足音から知ることが出来るものは多い。

一鈴は、足音を聞くことが半ば癖になっている。職業病のようなものだ。そのため遠くから人が近づいてきている時、たとえ壁や扉を隔てていても、すぐに分かる。

だからこそ、武人であるはずの雲嵐の足音が大きく、敵が近くに居たら、間違いなく狙われるものであることが気になって仕方ない。

一方宮女であるはずの亜梦は、足音が全くしない。一鈴は雲嵐に呆れながらも、蓮花宮の廊下を進んでいく。

万宗を見送った一鈴は、亜梦から蓮花宮の案内を受けることになった。絶好の機会だが、「女に護衛なんか出来るかよ」という雲嵐の偏見により彼が同行してきたため、一鈴は満足に外に出られない。

「食事も豪華なものになりましたし――まさか自分のお仕えする妃様が一夜にして皇貴妃様として見初められるなんて、なんだか落ち着きませんわ。夢のようです。私のお給金も増えるのでしょうか！」

亜梦はずっと浮かれている。

こんな呑気に案内を受けている場合ではないのに。「あれも綺麗」「これも綺麗」と周りを見渡す亜梦、「立派な山水画だ」と言いながらもきちんと一鈴を監視する雲嵐を横目に歩いていれば、亜梦がさっと顔色を悪くした。

「でも、天天(テンテン)様が皇帝の刺客に襲われているところに立ち会ってしまうなんて、災難ですわね——不幸の分だけ、幸福が訪れるということなのかしら……」

一鈴(イーリン)がずっと黙っていたのを、気にしてたらしい。そもそも一鈴(イーリン)はこれまでの一生の中で、人間と話をした時間のほうが極めて少ない。仕事が無い時は小白(シャオバイ)に話しかける程度のもので、それ以外は领导(頭領)から拝命するとき、結果報告をするときだけだ。ここしばらく、人間と話をしたのは、领导(頭領)、もしくは排除対象のみ。長く会話をしていると、自分の正体が暴かれてしまいそうで避けている。襲われるほうが日常だ。

「別に」

「あら、そうですか？　肝が据わっていらっしゃるのですね……だからコウヒキ様に選ばれたのかしら？」

「皇貴妃、な」

雲嵐(ウンラン)に訂正され、亚梦(ヤーモン)は「覚えましたわ」と、口角を上げ、すぐそばの部屋に入っていった。一鈴(イーリン)と雲嵐(ウンラン)も後に続いて入っていくと、中は厨房だった。後宮の食事はすべて彩餐房(さんさいぼう)と呼ばれる殿舎で作られており、宮殿には必要ないはずだ。一鈴(イーリン)が首をかしげていれば、亚梦(ヤーモン)は目を輝かせる。

「縁延宮(えんえんきゅう)ではお茶を淹れるだけで、食事を温め直すことが出来ませんでしたが、ここならいくらでも温めることが出来ますよ！」

亚梦(ヤーモン)のはしゃぎようを見ながら、一鈴(イーリン)は昨日の夕餉(ゆうげ)を思い出す。昨日の亚梦(ヤーモン)は、皇帝は机に並べきれない食事をしていると話しながら、黄巻(もやし)を炒めたもの、具がたっぷりと入った粽子(ちまき)を並べていた。

一鈴(イーリン)は小白(シャオバイ)の食事以外は適当に済ましており、きちんと作れる料理は、甘く煮た小豆と、もち米を交ぜて粽子（ちまき）にしたものだけだ。それも遠出する時にしか作らないため、昨日の夕餉は十分なご馳走であったが、亜梦（ヤーモン）は足りないと嘆いていた。

そして、不満を抱いていたらしいのは、亜梦（ヤーモン）だけではない。小白（シャオパイ）もだった。粽子（ちまき）は今まで一鈴（イーリン）が食べたことがない味で、茸や筍、角切りの火腿（ハム）を醤油で味付けしたらしく、一鈴（イーリン）の作る甘い粽子（ちまき）を食べていた小白（シャオパイ）は、ひとくち食べて『甘くない！』とでも言いたげに暴れ、不満をあらわにしていた。

「……そういえば陛下の食事は天龍宮（てんりゅうきゅう）の中で作られているのですよね」

一鈴（イーリン）は、後宮入りの前に読み込んだ調査書を思い返す。そこには、皇帝の食事は天龍宮（てんりゅうきゅう）にある専門の厨房で、専属の料理人たちが用意するとあった。

しかし、雲嵐（ウンラン）が首を横にふる。

「晴龍帝（せいりゅうてい）は自分で作ったものしか食べないらしい。使ってる調味料も食材も気まぐれに周りの奴に毒味させるから、毒殺対策は万全ってことだな」

毒殺対策は万全。

毒でも無理。

一鈴（イーリン）は今まで、命を奪う以上苦しませないほうがいいと、毒での殺しは避けてきたが、一方でこの窮地を脱するにはと、毒に救いを見出していた。

望みを徹底的に断たれる形となり、一鈴（イーリン）はがっくりと肩を落とした。

「一段落したことですし、お茶にしましょうか。彩餐房（さんさいぼう）から材料を頂いて、麻花（マーホア）でも作りましょうか」

亜梦（ヤーモン）が明るく言う。

「麻花（マーホア）？」

「小麦の生地を狐色になるまで揚げて、砂糖をまぶしたお菓子です。とっても甘くて美味しいのですよ」

とっても甘くて美味しい。そう聞いた途端、一鈴（イーリン）は嫌な予感がした。すぐ服の袂に手をやるが、間一髪遅かった。

「ふしゅーっしゅぅうう！」

一鈴（イーリン）の袖から小白（シャオパイ）が飛び出した。一鈴（イーリン）はすぐに小白（シャオパイ）を隠そうとするが、雲嵐（ウンラン）も亜梦（ヤーモン）も驚いた顔で小（シャオ）白（パイ）を視界にとらえた。

「何だこの獣！」

「かわいい！」

二人の反応は対照的だ。亜梦（ヤーモン）の問いかけに一鈴（イーリン）はおそるおそる頷くと、亜梦（ヤーモン）は目を細める。

「この子の名前は？」

「小白（シャオパイ）……」

「小白（シャオパイ）！　可愛い！」

亜梦（ヤーモン）は厨房の床に降り立った小白（シャオパイ）を、しゃがんでのぞき込んでいる。一方雲嵐（ウンラン）は「害獣だろ！」とそばにあった菜刀（ながたな）を掴む、亜梦（ヤーモン）は真っ青になった。

「雲嵐（ウンラン）様！　殺してはなりません！　まだ恐水病かも決まってないのに、やめてください！」

「厨房に糖獣（とうじゅう）が出たなら始末しなきゃいけないだろうが！」

雲嵐（ウンラン）は菜刀を振りかぶる。一鈴（イーリン）はすぐに菜刀を持つ雲嵐（ウンラン）の腕を押さえようとするが、亜梦（ヤーモン）が雲嵐（ウンラン）に接近し、手首を振りかぶっていることに気付いた。

首に打ち込む気だ。

一鈴（イーリン）は亜梦（ヤーモン）が雲嵐（ウンラン）の首に打ち込むより先に、雲嵐（ウンラン）の額を思い切り叩いた。雲嵐（ウンラン）はすぐ額を押さえてしゃがみ込み、亜梦（ヤーモン）の掌底打ちは空振りに終わる。

「いってえな！　お前なにするんだよ！」

額を押さえながら雲嵐（ウンラン）が喚く。亜梦（ヤーモン）は一転して穏やかな表情に戻り、一鈴（イーリン）をまじまじと見てきた。

「一鈴（イーリン）様……」

「亜梦（ヤーモン）……」

「しぅ」

一鈴（イーリン）と亜梦（ヤーモン）の間に、小白（シャオバイ）が入る。すると雲嵐（ウンラン）が立ち上がり、また菜刀を握ろうとした。慌てて一鈴（イーリン）はその腕を押さえた。

「待ってください！　小白（シャオバイ）は、確かに意地汚いですが、柱を食べたり、食事を盗んだりする糖獣（とうじゅう）とは違うのです」

「違うって――っ⁉」

雲嵐（ウンラン）が、押さえられている自分の腕を見てから、一鈴（イーリン）の顔をまじまじと見てくる。強くは押さえているが、痛みを与えないように加減はしている。見返すと、雲嵐（ウンラン）は眉間に皺を寄せ、菜刀を握る腕の力を強めた。

「お前、一体――」

「菜刀を、下げてください」

一鈴(イーリン)が再度見返すと、雲嵐(ウンラン)は力を弱めた。カラン、と高い音を立てて菜刀は床に落ちる。危険がないよう、一鈴(イーリン)は菜刀を拾い上げた。

雲嵐(ウンラン)は、黙って一鈴(イーリン)を睨みつける。小白(シャオバイ)を駆除する気なのか。思わず身構える。

「小白(シャオバイ)はたしかに糖獣(とうじゅう)ですが、木を食べたり、資材を食べたりはしません！」

「違う。糖獣(とうじゅう)も問題だが、お前も問題だ」

「はい？」

「俺が女に叩かれた挙げ句、押さえられるなんてありえねえ。お前男だろ。なんか獣くせえと思ってたが、鼠連れてにおいを誤魔化してたってことか」

一鈴(イーリン)は愕然とした。

刺客ではなく、女であるかを疑われるとは、思ってもみなかった。そもそも女の証明とはどうするのか。何をすればいいのか。一鈴(イーリン)が言葉に詰まっていると、亜梦(ヤーモン)が「お待ちくださいませ」と、割って入った。

「私は一鈴(イーリン)様のお召し物を替える際、そのお体を拝見しましたが、女性ですよ。頭の先からつま先まで、正真正銘、女性です」

身体を見せる。一鈴(イーリン)はその手があったかと納得した。自分の衣に手をかけようとするが、亜梦(ヤーモン)と雲嵐(ウンラン)の二人に止められる。そして雲嵐(ウンラン)は「本当に女ならそこまでしなくていい」とばつが悪そうにした。

「そもそもなのですが雲嵐(ウンラン)様の腕力が足りないのでは？」

亜梦（ヤーモン）が首を捻る。一瞬確かにと思ったが、雲嵐（ウンラン）の体つきを見るに、きちんと鍛えている。ただ雲嵐（ウンラン）は「後宮入りの代償か……」と、亜梦（ヤーモン）の言葉を重く受け止めていた。

「後宮入りの代償？」

「去勢したってことだよ。言わせるな、はしたない。はしたない人間は嫌われるぞ。品よくして損はないからな……くそ、いつもの鍛錬の量じゃ足りなかったか……」

雲嵐（ウンラン）はひとりでに意気消沈している。

一鈴（イーリン）は鍛えているし、雲嵐（ウンラン）のように何かを守ることを目的として鍛えていない。殺すこと、傷つけることに特化している。本来ならば傷つける力なんてものは不要なもので、元気を無くす必要はない。ただそれを言うと、自分の正体を明かすことと同義であるため、一鈴（イーリン）は励ましの言葉を呑み込み、小白（シャオバイ）を駆除しないよう頼むことにした。

「あの、小白（シャオバイ）はなにかを食い荒らしたりはしないので、どうか、駆除はせず、内密にしてはいただけないでしょうか……」

一鈴（イーリン）は深々と頭を下げる。すると亜梦（ヤーモン）が「私からもお願いします」と頭を下げてくれた。

「なんでお前まで頭下げてんだよ。皇貴妃とは会ってそう日も経ってないだろ」

「飼っている動物と離れがたい気持ちになるのは、わかります。それに一鈴（イーリン）様は皇貴妃という新たな役目を与えられたのですよ。心細いはずです。雲嵐（ウンラン）様だって、大切なものと引き離されたら、心臓が抉（えぐ）られるような痛みを抱くのではないのですか」

「抉られるって……」

亜夢（ヤーモン）の畳み掛けに、雲嵐（ウンラン）はなにか思い当たるふしがあるのか、また決まりの悪そうな顔をした。

「……むやみやたらに外に出すなよ」

「よいのですか」

一鈴（イーリン）が問うと、雲嵐（ウンラン）は眉間にしわを寄せる。

「今のところ、糖獣（とうじゅう）から恐水病がうつったのは確認されてないからな。でも、なにか問題があったらすぐに殺すからな」

ひとまず大丈夫みたいだ。ほっと息を漏らして、亜夢（ヤーモン）と顔を見合わせる。

「ありがとうございます、雲嵐（ウンラン）」

「呑気に礼を言って終わらせようなんて思うんじゃねえぞ。これは貸しだからな」

「貸し？」

「お前、晴龍帝（せいりゅうてい）に気に入られて、皇貴妃になったんだろ。ことあるごとに、俺がすごいって言っておけよ」

雲嵐（ウンラン）は「分かったな」と、念を押してくる。隣に立っていた亜夢（ヤーモン）が「ずる賢いというか、小物と言うか……」と呆れ顔だ。

「なんか言ったか」

「いえ？　なあんにも……それより小白（シャオバイ）ちゃん！　良かったねえ！　可愛いねぇ。でも動物はお砂糖食べたら死んじゃうからねえ、我慢しようねえ――一鈴（イーリン）様、小白（シャオバイ）ちゃんの餌はどういうものがいいのでしょう。茹でたお肉とか？　西施犬（シーズー）を飼っていたのですけれど、犬と鼠じゃ食べ物も違うでしょうし……」

亜梦が小白に触れながら問いかけてくる。西施犬を育てたことがあるのか。動物が好きなのか。親近感を抱いていると、雲嵐が鼻で笑った。

「こいつは糖獣だ。普通の動物の食べ物じゃ満足できない」

「そういえば、先程から一鈴様も雲嵐様も、小白ちゃんのこと、糖獣っておっしゃっていましたよね。どういうことなんですか」

亜梦が首をななめにした。

「普通の動物と違って、砂糖だの、木だの、硝子だの、見境なく栄養にする糖獣ってやつがいて、この鼠はそれなんだよ。だからさっき言った麻花でいい。糖獣は内臓も何もかも、犬とも鼠とも違う。こいつの腹の中は人間も溶かしちまうぞ」

雲嵐は嫌そうに小白を睨んでいるが、やや距離がある。小白が馬鹿にしたような顔をして、「来いよ」「自分から行くぞ」と挑発の踊りをしては、間抜け面を繰り返していた。

小白は基本的に、相手の出方を見て動く。人間として見れば、性格は最低だ。今だって亜梦が自分に視線を移せば媚びを売り、いたいけな獣を装っている。相手が自分を恐れていたと悟った瞬間、それはそれは調子に乗る。相手が強い時は、下手に出る。晴龍帝を前にした時は気配を消していた。

「ぼくはいま死んでいますよ」と、死んだふりをしていた。天天には対抗意識を燃やすが、こうして馬鹿にすることまではしない。天天が本気を出せば当日の軽食にされるからだ。一鈴の仕事を手伝うことで小白には妙な自信がついているが、たいてい一鈴が討ち倒した人間にしか攻撃しない。生粋の卑怯鼠だ。

その小白（シャオバイ）が、雲嵐（ウンラン）を小馬鹿にしている。

「もしかして雲嵐（ウンラン）は、小白（シャオバイ）が怖いのですか」

一鈴（イーリン）が問いかける。素手で倒すことだって可能なはずなのに、菜刀を手にしたり、距離を取ったり。口では強気なことを言っているが、殺そうとしている相手の目を見ようともしない。

「怖いもなにも、糖獣（とうじゅう）は害獣だろ。猫だって噛まれると死ぬような病気を持ってることだってあるんだ。病気の動物は駆除の対象として、見目がどうあろうと殺すよう晴龍帝（せいりゅうてい）に言われてるしな」

確かに、病にかかった動物の体液を通じて、人に病をもたらすことは往々にしてある。人が死に至ることも多いらしく、病の動物を放ち相手を殺す方法も、ないわけではないと聞く。

小白（シャオバイ）が病にかかったら、自分が始末しなければいけない日が来るかもしれない。

はしゃぐ小白（シャオバイ）を黙って見つめていると、一鈴（イーリン）は亜梦（ヤーモン）の表情が険しくなっていることに気付いた。なにか病に思うところがあるのか。やがて視線が合い、亜梦（ヤーモン）は誤魔化すように笑う。

「さ！　小白（シャオバイ）ちゃんのために麻花（マーホア）を作りましょうかねぇ！」

「でも、もう時間じゃないのか。今日は母后様と食事があるんだろう。身支度に髪結いに、時間がかかる。麻花（マーホア）なんて作ってる暇ない」

雲嵐（ウンラン）が言う。亜梦（ヤーモン）は残念そうにしながらも、「では、母后様とお食事の間に、たくさん作っておきますね！」と意気込む。本当に動物が好きなのだろう。親近感を覚えながら、一鈴（イーリン）は天龍宮（てんりゅうきゅう）へ向かう支度を始めようとする。しかし雲嵐（ウンラン）と亜梦（ヤーモン）が厨房の窓の外を見て「母后様」と呟いた。視線の先では、薄い平織物を重ねた正装の女性が、五十代ほどの武官四人を伴い蓮花宮(れんげきゅう)に続く橋を渡っている。

「お出迎え！　お出迎えです！　一鈴(イーリン)様！」

「早くしろ！　不敬だぞ！　それより支度か」

二人は大慌てで支度を始め、他の宮女や宦官(かんがん)に母后が訪れたことを伝え始める。晴龍帝(せいりゅうてい)に対しては感じられぬ崇拝や敬意を周囲の者たちに感じながら、ひとまず亜梦(ヤーモン)を連れて蓮花宮(れんげきゅう)の門まで出迎えに向かうと、母后と呼ばれた女性が、一鈴(イーリン)を見て微笑んだ。

「晴龍帝廉龍(せいりゅうていリーロン)の母、香栄(シャンロン)と申します。よろしくね、一鈴(イーリン)さん」

天龍宮(てんりゅうきゅう)はこの螺淵(らえん)にある数多の建物の中で、最も美しく、空を貫くようにそびえる建物として知られている。中は象嵌(ぞうがん)と呼ばれる木を削り出し、そこに金(きん)や貝(かい)、墨や植物で染めた木をはめ、多様な柄を表す技術により、螺淵(らえん)の十大名花のうち、牡丹、椿、薔薇、水仙、蓮、躑躅、蘭、柱花、梅——菊を除く九つの花と共に、龍が描かれている。人々は九つの花と龍の組み合わせを、九龍(ガウロン)と呼び、縁起物の象徴としていた。

母后である香栄(シャンロン)から、思わぬ奇襲を受けることとなった一鈴(イーリン)は、蓮花宮(れんげきゅう)から香栄(シャンロン)の馬車に乗り天龍宮(てんりゅうきゅう)に向かうと、そのまま香栄(シャンロン)に案内をされる形で、提灯(ていとう)が吊るされた回廊を歩いていた。周りは、母后の護衛である武官たちが囲んでおり、香栄(シャンロン)は、回廊に差し込む柔らかな夕日を受けながら、にこやかに一鈴(イーリン)の前を歩いている。

「そこまで緊張しなくて良いのですよ。護衛たちも、普通の宦官(かんがん)より雰囲気は異なりますが、私や貴女を護るためにいるのですから」

雲嵐は、母后の「護衛は足りているわ」という一言で下がって、蓮花宮で待機している。そうして母后とともに蓮花宮を後にすることになった一鈴だが、それぞれ異なる馬車に乗ったことで、道中では挨拶以上の会話は出来ていない。

香栄は、おそらく護衛たちの表情が硬いことで、一鈴が萎縮したと思っているのだろう。けれど実際は違う。たしかに母后専属らしい護衛たちは皆、表情に乏しい。常に感情を出す雲嵐とはえらい違いだ。戦神の木彫像が動いていると言っても過言ではない。しかし萎縮しているのは、表情や雰囲気ではなくその筋肉の質量だ。四名とも、気が遠くなるほどの戦闘経験を持っていることが、身体からも佇まいからも分かる。今戦いになれば、負けはしないが間違いなく指は折られる。殺せても、無力化したりただ押さえるだけというのは、不可能だ。そんな護衛を連れ歩く母后は三十代後半くらいか、四十は過ぎているか落ち着いていて梅のような華やかさや少女性、香り立つ品性とともに、どこか重厚さを感じる。

殺し方が分からない。

香栄をひと目見て、一鈴が最初に抱いた印象だ。

目の前の人間が生きているように思えない感覚は、晴龍帝を初めて見たときにも感じた。親子の血縁がそうさせるのか。一鈴は香栄の顔を窺う。晴龍帝と同じく、美しいと呼ばれる人種だろうが、その目、鼻、唇、骨格、似ているところを探すと、これがなかなか難しい。雰囲気も異なり、とても親子とは思えない。

「ちょっと、寄り道しましょうか」

香栄が日配せをすると、護衛たちは、さっと離れた。

「いいのですか……？」

「ええ。皇帝が即位した今、私は用済み。あの人達は親切で守ってくれているようなものだから」

なんてことのないように香栄は話をしているが、護衛たちは一鈴を試すように見ている。自主的に守っているということは、それだけ忠誠心が高いということだ。少しでも不審な行動をすれば、殺しにかかるだろう。一鈴は背後を警戒しながら、香栄の後についていく。

「この人達、いい人なんだけれど、過敏なのよ。護衛といっても、四人もいるのだからもっと和気藹々としていればいいのに、今日だって一鈴さんを迎えに行きたいって言ったら、四人して、総龍帝が斬り殺されたばかりで何を言ってるんですかって怒るの。もう半年が経っていることなのに、おかしいでしょう？」

香栄はくすくす笑っているが、香栄は総龍帝の妃――皇后であり、晴龍帝の実母だ。

自分の夫が殺されたことを、こんなふうに笑って話せるものなのか。

自分の息子に殺されたのに。

まさか、先帝が亡くなったことをこんなに早く話してくるとは思わず、一鈴は衝撃を受けた。

こんなにもあっけらかんと夫が殺されたことを話せるのは、国の母として君臨している母后としての強さなのか。

「それに、虎が襲われたでしょう？　犯人の身元や侵入経路もまだ分かっていないからって……もし犯人の仲間がまだ後宮にいて、私と貴女を殺そうとしたとき、同じ場所にいる方が、都合がいいらしいわ」

確かに二人の人間を殺す任務を受けたなら、同じ空間にいてもらったほうがありがたい。

「母后様は、まだ捕らえていない犯人がいると考えているのですか」

「当然よ。後宮なんて、おいそれと男が入り込める場所ではないもの。それも五人よ？ 廉龍(リーロン)の弟や王族ならまだしも、普通のことではないわ。五人の男たちを後宮に招き入れた人は、まだ後宮にいるわ」

後宮のなかに、天天(テンテン)を襲った男たちを招き入れた者がいる。

一鈴(イーリン)は、嫌な予感がした。

「……どうして私を、迎えにきてくださったのですか」

「逆に一緒にいるほうが安全かもしれないでしょうって言ったの。否定されてしまったけれど」

確かに、同乗しているときに襲撃されたら、一鈴(イーリン)は香栄(シャンロン)を守る。しかし、一鈴(イーリン)が何者であるかを、香栄(シャンロン)は知らないはずだ。なら、適当に言っているのか。それとも、罠をしかけてきているのか。

香栄(シャンロン)を見ると、少女のように微笑んでいる。悪意はなく偶然の言葉か判断ができない。そのまま香栄(シャンロン)の後につき、いくつか扉を越え、回廊を通り過ぎていくと、やがて寺社の一室のような広間に出た。

「ほら、ここ。中々素敵な場所でしょう？ 憶宝(おくほう)の間(ま)と言うの。歴代の皇帝の遺物——その中でも美術的な価値が高いものを、ここに飾っているの」

燭台の炎は小さく、中は薄暗い。照明のせいなのか他の部屋より、温度も低い気がする。歩くたびにぎしぎしと床板が軋み、本当にここは天龍宮(てんりゅうきゅう)の一室なのかと疑うほど、華美さからはかけ離れた様相だ。一鈴（イーリン）としてはこちらのほうが落ち着くが、皇帝の住まいにこの部屋があるということに薄気味悪さを感じた。

「これは？」

部屋には壺や天秤、簪（かんざし）などが硝子の箱に入れられ、飾ってある。

しかし、ひとつだけ何も飾られていない、透明な箱だけが置かれている場所があった。

「そこは皇帝になると定められた皇子が、五歳から十五歳の間に持っているお守りを保管する場所なの。ただ、廉龍（リーロン）が失くしてしまって……見つかるかもしれないから、そのままにしてあるの」

お守りが消えたというのは、あまりに縁起が悪い。

まるで晴龍帝（せいりゅうてい）には、皇帝の資格がないと予言されていたようだ。一鈴（イーリン）が空になっている硝子箱を眺めていると、そっと香栄（シャンロン）が近づいてきた。

「それよりこの絵、見て」

香栄（シャンロン）は部屋の奥に飾られている絵を指す。横長の長方形の絵画の中央には、鏡のような川が流れ、遠くには集落が見える。川と集落の周りは色づいた山々や木々と豊かな自然が織りなし、紅（あか）い菊が咲き乱れていた。

「この絵はね、後宮を創設した秋星皇帝（しゅうしんこうてい）が描いたものなの。鉤勒填彩（こうろくてんさい）と呼ばれる画法で描かれているのよ」

「鉤勒填彩……？」

「線……ほら、ここ、菊の周りに黒い線があるでしょう。こういう外側の線を描いてから、中の花の色を塗るの」

一鈴（イーリン）は絵を見つめる。しかし、なんとも思えなかった。

「絵はお嫌い？」

「……いえ」

嫌いどころか、分からない。一鈴（イーリン）が困る一方で香栄（シャンロン）は笑う。

「ここは、紅の里と呼ばれる場所よ。幻影の土地ともされているの。五百年前に起きた水害の話は、お父様から聞いているかしら？」

「はい……皇子が、大きな川へ視察に行って……水害で亡くなったと」

「その、水害が起きた場所でもあるのよ」

母后は平然と告げる。

「え……」

悲しみの場所を描いたものを飾っているのか。一鈴（イーリン）は言葉を失った。そして、夫や息子に関してあっけらかんと話し、なおかつこんな残酷なものを「見て」と勧めてくる香栄（シャンロン）が、怖かった。今まで常軌を逸した残忍性を持つ人間と相対してきたが、こんなにも日常で狂気を表す人間は見たことがない。

「五百年前、紅の里で皇子が亡くなった。だから、この絵を飾ることを良しとしない人間もいたの。秋星皇帝（しゅうしんこうてい）が描いたものでもね。でも、秋星皇帝（しゅうしんこうてい）がこの絵を描いたきっかけは、もともと、紅の里の女性を皇后にしたからなのよ。故郷から離れることになった妻の心が安らぐようにって。そして、五百年前の水害で亡くなった皇子は、紅の里のお嬢様と、恋仲だったとも言われていたわ」

一瞬、母后やこの絵を飾る人間に猟奇性が備わっているのかと感じていたが、どうやら誤解だったようだ。一鈴はほっとする。

「だからこの絵を飾ることは不謹慎と捉える人もいるけれど、愛の作品だと焦がれる人もいるのよ。貴女はどう思う？　この――紅い菊の絵について」

「綺麗だと……思います。とても、力強くて……」

一鈴が赤を見る機会は、花より血が多い。そして描かれている菊は細密で、今目の前に菊が咲いているのではと錯覚するほど鮮やかな色をしている。

「そうね、力強い印象を受けるわ。菊は牡丹や薔薇と違って花びらが細いから、繊細な印象を受けるけれど……最近は夜菊っていう刺客が、世を賑わせているでしょう？　だから、菊の印象も儚いものから、強いものに変わってきているでしょうし」

一鈴は、こちらを覗き込む香栄の感情の見えない瞳に、これまで感じたことのない恐怖を覚えた。

どうして今、夜菊の話になった？

菊の話から、連想していって？

この話で、夜菊の話になるのは、通常のこと？

正体が知られている？

知られた上で、菊の絵を見せて反応をうかがっている……？

一鈴は、表情を固まらせた。絵に罪は無いが、「貴女はこうして赤い血を流している、夜菊ですか」と問われているようで、胸が苦しくなるのを抑えるので精一杯だった。本当は自分は泳がされているに過ぎず、香栄（シャンロン）に正体を暴かれているのでは。おそるおそる視線を向けると、香栄（シャンロン）は「そろそろ、食事の時間かしら」と微笑み、絵から離れた。

「ここは、ずっと開いているの。ここに来るまで、何人か人と会ったでしょう？」

「はい……」

「あの人達は、門番みたいなものなの。私や、皇貴妃である貴女、あと廉龍（リーロン）、ほかの皇族——瑞（ルイ）は入れるわね。あ、瑞（ルイ）って知っているかしら？　あの子の弟なのだけど……」

「はい」

瑞（ルイ）というのは、皇帝の異母弟だ。母親は穏やかな人物で、瑞（ルイ）が十二歳の頃に亡くなっており、以降瑞（ルイ）は見聞を広めるべく、度々螺淵（らえん）を出ているようだった。とはいえ廉龍（リーロン）とは同じ年に生まれ、晴龍（せいりゅう）帝（てい）が殺された暁には、空席となった皇帝の座に一番近いとされている。瑞（ルイ）は優しくおおらかで、他国の言語も理解するなど聡明な面もあるらしい。ただ女癖が悪く奔放で、後宮をあてがえば何をするか分からず、賭け事も好きで阿片（アヘン）に手を出しているとの噂がある——と、調査報告書にあった。

瑞（ルイ）の素行の悪さは民に知れ渡っており、親殺しを行うまで、廉龍（リーロン）が皇帝として立つことに、民は少しも反感を抱いていなかったらしい。

なのに廉龍（リーロン）は、わざわざ親殺しをして、強引に即位してしまった。

瑞（ルイ）は廉龍（リーロン）が親を殺してすぐ、自分が殺されることを恐れ螺淵（らえん）を出て、よその国で過ごしているらしい。

「貴女も自由に入れるから、天龍宮（てんりゅうきゅう）に来たら時間が空いたときにでも、見てみて？」

「ありがとうございます」

「そういえば、明花園はもう行ったかしら？」

「……四花妃との顔合わせで向かいます」

「とても美しい場所だから、愉しんで。四花妃の子たちは、少し変わっているけれど、きっと話が合うと思うわ」

香栄はゆったりとした足取りで、憶宝の間の出口に立つ。一鈴が後を追うと、香栄は不自然によろめいた。ぶつかりそうになって一鈴がすぐに手を出し肩を支えると、線香や白菊の香りが広がった。

「今日が楽しみで、寝足りなかったのかもしれないわ。ごめんなさいね」

「いえ……」

ここに来る前に、墓参りか何かをしていたのだろうか。もしかしたら、先帝の墓参りに行ったのかもしれない。皇族を弔う廻流殿は天龍宮と蓮花宮のちょうど中間地点にあるから、寄って来ていてもおかしくはない。

だとすると、やはり先程、あっけらかんと夫が死んだことを話したのは、こちらに気を遣わせないため、あえて明るくふるまったということだろうか。

「それにしても、大変ね。よその国からお父様と戻ってきて、すぐにあの子が皇貴妃にしてしまって……大変なことがあったら、いつでも言って。私も後宮暮らしの時代があったから、助けられることがあるかもしれないわ」

香栄が言う。

「ありがとうございます……」

親切に、してもらっている。やはり先程菊の絵で脅された気がするのは、自分の受け止め方によるものだったのだろうか。一鈴はそのまま香栄と他愛もない会話をして、天龍宮の広間へ向かい――足を止めた。通り過ぎようとしていた回廊の先に、廉龍が立っている。初めて出会った時に見たときと同じ冷めた瞳だ。廉龍はすぐ通りすぎていくが、その瞳の奥に、信用ならない者を見定めるような敵意を、ひしひしと感じた。


晴龍帝に指定された食事の席は、天龍宮の二層にある、餐明の間だ。

香栄とともに向かった一鈴は、天龍宮の宮女たちの案内で席に座り、晴龍帝を待っていた。

香栄は「少し内装が変わったのね」と、室内を見渡していた。

「前は、もう少し黒っぽい部屋だったのよ。瑪瑙や真珠の飾りがあったはず……」

餐明の間は、金剛石で出来た像や磁器などの調度品が並び、細かな刺繍がされた緋色の絨毯がしかれ、先程の憶宝の間よりずっと華やかに感じるが、元はさらに豪奢な部屋だったようだ。

「天井にいた金の鳳凰もないわね……」

金の鳳凰は、龍と並び螺淵を象徴する存在だ。祝い事には必ず鳳凰の意匠を用いて、老若男女問わず愛される存在だ。なるべく人里を離れ、人を見るのは誰かを殺す時だけの一鈴ですら知っている。どんなに人道に背いた商売をしている悪人でも、必ず天井に鳳凰を描くか、門に金像を飾るか、寝室に彫刻を置いてあるかしていたからだ。しかし後宮に入ってから――緋天城に入ってから、鳳凰を見ていない。前は鳳凰が飛んでいたらしい天井を見つめていると、廊下の外から二人分の足音が聞こえてきた。晴龍帝（せいりゅうてい）と万宗（ワンゾン）だ。

「執務が長引きました。申し訳ございません」

一鈴（イーリン）の推察は正しく、ほどなくして廉龍（リーロン）と万宗（ワンゾン）が現れた。廉龍（リーロン）は座席につき、その後ろに万宗（ワンゾン）が控える。待機していたらしい宮女たちが食事を運んできた。

一品豆腐（餡掛け豆腐）に、烤鴨（焼き鴨）、芙蓉肉（海老と豚の煮物）、火腿（ハム）、魚円（魚肉団子）、芋煨白菜（里芋と白菜の味噌煮）、煨木耳香蕈（木耳と椎茸のふくめ煮）、甘味は杏仁豆腐に三不粘……宮女が大机に並べていく。

やがて、大机に隙間なく料理が置かれたところで、香栄（シャンロン）が振り返った。

「一鈴（イーリン）さん、昨日の夕食は何を食べたの？」

「粽子（ちまき）と、炒めものを……」

「お口にあったかしら」

「はい。とても、美味しかったです……」

「良かった。ここでの食事もとても素晴らしいから、ぜひ食べてみて。廉龍（リーロン）は、食べないけれど……」

香栄（シャンロン）の言葉を受け、一鈴（イーリン）は廉龍（リーロン）を見る。雲嵐（ウンラン）は廉龍（リーロン）が自分で作ったものしか食べないと言っていたが、この食事の場でもそれは同じらしく、料理にはいっさい手をつけず、箸すら持とうとしない。

「ほら、これとか美味しいのよ、芙蓉肉（海老と豚の煮物）、味がしっかりしていて」

香栄（シャンロン）にすすめられ、一鈴（イーリン）は箸を持つ。この食事会は、一鈴（イーリン）と香栄（シャンロン）の顔合わせを目的としているのだろうが、さきほど香栄（シャンロン）が蓮花宮（れんげきゅう）に突撃してくるということがあったために、目的が果たされたように感じられ、いまいち身が入らない。食事の様式に対しても、戸惑うばかりだ。本来皇族がこんなふうに、椅子に座って同じ机で……食べるなんてこと、あるのだろうか。

それに、香栄が訪れたことでなあなあになってしまったが、亜梦の戦闘力は、並大抵のものではなかった。あれは、まるで――、

「ねぇ、一鈴さんって、甘いものは好き？　それとも苦手かしら」

とん、と香栄に肩に手をのせられ、一鈴は振り向く。

「甘い物……は、好きです」

「なら、廉龍の粽子は大丈夫かもしれないわね。すごく甘いのよ。粽子って普通、しょっぱいものでしょう？　でも廉龍の粽子は、小豆を包んでいるの」

粽子は、しょっぱいものが当たり前なのか。一鈴は相槌をうちながらも、驚いた。

一鈴が粽子を作るようになったのは、小白の食事作りの延長だった。初めは団子を作っていたが、任務のこともあり、どうにか手間を省けないかと行き着いたのが、露店で見かけた、竹の皮に包み、そのまま蒸して作るらしい粽子だった。効率よく食事ができるよう、中に小豆餡を入れ、胡麻を混ぜ、八角と肉柱と共に蒸し上げ、今の形に至るが、あの竹の皮の中身も、しょっぱかったのかもしれない。後宮で最初に出た粽子は、こういう変わった味があるのかと驚いたが、それが一般的な味で、自分が特異なものを作っている自覚は無かった。

そして廉龍も、特異なものを作るとは。

一鈴が廉龍に視線を向けると、それまでただ茶を飲んでいた廉龍が、香栄に顔を向けた。

「それより母后様。貴女はどうして、皇貴妃を伴い憶宝の間に向かわれたのですか」

「なにって。お話するためよ？」

「皇貴妃を蓮花宮に迎えに行ったと聞きました。私は、天龍宮に招いたつもりですが」

　言葉での静かな戦が始まったのだと、一鈴は悟った。無言で万宗に助けを求めると、万宗はただただ微笑んでいる。

「義理とは言え娘になるのでしょう？　仲良くなりたいわ。それに後宮は恐ろしい場所だもの。親切で優しそうなふりをして悪いことをする人はいっぱいいるわ。力になってあげたいのよ」

「皇貴妃はあくまで皇貴妃です。皇后ではありません」

　廉龍は香栄の言葉を即座に切り捨てた。やはり、自分を皇貴妃という地位に押し上げたのは、なにか意図があってのことらしい。真っ黒な瞳は、およそ喜怒哀楽が感じられない。ただただ淡々としている。かつて似たような瞳を、一鈴は見たことがある。领导の命令により、一鈴は螺淵の果ての土地、幽津へ鬼畜を殺しに向かった。その途中、自分と同じ年の少年が大人たちを支えながら戦う姿を見て、手を貸したのだ。任務中、寄り道をするなんて言語道断だが、少年は猫を救ってくれた子供に似ていて、どうしても見捨てることが出来なかった。そして過去の追想にふけるほど、今この状況が、辛く厳しい。

「皇帝である貴方が、一鈴さんを選んだのよ。皇貴妃だからといって、周りは彼女をただの皇后の代理としては見ないわ。もちろん四花妃の子たちもね」

　夫を殺されている香栄は凍てついた息子に対し、気丈に振る舞っている。緊迫とした空気を包み、食事どころではないはずなのに、香栄が普通に食事をしていることが、一鈴には恐ろしくて仕方なかった。そっと気配を消していると、餐明の間の窓に影が差した。

「フゥ……ガッガゥウゥ」

「天天」

先日、皇帝をあっさり裏切った虎——天天が花窓に張り付いている。やがてむりやり花窓の隙間に自分の体を押し込み、強引に室内へ侵入を果たすと、嬉しそうに一鈴へ飛びかかった。

「グァゥ！」

天天はひとしきり一鈴にのしかかり、器用に前足を上げて、犬のように服従を示してくる。天天は廉龍にしか懐かないと聞くが、廉龍に見向きもしない。

「ふふ。天天くん、本当に一鈴さんになついているのね。万宗から聞いたときは、信じられないと思っていたけれど、こうしてみると……まるでずっと前から出会っていたみたいだわ」

香栄が微笑む。

「え……」

「きっと一鈴さんを、認めているのよ。皇帝の隣に立つべきだって」

「そうでしょうか……」

一鈴はひとまず天天の背を撫でた。天天は尻尾をぶんぶん振った後、皇帝に顔を向けて唸り、威嚇を始める。廉龍はため息を吐いた。

「天天、お前は今日、西の小屋にいなければならぬ日だろう。抜け出してきたのか」

どうやら、天天は外に出ていい日とそうではない日があるらしい。天龍宮に住み、廉龍が後宮に行く日には付き添い、後宮内を巡る暮らしだとばかり思っていたが、ほかにも予定があるようだ。

「万宗(ワンゾン)、天天(テンテン)を頼む」

「承知いたしました」

　万宗(ワンゾン)が天天(テンテン)に声をかけ、退室を促している。天天(テンテン)も暴れまわる気はないのか、一鈴(イーリン)に軽く鳴いて、香栄(シャンロン)をじっと見つめ、そっぽを向くと廉龍(リーロン)をまた威嚇した後、優雅に去っていった。せっかく天天(テンテン)が変えた空気だ。もう、水面下の争いはしてもらいたくない。一鈴(イーリン)は自分から話題を提供することにした。

「天天(テンテン)は、どこかに居なければならない日が、あるのですか」

「ああ。夕空(ゆうくう)の間……と呼ばれている、西の小屋で検査がある。定期的にだ。恐水病は犬だけではなく猫にも関わる病、猫と系譜の近いあれも、調べる必要があるからな。罹ったら最後、殺す必要が出てくる」

　確かに恐水病は、致死率が高い。悪人たちが、どうにかして恐水病にかかった犬から毒を精製できないか、心を砕くくらいだ。

「でも天天(テンテン)くんは、病関係なしに人を襲って殺してしまえる力を持っているのよ。それにすごく気難しくて、廉龍(リーロン)しかまともに触らせないし、恐水病関係なく、恐れられている存在なの。だから、天天(テンテン)くんが襲われて、妃が助けたって聞いたときは、混乱したわ。後宮に男が入るなんて信じられないし、天天(テンテン)くんが妃を襲ったと聞くほうが、ずっとしっくりくるから」

　一鈴(イーリン)は、ふと違和感を覚えた。

皆、一鈴(イーリン)が天天(テンテン)と相対したことについて、等しく、「妃が虎に襲われた」と、誤解していた。後宮に五人も男が入ってくることがありえないことや、おそらく天天（テンテン）のこれまでの素行態度が悪かったことによるものだろう。

しかし一人だけ――天天（テンテン）が襲われた夜、一鈴（イーリン）に、「一鈴（イーリン）が虎にじゃれつかれた」と、称したものが居た。

あの夜――天龍宮（てんりゅうきゅう）に一鈴（イーリン）が招かれる前の段階で、一鈴（イーリン）が虎にじゃれつかれたのを知っているのは、晴龍帝（せいりゅうてい）と、その後現れた万宗（ワンゾン）、宦官（かんがん）たちだけのはずなのに。

そして「じゃれついた」と称したその者は、妃の逃し方――後宮及び、緋天城（ひてんじょう）の抜け穴に詳しい。

そして雲嵐（ウンラン）は、糖獣（とうじゅう）も、恐水病にかかった犬も等しく死ぬべきだと言っていた。

一鈴（イーリン）が思い浮かべた『その者』は必死に否定し、加勢してくれた。護衛とはいえ、雲嵐（ウンラン）は一鈴（イーリン）から目を離さない。気質だと思っていたが、一鈴（イーリン）に気にされると、自分のほうが困るとしたら。

「すみません。私――」

一鈴（イーリン）は血の気が引く思いで立ち上がる。廉龍（リーロン）は「どうした?」と問いかけてくるが、頭を下げて部屋を出る。そのまま一鈴（イーリン）は、最悪の想像をしながら、天龍宮（てんりゅうきゅう）の回廊を駆けていった。

✿

一鈴（イーリン）が、餐明（さんめい）の間（ま）を出ていってしまった。それまで静かに香栄（シャンロン）、そして主人である廉龍（リーロン）を観察していた万宗（ワンゾン）はすぐに廉龍（リーロン）の指示を仰ぐ。しかしその前に、香栄（シャンロン）についている護衛たちが動き出した。

「追ってもいいけど、連れ戻さなくていいわ。好きにさせてあげて? ただ迷い子になってしまったら、戻してあげて」

香栄（シャンロン）が口元を拭いながら指示を出した。四人の護衛は一鈴（イーリン）を追う者、警護を続ける者と二手に分かれた。さすがの統率力だと、万宗（ワンゾン）は改めて香栄（シャンロン）を見る。

慈善活動に熱心で、民を思いやり、先帝が存命の頃はその後ろで、微笑み、慈しみながら夫を支えていた。宝石も、華美な衣装も装飾品も望まず倹約気質で、護衛すら年齢により職を離れた兵士を登用するなど、慈悲の心を忘れない。そのため、香栄（シャンロン）に付いている護衛たちは皆、猟犬と呼ばれ、強い忠誠心のもとで皇帝の母を守っている。

「……あの女は、貴女のなんなのですか」

それまで沈黙を貫いていた廉龍（リーロン）が、自らの母に問う。万宗（ワンゾン）も抱いていた疑問だった。何故なら今日の会食は、他ならぬ香栄（シャンロン）が望んだことだが、香栄（シャンロン）は今まで一度たりとも、他の妃に興味を示すことはなかった。四花妃（しかひ）と茶会で会って話はしても、相手の宮殿に向かうことはない。

香栄（シャンロン）は、廉龍（リーロン）に微笑んだ。

「私のことを気にする前に、自分の周りのことを気にしたらどうかしら」

「周り？」

「貴方の妃、おそらくだけど――虎さんを助けに西の小屋へ行ったわよ？」

❀

月の見えぬ暗夜が広がっている。林を駆け抜け西の小屋の中に飛び込めば、燭台の火は意図的に消されているようで、室内も外と同じ暗闇が続いていた。一鈴（イーリン）は夜目がきく。色合いこそわからないものの、姿形、動き、何もかも、その眼にはっきりと映していた。相手も同じだ。一鈴（イーリン）が先程頭に思い浮かべた人物の姿を捜すと、その者は天天（テンテン）の眠る柵の前で、暗闇に溶け込むように立っていた。一鈴（イーリン）は近くの燭台に火を灯す。

「襲撃者を後宮に招き、天天（テンテン）を殺そうとしていたのは貴女だったのですか、亜梦（ヤーモン）」

天天（テンテン）の眠る柵のすぐそばに立っていた影が、炎に因って照らされる。影――亜梦（ヤーモン）は、無表情で振り返った。

任意で後宮に男を迎え入れられたなら、妃の脱出の手伝いをしていたならば。

自らが出ようと思えば、出られる。たとえ、妃が皇貴妃になんてならずとも。

一鈴（イーリン）は亜梦（ヤーモン）を見る。

一鈴（イーリン）が天天（テンテン）と出会った夜について母后は信じられなかったと言っていた。

『妃が襲われた』の間違いではないかと。

しかし、天天（テンテン）と一鈴（イーリン）について「じゃれついた」と言った者がひとりいた。

その者は一鈴（イーリン）からたびたび目を離し、脱走に関して触れもしない。

もし、他のことに気をやって――そもそも、互いが互いを気にしないことを、良しとする人だとしたら。

「どうして私が晴龍帝（せいりゅうてい）様と、その虎を殺す必要があるのです？」

「晴龍帝（せいりゅうてい）の政策で、飼っていた犬を殺されたんじゃないのか」

誰かに預けているなら、預けていると言うはずだ。でも、過去として語った。

飼っていたと、それきりだった。

晴龍帝(せいりゅうてい)が、動物駆除の命を出したことも。

抜け穴を知り、妃を逃していたことも。

足音を立てずに、歩くことが出来ることも。

亜夢(ヤーモン)が天天(テンテン)を襲ったことすべてと繋がってしまっていることに、一鈴(イーリン)は気付いた。

「今までなら自由に動けた雲嵐(ウンラン)がやってきて、蓮花宮(れんげきゅう)に住まいを移すことになって——もう自由な時間はない。であれば、近いうちに、早く済ませようとする。そして今日は、母后が迎えに来て、私につく必要がない。絶好の機会だ」

「素晴らしいご推察ですわ。もしかして私は、晴龍帝(せいりゅうてい)様の密偵の宮女となってしまったのかしら」

「違う」

一鈴(イーリン)は、即座に否定した。

今まで一鈴(イーリン)は、同じ年の娘と出会ったことがなかった。ただの人というものは、遠くから眺めるだけで、こういう人たちを守るために自分は手を汚しているのだと、自らを奮い立たせる信仰対象のようなものだった。新鮮だった。晴龍帝(せいりゅうてい)を殺してすぐに去る身の上としても、短い間だとしても、人間を観察して、会話をするというのは一鈴(イーリン)の戦う糧となる。

「亜夢(ヤーモン)じゃなきゃいいって、思ったから、確かめるためにここに来た」

だから、今、一鈴(イーリン)は亜夢(ヤーモン)に何を言うべきか、どうするべきか判断が出来ない。

「……麻花(マーホア)と言うの。可愛い子だった。同じ色なの。狐色で」

亜梦(ヤーモン)は、昼間浮かべていた笑顔が幻だったかのように、無感情な眼差しを一鈴(イーリン)に向けてくる。

「元々、水を飲むことを嫌がる子だった。器官が小さくて、何かを飲み込むことが不得手だった。小さい頃に、祖母の失くしものを探り当ててから、穴を掘るのが大好きで――それが病の特徴だって――役に殺されたのよ。何度もやめて、違うって言ったのに、聞き入れられなかった。目の前で殺されたわ」

――だから見つけ出して、殺してやった。

静かな怒りの声音に、一鈴(イーリン)は自分のもしもの未来を見た気がした。樹木は元は種であり土に埋まって芽が出て、枝に分かれて別の葉となる。目の前の亜梦(ヤーモン)は、自分の心の拠り所を殺された自分かもしれないと、一鈴(イーリン)は思った。

「晴龍帝(せいりゅうてい)を殺さなければ、麻花(マーホア)みたいな子が出てくる。病気でもなんでも無いのに、殺されてしまう子が。だから、虎を殺して、同じ苦しみを味わわせて、考えを改めさせなければいけない」

けれど、決定的に一つ、違うところがある。

「……亜梦(ヤーモン)は、善の者と思っていた。人殺しを生業としてても」

一鈴(イーリン)は、人間を助けようとはしない。怒りに身を任せ、自分の狙いが阻害されるようなことはしない。粛々と任務を果たす。動物だけだ。それも、誰も助けてくれなかった体験がそうさせるのであって、優しさではない。

「善の者が、生き物を殺そうと思うものですか」

亜梦(ヤーモン)は首を横にふる。

「でも、目的を果たす前に、逃走経路が知られたら、計画が台無しになる。それでも、帰りたいという妃を逃していた。自分で殺しに行かず刺客を雇ったのは、自分では天天（テンテン）を殺せなかったんじゃないのか。動物の命を奪うことにためらいがあったんじゃないのか」

一鈴（イーリン）が聞こえぬほど、亜梦（ヤーモン）は足音を消し、生活をしていた。間抜けな素振りはあれど、今日に至るまで間者だということが暴かれなかった。実力がないわけではない。刺客を雇うよりも、自分が殺しに行ったほうがずっと確実のはずだ。あえて自分の手で殺さなかった。

そして亜梦（ヤーモン）は、あの夜一鈴（イーリン）に言ったのだ。

虎にじゃれつかれて切られた方。

亜梦（ヤーモン）は一鈴（イーリン）が手当てをして衣を切ったのではなく、じゃれつかれたことで衣を切られたと思っていた。

亜梦（ヤーモン）の計画では、男が天天（テンテン）を始末し終わった頃、現場にたどり着く予定だった。

殺すところを見るほうが確実なのに、見ることが出来なかった。

そして一鈴（イーリン）の存在により、亜梦（ヤーモン）の計画は狂った。

「どうしてでしょうね。今まで人とまともに触れ合うなんて、命のやり取りくらいしかなかったものですから、妃様でも、女官でも、宮女でも、宦官（かんがん）でも、誰でも、人と触れ合うたびに、刺客としては死んでいったのでしょう」

「なら――」

「結局、私はどこまでも、中途半端だったということです。どこまでも、逃げていたのです」

そんなことない。

否定できるほど、一鈴は亜梦を知らない。何も言えない。やがて、大人数の足音が聞こえてきて、一鈴と亜梦を取り囲んだ。

「燉亜梦、昨晩の襲撃者侵入の件で、話をお聞かせ願えますか」

武器を構える衛尉たちの間から、万宗が現れ尋ねる。亜梦は抵抗する気は無いらしく、素直に頷いた。

「ええ。ぜひお話をさせてください。私の愛しい家族について」

亜梦は安らかに微笑むと、抵抗すること無く武官たちに取り押さえられた。一鈴を横切るように小屋から出されていくが、ふいに武官の腕を振り払い、一鈴の腕を掴んだ。

「あなた、死んだら――」

亜梦の不気味な笑みに、武官たちは亜梦が一鈴を害する気だと、すぐまた取り押さえにかかる。しかし亜梦はまたあっけなく武官たちに腕をとられ、先程の一瞬の抵抗が幻だったかのように、大人しく小屋から出ていった。そのまま亜梦は、ついぞ振り返ること無く、一鈴の前を去った。

心に、ぽっかりと穴が空いたような気持ちで、一鈴は小屋の扉を見つめる。天天が一鈴の指先を舐めてくるが、構うことは出来なかった。

まだ会って間もない宮女、亜梦。そこまで思い入れがあるはずではないのに、どうしようもなく胸が痛い。

後宮に五人の男を引き入れ、なおかつ皇帝の虎を殺そうとした亜梦は、おそらく重い、重い償いを強いられる。亜梦の罪を暴けば、天天は助かる。しかし、天天を助けるということは、亜梦を助けないということ。

結局自分は、誰のことも――、

「皇貴妃よ」

一鈴が夜闇に一人佇んでいると、月明かりを背に廉龍が現れた。万宗を伴っているが、万宗は小屋の中まで入ってこようとはしない。やがて冷淡な表情の廉龍だけが、一鈴に近づいてくる。

「護衛や武官に追いつかれること無く逃げ出したかと思えば、虎を守りに走っていたとは。礼を言う」

礼を言われたくなんかない。天天を守ったことに後悔はないが、かといって満足も出来ていない。亜梦の企みを阻止したが、同時に亜梦の企みを潰してしまったのだ。ただ皇帝が気に入らない、不愉快だからという理由ではなく、自らの友人、家族を殺された復讐のための企みを。

一鈴は掌をぎゅっと握りしめると、廉龍を見据えた。

「亜梦は、犬が、殺されたと言っていました。役人に、目の前で……真意の程はわかりませんが、病の症状に当てはまる性質を、持っていたらしく……天天を殺せば、陛下が考えを変えていただけるのではと、思ったようです」

亜梦の訴えが、廉龍に伝わるか分からない。ならば、彼女の邪魔をした自分が、廉龍に伝えるべきだ。一鈴が様子を窺っていると、廉龍はしばしの沈黙を経て口を開いた。

「私の考え？」

廉龍は月夜の晩に相対したときのような眼差しで、一鈴を射貫いた。

「刺客の分際で、私の考えを測ろうとするなどと、笑わせる」

そのまま廉龍は、環首刀を静かに引き抜くと、一鈴に向けた。

「それにお前は皇貴妃であるが、皇后でも皇帝でもない。にもかかわらず、自分の言葉で皇帝を――政を動かせると思っているのか。それとも、お前も刺客の仲間なのか？　ならば、この場でその首を切り落とさなければならないが――……」

言うことを聞かない妃は必要がない。この場で斬り伏せることも構わないと、暗に示す声音だ。

けれど、一鈴（イーリン）は後には引けなかった。

「私は亜梦（ヤーモン）の同胞ではありません。病にかかった動物は……治せない、ましてや、新たに苦しむ者を増やすのであれば……殺してやるしかないことも、分かっています。けれど、むやみに殺し、それも残虐な手段で殺して回ることは、本当に国を良くすることに繋がることなのでしょうか」

刃の切っ先を向けられたまま、一鈴（イーリン）は廉龍（リーロン）を見返した。

永遠とも感じられる時間が流れた果てに、廉龍（リーロン）が一鈴（イーリン）を冷たく見下ろす。

「人は嘘をつかなければ生きていけない。自分可愛さにも、相手可愛さにも。そんな現状で、殺処分の定義を緩和することはできない」

「陛下……」

「――ただ、恐水病およびその疑いがある犬の殺処分に関して、調査は行う」

そのまま廉龍（リーロン）は環首刀を納める。

亜梦（ヤーモン）の想いが伝わったのか。緊張が一気にとけた一鈴（イーリン）は、尻もちをついて床にへたりこんだ。しかしすぐにハッとして立ち上がると、立ち去る廉龍（リーロン）に頭を下げる。

「ありがとうございます」

「……」

廉龍は、振り返ることなく、黒衣を翻し去っていった。

一鈴と母后、そして晴龍帝の食事会は、一鈴の途中退席および襲撃者を手引していた亜梦の拘束により、お開きになった。

廉龍の采配で厳重な護衛をされながら蓮花宮に戻ってきた一鈴は、一鈴を護衛してきた宦官たちから事情を聞く雲嵐を横目にして、静かに回廊を歩く。

——あなた、死んだら。

あの場にいた他の者たちは、一鈴が罵倒されたと思っているのだろう。しかし、あの言葉には続きがある。

——小白ちゃんが困るものね。

死んだらと言った直後、音なき言葉で確かに亜梦はそう告げた。

雲嵐が一鈴を男と疑った時、その動きを見た亜梦はおそらく一鈴が普通の妃ではないことに気付いたのだろう。もしかしたら、その前からかもしれない。

けれど、亜梦は最後にああ言った。それは一鈴に復讐を邪魔されたというのに、道連れにしようとする気がないことの表明だった。

一鈴は自分の部屋に戻っていく。

「小白、お前のおかげで、見逃してもらえたんだな」

そっと自分の衣の襟に手をやる。小白が顔を出し、小さく鳴きながら一鈴を見つめる。やがて小白は、飛膜を広げすぐに部屋の奥に飛んでいってしまった。追いかけて、一鈴は螺鈿机の前で足を止める。

夜光貝装飾の机の上に、麻花が盛られた皿があった。


翌朝、亜梦を除く蓮花宮の宮女たちに粧し込められた一鈴は、緋色の衣を纏い、好天殿の御道を歩いていた。好天殿は、皇帝が何か大きな発表を行う場だ。後宮の外に位置し、本来ならば一鈴を伴うことはあり得ないが、廉龍の命令により、一鈴は天龍宮と後宮を隔てる深華門を、またくぐることとなった。目の前には、黒の衣に龍の金刺繍をあしらった正装の廉龍が、振り返ることなくまっすぐに進む。御道の左右にはその数に圧倒されるほど武官が並び、要人たちも揃い、皆等しく、皇帝に向かって礼をしている。そうして進んだ先には、好天殿の玉座があった。そばには天天が、すっと皇帝を見据えるようにしてくつろいでいる。太鼓に銅鑼、鐘の音が辺りに響く一方で、人々は一言も発さない。異様な空気の中、廉龍が好天殿に辿り着くと、全ての音が止んだ。

「この螺淵の天子、晴龍帝として宣言する。永一鈴に、皇貴妃の位を授ける」

廉龍の言葉をかわきりに、また一斉に太鼓の音が響き出す。一鈴は、亜梦にかけられた言葉を思い出す。

――人と触れ合うたびに、刺客としては死んでいったのでしょう。

一鈴は、理解が出来なかった。

殺すべき者は殺すべきで、邪悪はこの世界にあってはならない。

なぜなら一鈴（イーリン）は、あの日少年と出会ったことで救われた。刺客として生きる覚悟を決めた。

あの少年の背中を見て、汚れた自分がそれでもなお生きる理由を見つけた。

それでも、人とのふれあいが、刺客としての死を意味するならば。

そうなる前に、自分の使命を果たすまで。

しかし、今殺してしまうと、自分が阻止した亜梦（ヤーモン）の願いが叶わなくなってしまう。恐水病の新しい対策の施行を待たなくてはならない。

一鈴（イーリン）は誰からも分からぬよう衣の上から小刀に触れ、握りしめる。一鈴（イーリン）の決意を後押しするのか、叶わぬと立ちはだかっているのか、力強い風が、好天殿（こうてんでん）に吹き抜けていった。

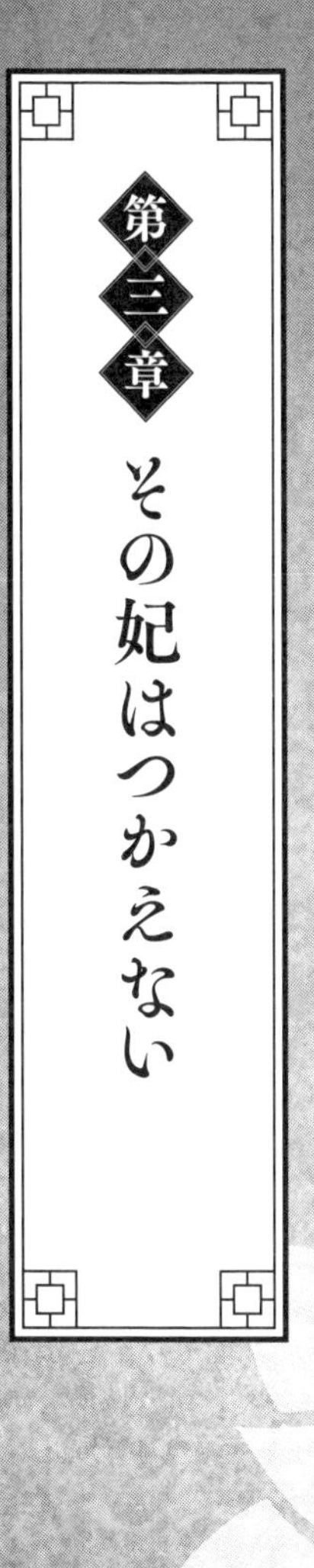

第三章　その妃はつかえない

政の流れがつかめない。

皇貴妃として大々的に衆人環視の前で顔を晒し三日。一鈴は蓮花宮で頭を抱えていた。

恐水病に関する調査を終える前の晴龍帝を殺せば、亜梦の願いが叶うことを遅らせることになる。

しかしそれは、果たしていつになるのか。万宗に聞こうにも、彼は後宮の外で廉龍と行動をともにしている。廉龍は後宮に入らない。一鈴自身、皇貴妃として過ごしていく上での説明、宮女の入れ替えなどで、日々を潰されていた。そのため、今、後宮の外で何が起きているのかすら、把握できていなかった。

「雲嵐、ちょっとお聞きしたいことが」

「なんだ？　意欲的だな。今日の俺は機嫌がいい。なんでも教えてやる」

壁に添う形で待機していた雲嵐が、一鈴に近づく。

「皇帝が、自分の行った政策の調査をして、良くない気がして、方法を改めるまで、どれくらいかかりますか」

「機嫌がいいとは言ったがなんだよその妙に具体性のある質問は」

雲嵐の鋭い指摘に、一鈴は視線を落とす。すると一鈴の袂から小白が出てきて、雲嵐を威嚇した。

――オイ、お菓子出せよ。

小白は腹を空かせている様子だ。しかし雲嵐は「お前質問の催促に糖獣使うなよ」と嫌な顔をした。

「……調査って、範囲は？　国の一部とか、螺淵全土かで話は変わってくるぞ」

「全土です」

「……半年以上はかかるだろ」

「半年……！」

一鈴（イーリン）は大きく目を見開く。しかし、雲嵐（ウンラン）は追い打ちをかけるように、「至急で、それも調査だけでだぞ」と付け足した。

「調査には文書を出すだろ？　文書を作るにもそれを全土に送るのも時間がかかるし、人間相手に調査するなら、その人間が調査に答える時間も考えなきゃいけない。そして文書が戻ってくるまでにも時間はかかる。その調査をきちんと精査して、皇帝に伝わるまでの時間もある。それで、さらに方法を改める……まで考えれば、もっとかかるぞ。一年くらいは」

「そうなのですね……ありがとうございます」

親身になってくれた雲嵐（ウンラン）に、一鈴（イーリン）は感謝しながらも、動揺を隠せない。

このままだと自分は、最短でも一年、廉龍（リーロン）を殺さず、後宮に潜伏しなくてはいけないということだ。

「そ、それより早くなることは」

「戦か、とんでもなく大きな金が関わっての最短。違うならもっと……なんだお前、戦でもけしかけようってんじゃないだろうな。やめろよ」

固まる一鈴（イーリン）に、雲嵐（ウンラン）が怪訝な目を向ける。

「力比べは好きだが、戦なんてろくなもんじゃねえぞ」

「それは、分かってますよ」

戦なんて必要ない。人を始末することを生業とする一鈴（イーリン）だが、心からそう思っていた。人が傷つかないように、争いが起きぬように、自分の手を血で染める。そうでなければ、ただの人殺しだ。一鈴が生きている意味すらなくなる。

総龍帝の前の代では、他国との戦が特に多かった。螺淵の僻地では、今だ戦の跡が色濃く残る場所も多い。そのため、総龍帝が慕われている理由に、戦をせず螺淵を大きくし、政をすすめてきたというのがある。

優しくて戦嫌い。民思いの総龍帝を、廉龍は殺した。

その廉龍を信用していいか分からないが、国を動かし政の中心となっているのは廉龍だ。信用する以外に、手立てがない。

「それよりお前、今日は行商人が虹彩湖で商いをする日だろ？　支度しろよ」

一鈴が黙っていると、雲嵐が衣装箪笥を叩く。

「はい――」

一鈴は慌てて立ち上がった。当初の予定では縁延宮で、位もなく、人の印象にも残らず、影となり潜んで任務を達成する予定だったが、皇貴妃に昇叙したことで、責任ある立場になってしまった。

調査記録だけに頼るのではなく、自分で情報を集めることも必要だと考え、妃が集まるらしい商いの場へ見学に行くことにしたのだ。雲嵐が衣装箪笥を叩いたことで宮女が次々と部屋に入ってきて、装飾品や衣を並べて選んでは一鈴にあれこれとすすめてくる。

「ちゃんといい衣選んで着ていけよ、化粧も入念にしろ。馬鹿にされる理由はつくるな。戦みたいなもんなんだから。商人だって、男だろうが女だろうが化粧するんだぞ。自分の得のために。後宮の中で、化粧の自由なんてないと思え」

「先程、戦は嫌だと聞きましたが」

「万宗(ワンゾン)みたいな揚げ足のとり方するな」

雲嵐(ウンラン)はうんざりした顔をした。よほど嫌だったらしく、「次は絶対にするな」と念押しまでしてくる。

「すみません」

「次からもうしないなら謝らなくていい。それでさっきの話に戻すが……戦ではな、いい鎧まとってたらそれだけ狙われにくいんだよ。今にも壊れそうな、殺しやすそうなやつから狙われる。実力はどうであれ……俺はお前の身体は守れるが、心はどうにも出来ねえ。後宮は代々皇帝の寵愛を奪い合う場所なんだよ。恨まれ憎まれ追い詰められた末に、自分から命を絶つなんてこともある。昔は殺される方が多かったみたいだがな。予防できることは、予防しろ」

「後宮で上手くやっていけるようにということ、ですか……」

一鈴(イーリン)は鏡台の前に座る。宮女は一鈴(イーリン)の化粧を直し、髪を梳く。

その様子を見ながら、雲嵐(ウンラン)があでもない、こうでもないと指示を出している。

亜梦(ヤーモン)が侵入者を引き入れていたことは、雲嵐(ウンラン)の耳に当然入っている。亜梦(ヤーモン)の代わりとなる宮女は慎重に選定が行われ、後日やってくるらしい。それまでは雲嵐(ウンラン)が一鈴(イーリン)の小間使いも兼任することになった。

「お前、後宮に、赤みがかった衣で来たらしいな」

衣を吟味しながら、雲嵐(ウンラン)が言う。

「はい」

後宮に来て初日、一鈴（イーリン）は赤みがかった衣をまとっていた。亜梦（ヤーモン）に注意をされ、気に留めておらず、その後も、皇貴妃に指名されたからか不問とされていた——という解釈だった。

しかし、今雲嵐（ウンラン）が吟味している衣は、紅しかない。

「いいか、紅色は黒についで最も高貴な色なんだ。紅衣は皇帝の選んだ一等の妃……皇后しか纏えない。現皇后ではなくなった母后様だって着れない。ちゃんと心に留め置けよ」

「はい」

黒は皇帝の色。

螺淵（らえん）で常識となっているであろうことを、一鈴（イーリン）は知らなかった。

自ら知ろうとしなかった故に、遊侠の間違いに気づくことができなかった。

もっと早く知っていれば、後宮に入った初日、廉龍（リーロン）をすぐ識別できて殺せたのにと、一鈴（イーリン）は後悔を抱きながら、右腕の傷を誰にも見られないようにして着替えた。

全ての支度が終わり、商いの場に向かうことになった一鈴（イーリン）は、雲嵐（ウンラン）の後を追うようにして歩く。

厨房の前に差し掛かったところで、雲嵐（ウンラン）が足を止めた。

「あいつ、籠宮（かごみや）に入れられたらしいぞ」

厨房は、亜梦（ヤーモン）が使ったきり、誰も使っていない。宮女たちからは、彩餐房（さんさいぼう）から運ばれる食事を温めるか問われるが、大丈夫だと断っている。

「籠宮（かごみや）？」

「後宮内で罪を犯した者を一時的に入れておく処(ところ)だ。後宮内では皇帝や政について、見聞きする機会が多い。外の牢には入れられないんだよ。後宮に入れたことも問題だが、後宮に入れるってことは、緋天城(ひてんじょう)の中にも勝手に入り込めるも同然だからな。殺すにしても、それまでの間、普通の囚人どころか、看守とも一緒にできない」

「籠宮(かごみや)の場所はどこにあるのですか」

「さぁな。一部の者しか知らされてない。下手すると万宗(ワンゾン)も知らない」

一鈴(イーリン)は後宮に入る前に読み込んだ地図を思い返す。しかし、籠宮(かごみや)なんて場所はなかった。

地図にないのなら、どこかの建物の地下に籠宮(かごみや)が存在している可能性が高い。

遊侠も知らない侵入経路も、まだ明らかになっていない。実際に後宮を見て回る必要がありそうだ。

「なんか変な気起こしてるんじゃないだろうな」

雲嵐(ウンラン)の、こちらを見透かすような険のある声に、一鈴(イーリン)は顔を上げる。

「変な気？」

「糖獣(とうじゅう)を助けてもらった礼に、脱走させようとか」

「思っていません」

亜梦(ヤーモン)は皇帝が飼っていることを理由に、恐水病とは無関係の天天(テンテン)を殺そうと、男たちに依頼した。

その罪は、償うべきだ。

そう、自分でも想いを確認した上で、厨房を眺める雲嵐(ウンラン)に顔を向ける。

しかし否定しながらも、きりきりと胃の奥のあたりが痛んだ。

「……雲嵐は亜梦について、どう思っていますか」

「やり方ぜんぶ、間違えた奴だ。仇討ちがしたいなら、本人を狙うべきだった。政を変えたいなら、そもそも血を流すべきじゃない」

雲嵐は歩いていく。一鈴も後を追うが、一度だけ厨房を振り返った。すると、いないはずの亜梦が麻花を作っている錯覚がした。

後宮は男子禁制であり、皇帝以外は去勢された男——宦官のみが入ることを許される。妃たちはどこの誰かも分からぬ男の子を産まぬよう、後宮から出ることは叶わない。その為、妃の衣や装飾品は己の屋敷から持ってきたもの、皇帝から賜ったものが多い。妃を名家から選んでいた頃は良かったが、時代が変わるにつれ、親は罪人だが見目は美しい者、皇帝が人売りから買った者、他国の富なき女など、装飾品に縁すらない女が増えてきた。

当然支給される服もあるが、結局のところ、選択肢は限られてくる。

血を繋ぐときに衣は必要ないのだから、関係ない。装飾があって何になる。

そんな言葉を押しのけて、去勢してでも物を売りたい人間がいるならばいれてしまえと数百年前の皇帝が宣言し、後宮には去勢された商人、もしくは女の商人の立ち入りが許された。宦官、女官の立ち会いが無ければ妃と見えることは出来ないと制約もあれど、後宮で商いを始めようとする者は多い。

そして、商いの流れは、求める妃の位のあるなしで流れが大きく異なる。

四花妃が部屋の調度品を自分好みに替えたり、新しい衣装や装飾品を商人から買い求める時は、商人を宮殿に呼びつけることができる。

しかし、位のない妃たちは、自分の宮殿に商人を呼びつけることはできない。

商人が後宮にやってくる日、というのがあり、その日、後宮の中にある虹彩湖と呼ばれる大きな湖の側に、行商のようなかたちで商人が品物を並べ、後日、届けてもらうよう自らの侍従に手配させる。

故に位のない妃は自ら品物を見に商人のもとへ出向く必要があり、珍しい渡来品を眺めながら、各々交流を深める場となっていた。

「ここが、虹彩湖……」

商いの場にやってきた一鈴は、目の前に広がる湖の景色に息をのむ。

透けるように透明感のある大きな湖には、花托のあたりで切った花が浮かんでいる。

晴れ渡った青い空の色、水面に浮かぶ花の極彩色と、桃源郷のような絶景を生みだしていた。湖の周りは開けた野原が広がり、妃たちが品物を眺めながら歓談している。一鈴は雲嵐を伴いながら妃たちの会話に耳をすませた。

「美しいわ……お花が浮かんでる」

「私、毎日ここに来たい……！」

一鈴以外にも後宮入りして間もない妃がいるらしい。初々しい様子の妃たちは、一鈴と同じように花浮かぶ湖に目を輝かせる。しかし、すぐそばにいた他の妃たちに失笑されていた。

「あの子たち、あの花は皇帝が人を殺すたびに、記念として浮かべてるって知らないのかしらね」

「本当よ。下手すると、自分が殺されてあの湖の花が増えるかもしれないっていうのに」

思わず隣にいた雲嵐（ウンラン）の顔を見ると、「らしいな」と肯定する。

晴龍帝（せいりゅうてい）は臣下であろうが邪魔になれば殺すと聞くが、殺すたびに花を湖に浮かべるとは一体なんの意味があるのか。

「あ、皇貴妃様……」

やがて妃たちは一鈴（イーリン）の存在に気付いたらしく、一鈴（イーリン）に注目した。当たり障りのない挨拶を交わしながら、一鈴（イーリン）は妃たちから距離を取る。

「美しい緋色の衣だわ……」

「髪飾りも、とてもよくお似合いね、素晴らしい女官がついているのでしょう」

ささやき声で妃たちは一鈴（イーリン）の装いを口々に称賛する。どうやら雲嵐（ウンラン）の言う「予防」には効果があるらしい。

「雲嵐（ウンラン）」

「なんだ」

「ありがとうございます」

「ああ。今度晴龍帝（せいりゅうてい）に会ったら、雲嵐（ウンラン）は優秀な護衛であり宦官（かんがん）だってちゃんと言っておけよ」

雲嵐（ウンラン）は出世欲があるのだろうが、そういう念押しが、出世の妨げになっているのではないか。

一鈴（イーリン）が雲嵐（ウンラン）の顔を二度見する。同時に爽やかな声が遠くから響いた。

「さぁさぁ、本日お持ちいたしましたのは、世にも珍しい舶来品（はくらいひん）となっております」

一鈴（イーリン）が初めて後宮に訪れた時に見た、深褐色の羽織の商人が客寄せを行っていた。濡れ羽色の髪とは対照的に、透き通るような白い肌、まぶたのあたりには、目尻が上がるような墨が入っている。

紫色の敷物の上に、檜の長机がいくつも置かれ、さらにその上には、口につける紅から、香、着物に手鏡、首飾りが数え切れないほど並んでいる。ひとつとして同じものはなく、どれも太陽の光を受けて複雑に輝いていた。

「まぁ素敵！　点賛商会の商人様、いつ見ても素敵だわ」

「本当ね……廉龍様に負けず劣らずの美男子だわ……」

妃たちは深褐色の羽織の商人を見て、黄色い歓声を上げた。

「あの、点賛商会というのは……」

一鈴が問いかけると、雲嵐は「ああ」と納得顔をした。

「ああ、そうかお前、螺淵のしきたりだけじゃなく人間についても分からないのか……点賛商会っていうのは、黎涅で一番儲かってる商会だよ。商会って分かるか？　他国の定義は分からないが、螺淵では店を組織的にやってるってことだぞ」

「わかります。大丈夫です」

「それで、点賛商会は……完成してる装飾品から、布素材、お菓子に酒とに他国の品物を取り寄せ売ったり、自分で作らせて売ったりと、とにかく手広く商売してる」

「そうなのですね……ありがとうございます」

「礼を言うなら俺の言ったことちゃんと記憶しとけよ」

「も、もちろん」

一鈴（イーリン）は頷きながら前を見据える。

「でも……なんていうか、不思議ですね、街で見る商人と違って、なんていうか、その……客を相手にする時の圧が、強いというか」

わざわざ去勢してまで、物を売りに来ている商人たちだが……物より自分をよく見せようとしている気がした。

「それは当然だ。結局欲しいものがあれば、取り寄せをさせればいい。ある程度金のある妃からすれば、大事なのは誰から買うかだ。同じもの買うなら、愛想が良くて見目が良いやつからのほうがいいだろ。だから、売り手は大変だ。自分の見た目をあれこれこねくり回すことが、自分の生活に関わってくるんだからな」

「なるほど……」

一鈴（イーリン）は雲嵐（ウンラン）の言葉があまり納得できなかった。

ものを売るだけでも大変そうなのに、着飾り、人に気に入られるなんて大変だ。商人はどこまでも利己的な生き物というが、本当に労力に見合っているのだろうか。一鈴（イーリン）はぼんやりと妃や商人を眺める。

「陛下にお近づきになるのは厳しいようだし、商人様にここから連れ出してもらえたら……なんて思ってしまうわ」

「確かに……さらわれてしまいたい……でも、商人様は明明（ミンミン）様をお慕いしていると聞いたわ。熱い眼差しで見ていたもの」

「明明（ミンミン）様……陛下のみならず商人様のお心まで……」

「あれほど美しいのだから、仕方ないわよね……」

妃たちは、点賛商会の商人を見てひそひそと話をしては盛り上がっている。

一鈴は雲嵐の肩を叩いた。

「あの商人の方は、一体――」

「点賛商会の郭だ。晴龍帝の体制になってから入ってきたやつだな。口も上手いし、顔も悪くない。でも商売慣れしてるかって言ったらそうでもないし……点賛商会のやつら、わざわざあいつに大金はたいて去勢させて商人にしたかもしれないな」

「郭……」

「いいか、位のないやつならまだしも、お前は皇貴妃なんだから、ほかの男に気を移してるなんて噂でも出れば問題になるぞ」

雲嵐が釘を刺すような言い方をしてくるが、一鈴は雲嵐の言葉の――ある部分が、信じられなかった。

「お、おっ、男……？　男？　男なのですか？　あの方は？」

一鈴はまじまじと商人を見る。確かに男の恰好をしているが、骨格は女そのものだ。

「ああ、去勢済みだがな。いっつも妃に囲まれてる。あいつ目当てで品物見に来てる妃も多いし、あいつに会うためにめかしこむ女も多いな。鼻が馬鹿になる」

雲嵐はうんざりした様子で鼻を摘んでいる。

「まぁ、ようするに、あいつは自分を犠牲にして、富と人脈を確実なものにしたってことだ。商売は人脈がものを言う世界だからな」

自分を犠牲にして。

「別に悪くもない自分の身体を傷つけてまで、入ってきてんだ。馬鹿みたいに媚びへつらうくらい、あいつらは何でもないだろう」

雲嵐は続ける。どうやら、去勢した自分と、郭を重ねているらしい。

宦官は、自らの身体に刃を入れることで、出世の道を切り開く。

しかし雲嵐は隙があり、おそらく小白に怯えがあるが、弱くはない。武官としてうまく出世することは出来たはずだ。

「どうして雲嵐は宦官になったのですか」

「大義のためだ。なのに、俺があまりに優秀だから、陰険粘着万宗野郎から道を変えられて皇貴妃の護衛を任されたんだよ。俺は本当は、蓮花宮じゃなく――」

雲嵐が言いかけるのを遮るように、周囲の妃がざわめき始める。「晴龍帝よ！」とそれまで商人たちの品物を見ていた妃たちの言葉に、一鈴は慌てて振り返る。

虹彩湖の向こう側、亭のそばを晴龍帝が歩いている。そして、晴龍帝の後ろを、宮女を伴いながら珍妙な装いの妃が走っていた。

大きな宝石を衣服に縫い付け、巻き毛に簪をいくつも挿し、年は十五、六くらいだろうか。かなり幼いのに、妓女も着ぬほど肌を晒した淡い粗孔雀緑の衣を翻している。やがて女は、晴龍帝に追いつくと、ぱっとその腕を取り、顔を近づけて話を始めた。

「あの方は」

「罗雨涵（ルオユーハン）。賢妃だ。蘭宮（らんきゅう）に住んでる。京斬（ジンザン）出身の、田舎令嬢だよ。没落したけどな」

雲嵐（ウンラン）は呆れた様子だ。そして先程まで織物を見ていた妃たちは、虹彩湖（こうさいこ）をはさみ向かい側にいる晴龍帝（せいりゅうてい）、そして雨涵（ユーハン）に気付くと、忌々しそうに顔を歪める。

「何あの恰好……あまりに下品だわ。夜伽ですらあんなもの着ないわよ」

「雨涵（ユーハン）様……相変わらずはしたないわよね。いつもああして陛下の気を引こうとして。まだ稚さそうなものなのに、誰に仕込まれたのやら」

「詩一つままならないどころか、文字もろくに読めないと聞いたわ。字だって、本当に醜いの。蚯蚓（みみず）のぬたくったようで……賢妃なんて名ばかりだわ。あんなに賢いなんて言葉が似合わない人もいないもの」

「本当よ。恥ずかしい。後宮の面汚しね」

　変わった装いをしているが、そこまでひどい言葉を浴びせることはないだろう。まして、妃たちは罗雨涵（ルオユーハン）より年齢は上か、少なくともみな一鈴（イーリン）と同い年に見える。

　後宮は皇帝の寵愛を競う場所とは聞いていたが、どうやら廉龍（リーロン）に触れ、誘惑するというのは品位に欠けることらしい。一鈴（イーリン）が任務を果たす時、悪人たちは皆揃ったように酒池肉林といった過ごし方をして、我が物顔で女の身体に触れていた。そこの女たちは、人の機嫌を損ねないよう、少しでも金をもらおうと、巧みに男を喜ばせ女を売っていた。そうしないと殺されるからだ。

　だからか、一鈴（イーリン）が悪人を殺し、その場にあった金や酒を持たせて逃がすと、皆どこかほっとした顔をして去っていった。後宮も晴龍帝（せいりゅうてい）に支配され、媚を売らねば殺される。雨涵（ユーハン）の振る舞いは生存戦略としては間違っていない。

人は、生きるためにどこまでも残酷になれる。それであぁして媚を売るぶんには、平和的だ。

一鈴（イーリン）は雨涵（ユーハン）を気の毒に思いながら、湖畔の向こう側に顔を向ける。すると、雨涵（ユーハン）が一鈴（イーリン）のほうへ視線を向け、そのまま思い切り睨みつけてきた。

一鈴（イーリン）は、思わず面食らう。唖然としている間に、他の妃たちはひそひそと互いの耳に唇を寄せ合い始める。

「ああ、また始まったわ。皇貴妃様まで睨むなんて、恥ずかしい」

「本当に見境というものがないのね」

「この間若溪（ルオシー）様のことも睨んでいたのよ」

「ええ、罗雨涵（ルオユーハン）、後宮に入ってすぐに、化粧や衣装選びの上手な宮女を若溪（ルオシー）様から無理やり引き抜いたんでしょう？　睨みたいのは若溪（ルオシー）様のほうでしょうに」

「そういえば、明明（ミンミン）様や……結華（チュンファ）様のことを睨んでいたわ」

「なんてこと……そのうち牡丹宮（ぼたんきゅう）の宦官（かんがん）に殺されるわね」

「本当にどうしてあんな子が賢妃なのかしら。確か罗（ルオ）家って……水工の立場を利用して、水路建設の費用を賭け事に使い果たしてしまったとかいう」

「罗（ルオ）家のせいで、水路建設がなくなってしまったんでしょう？　どうしてか没落で済んだようだけど、普通なら一族みな粛清されているはずなのに。なんで生きてるのかしら」

一方的に悪口を言われ、同情していたが、蘭宮（らんきゅう）の雨涵（ユーハン）なるほうも、皇帝に近づくものに容赦がないようだ。一鈴（イーリン）が妃や雨涵（ユーハン）を観察していると、雨涵（ユーハン）の後ろに佇む宮女の姿が見えて、一鈴（イーリン）は目を凝らす。

宮女の右目のそばには、黒子がある。後宮入りした初日、深華門のそばで見かけた宮女だろう。服に縫い付けられた刺繍も、初日で見たときと同じ粗孔雀緑だ。骨格や佇まいも同じだ。違うのは、同行している妃だけ。そばには初日見たような藤黄色の衣を着た妃はいない。

「今はともかく、そのうち陛下もあの子の相手に飽きて、煩わしさに殺す、なんてことも当然あるでしょうね」

一鈴の周りにいる妃たちは、今度は晴龍帝に話題を移している。

「確かに。牡丹宮のそば——祈神殿のそばで、すすり泣く赤子の声がするなんて言われてるものね」

「総龍帝様の子を孕んだ妃を、殺したとか……？　宮女も殺めたと聞くし」

恐ろしい——と、妃たちは皇帝について話しはじめる。しかし、「不敬ですよ」と、凛とした声が響いた。

万宗が厳しい眼差しを向けながら雲嵐の横に立った。妃たちは顔面蒼白となり、謝罪の言葉を口にしながら、蜘蛛の子を散らすようにそそくさと去っていった。

「あれくらい、不敬のうちに入らねえだろ。戦う人間は、恐れられるくらいがちょうどいいじゃねえか」

見かねた様子の雲嵐が呟く。

「なら、万宗野郎はどうでしょう。青目、白肌——雪男、見目については散々言われてきましたが、性格について言及するのは貴方だけですよ、雲嵐」

とうとう雲嵐の不敬が明らかになった。どうするんだと一鈴が雲嵐を見るが、雲嵐は平然としている。

「見目なんて皮むけばなんも変わらない。大事なのは心だ。お前はその心が腐ってるから問題なんだよ」

「面白いことを仰りますね。私の中身を見たこともないのに、その中が腐っていると分かるのですか。北摘の戦神と呼ばれた貴方がまさか幻覚を見ていらっしゃったとは。阿片でも始めたんですか？」

今日の万宗は、雲嵐に対して随分と攻撃的だ。初めて顔を合わせたときとは、比べ物にならない。もしかして、初めて会ったときは天龍宮の中にいたから、かしこまっていたのだろうか。

北摘は、螺淵の北にある地域だ。渓谷の多い場所で、土地の半分が砂漠だ。火傷しそうなほど熱せられた砂地を越えた先は海で、その土地の者たちは、窓辺に貝殻を置いたり、貝殻の首飾りを身につけていた。土地の性質上、海沿いには漁船が並び、それを利用して武器や阿片の取引をする者が出てきたため一鈴が潰した。魚も海鳥も等しく美しく、壮麗な景色に魅せられるものも多いようで、大きな邸宅も密集していた。

一鈴はふたりのやり取りを窺いながら、少しずつ気配を消し後退する。しかし、そんな一鈴に万宗がにっこり微笑みかけた。

「そんなに怖がらずとも大丈夫ですよ、一鈴様。私は雲嵐に怒っていません」

「え」

まるで心を読まれたように言われ、一鈴は驚く。

「彼に対しては、これくらい強く言わないと通じないんです。なので一鈴様も、雲嵐に話が通じていないと思ったら、様子を見るのではなく強く出たほうがいいですよ」

「なんだと」

雲嵐が不満そうな声を上げるが、万宗は気に留めることなく一鈴に視線を合わせる。

「さて、話がそれてしまいましたが、陛下から一鈴様にご連絡です。明日、明花園での茶会を行うことがひとつ、そしてもう一つは——その後、二人でお食事をしたいとおっしゃっておりました」

食事は亜梦の件で有耶無耶になっていた。改める、ということだろうか。でも万宗は、二人と言った。一鈴と、廉龍と香栄の二人という意味とも考えられるが、どうも疑念は晴れない。

「陛下、母后様のお二人とですか？」

「いえ？　今回は陛下と一鈴様、お二人のお食事ですよ」

「二人——？」

よりによって、晴龍帝を殺せない今、二人での食事の機会が与えられたということか。

固まる一鈴の肩を、雲嵐がゆする。

「おい、しっかりしろよ閨に誘われたということだ。ようやくお前の役目を果たす時が来たんだぞ」

「雲嵐、皇貴妃様の肩を勝手にゆすらないでください。皇貴妃様の御身体は、陛下のものです。そして下品な言動は慎んでください。陛下に対しても皇貴妃様に対しても不敬です」

自分のことを侮辱された時は余裕そうだった万宗だが、その声音には怒りが滲んでいた。廉龍に対しては、言った本人に侮辱の意図がなかろうと、軽く見られることが許せないらしい。しかし万宗は怒りに身を任せること無く、さっと表情を切り替え一鈴に向き直ると、安心させるように天龍宮を指し示す。

「前回は天龍宮の餐明の間でお召し上がりいただきましたが、今回は天龍の間でお召し上がりいただきます」

万宗が言うと、雲嵐が「なんでだよ？」と、眉間に皺を寄せた。

「こいつのことまた後宮から出すのかよ。皇貴妃なのに」

「皇貴妃ということを理解しているのに、こいつとお呼びすることが不敬であると、なぜ理解できないのですか」

万宗はため息をついた。しかし雲嵐は「そんなことより」と声を荒げる。

「そもそもこいつ、後宮入りしたくせに外に出されすぎだろ。俺と会った日もそうだし、その後は食事会だなんて天龍宮行って、最初と食事会なら、刺客が後宮に入ってる中、皇帝が後宮にいるより妃を引っ張り込んでくるほうが効率がいいのは分かるけどよ、犯人見つかった後、わざわざ後宮の外の好天殿で高官たちに見せたり、茶会の後また天龍宮に呼んだり、なんなんだよ。おかしいだろ、お前、なんか入れ知恵してんじゃねえのか」

それは、一鈴も不思議に思っていたことだった。

後宮というものは間違いがないよう、外から隔離されるような仕組みになっている。

にも関わらず、一鈴は後宮に来てから、何度も深華門をくぐっている。

刺客としての不自由さは感じても、後宮としての妃としての不自由さはないに等しい。

「これだけ何度も後宮から出してたら、こいつが皇帝の子供を孕んでも、たとえ記録係の記録があったって、実はどっかで別の男と契ってたんじゃないかって怪しまれるぞ」

雲嵐は万宗を責める。しかし万宗は、「そのために貴方がいるんでしょう？　雲嵐」と、相手にしない。

夜伽、自分への処遇。

そして、天龍宮（てんりゅうきゅう）と同じく、龍の字を持つ、天龍（てんりゅう）の間（ま）——。

一鈴（イーリン）は次から次へと積み重なる疑念や困惑に苛まれながらも、万宗（ワンゾン）に問う。

「天龍（てんりゅう）の間（ま）って——」

「はい。晴龍帝（せいりゅうてい）様の寝所であり、私室でございます」

宝石の如く輝く水面を背に、万宗（ワンゾン）が優しい笑みを浮かべた。


明花園（めいかえん）での茶会当日。一鈴（イーリン）は暗い顔で、明花園（めいかえん）行きの轎に揺られていた。

今日の茶会も気が乗らないが、本質はそこではない。茶会の後の廉龍（リーロン）との食事会だ。無事亜梦（ヤーモン）の望む未来が掴めたのなら殺しても構わないが、時期的に不可能、つまり一鈴（イーリン）は廉龍（リーロン）と夜伽をしなければならない。


始末の対象と契るなんて。

一鈴（イーリン）は、どうしたものかと頭を抱える。

一鈴（イーリン）は、子を産みたくない。母になってはいけない存在だと、常々自覚している。悪人を始末する前から、この手は血に塗れているのだ。遊侠たちによってようやく人の道の端に沿っているだけで、本来は人道に背いた、奈落へ向かうことしか許されない身の上。だからこそ、瞬く間であろうと、たとえ任務を果たす絶好の機会をつくり出せたとしても、人と閨をともにすることに強い忌避感がある。

どうにかして、夜伽を避けなければならない。

――この傷を見れば、興が削がれるだろうか。

一鈴(イーリン)は自分の袂をつまみ、己の右の二の腕にある十字の傷を見る。

遊侠に加わる前の地獄の体験を経て獲得した、罪の記憶だ。切り口は蚯蚓(みみず)が這うようにおどろおどろしく、部分的に火傷もちらつき、未だ赤い。

亜梦(ヤーモン)に指摘されてから、一鈴(イーリン)はその傷を徹底的に隠すようにしている。宮女にも絶対知られぬよう、壁側に自分の右半身を向けていたり、勝手に右の袖だけ着ていたりして。

ずっと、傷つける側だった。

だから一鈴(イーリン)の傷は、その場所にしかない。

そんな自分が、誰かと身体を繋ぐなんてありえない。たとえ相手が凍王(ドンワン)であってもだ。自分の本質は動物――獣的であり、邪悪を排除することで、かろうじて人としてあろうとしているだけ。

一鈴(イーリン)の視線が徐々に鋭くなっていく。

しかし、袂からぽんと小白(シャオパイ)が飛び出したことで、一鈴(イーリン)は面食らった。

「小白(シャオパイ)、お前……甘い物の香りに誘われてきたのか？」

「ぅゆ、しゅーう！」

一鈴(イーリン)の膝に乗った小白(シャオパイ)は、両方の前足を回して、物盗りの素振りをする。

「やめてくれ。頼む。茶会の菓子は、持ち帰れそうなら持ち帰るから、茶会では飛び出さないでくれ」

「しーぅう……しゅしゅしゅ」

――そちらの出方次第ですねぇ。ホホホ。

そう言わんばかりに鼻をふすふす動かし、甘いものの香りを探っている。やがて轎の揺れが収まり、暖簾が上がる。一鈴(イーリン)はそっと轎から抜け出して、辺りを見渡した。

牡丹、椿、薔薇、水仙、蓮、躑躅、蘭、杜花、梅——色とりどりの花が咲き乱れ風とともに舞い上がり、陽光に複雑に照らされて幻のような景色が広がっていた。花の蜜の香りに吸い寄せられてか、軽やかな蝶が飛び交い、緑の植物たちも生き生きとしている。

まるで、自然をそのまま封じ込めたみたいだ。

一鈴(イーリン)は感嘆のため息を漏らした。後宮の門をくぐったときと同じ、花の香りが春の風とともに流れてくる。揺蕩(たゆた)う花びらに促されるように、悠然とした足取りで妃らしき者が歩いてきた。宦官(かんがん)をつれている。澄んだ雰囲気を持ち、透き通る肌に、色素の薄い白銀のようにも、薄紫にも見える長い髪をなびかせている。瞳は憂いを帯び、艶っぽい。髪と色をあわせているのか、何層にも躑躅を重ねた意匠の衣がよく似合う。しかし、違和感が拭えない。一鈴(イーリン)は眉間に皺を寄せ、同じように景色を眺めていた雲嵐(ウンラン)に近づいた。

「あの方は？」

一鈴(イーリン)が訊ねると、雲嵐(ウンラン)は「お前なんも知らねえんだなぁ」と呆れながら、紫の装いをした者を指した。

「あれは項明明(シァンミンミン)。淑妃だ。躑躅宮(つつじきゅう)で暮らしてる。晴龍帝(せいりゅうてい)のお気に入りの妃だよ」

「妃……あの方が、ですか？」

一鈴(イーリン)は困惑して、眉間にしわを寄せた。

「ああ。結構有名な貴族の御嬢様だ。素晴らしい舞の名手で、商人が居なくて静かな日の虹彩湖(こうさいこ)で、舞の練習をしてる。一回絵に描きたいくらい見事な舞だ。ただ、口が重い。皇帝以外とはまともに話さない。誰ともつるまない女だ。そういうところがいいっていうやつもいるけどな」

雲嵐は言うが、一鈴は今目の前を歩く人物が本当に項明明なのか疑問を抱いた。しかし確認する前に後方から視線を感じ、振り返る。明花園を囲う竹林の狭間から、点賛商会の郭が立ち、並々ならぬ情念がこもったような目を、明明に向けていることに気づいた。

あれはいったい、どんな感情で明明を見ているのだろう。

考える間もなく、雲嵐が話を続けた。

「そして、あの紫色っぽい刺繍を胸につけてるのが、躑躅宮勤めの役人だ。位持ちの妃とか、皇帝に直属で仕えてる宦官や宮女は、服に妃なら……その宮殿の花の刺繍を、その妃に与えられている色の糸でされるんだ。よく覚えておけ」

「え……服で、どこの宮殿で働いてるか、区別しているのですか」

「ああ、仕えてる妃の階級が、そのまま所従の中での階級にもなるしな。まぁ、上から見たら全部同じだが、当事者同士の縄張り争いや上下関係のいざこざがあるんだよ。実力のない人間は、自分が誰より上か下か気になるんだろう」

「雲嵐は」

「俺は強くて賢い。どの位の人間に付こうと関係ない。俺は強くて賢いからな」

強くて賢い人間が、果たして二度それを強調するのか。

一鈴は雲嵐の顔を無言で見る。

「まぁ、皮肉にもそんな俺の服には緋色の刺繍がある。夫人仕えの中では、最上級だ。万宗野郎の黒刺繍には、負けるがな」

先程までの勝ち負けを気にしないという主張は何だったのか。

それまで一鈴の服の中で砂糖の香りに暴れていた小白も、ぴたりと動きを止めた。

「他の色の刺繍をした人間が、別の妃につくことはあるのですか」

「四花妃仕えが、別の四花妃に近づいたら、それだけで大問題だ。殺し殺されの世界、妃に命令されて所従が殺しに来たとしか思えないからな」

そう言われて、一鈴は以前、天龍宮に向かった時、皇帝の護衛の関係で亜梦が宮殿に入れなかったことを思い出した。

「でも、服だけで判断していたら、なりすましが起きるのではないでしょうか？　服を盗んだりとか」

「四花妃勤めの官服は、それぞれの宮女や宦官が数を厳重に管理してる。追加するときは、蔵に刺繍前の官服があるから、官服の管理をしてる宮女に刺繍させてから縫わなきゃいけない」

四花妃勤めの宮女には、なりすませない。

しかし、たとえば今一鈴が雲嵐に襲いかかり、服を奪うことは可能なのではないか。刺繍に色がついていることが問題なら、刺繍なし――縁延宮の宮女に扮して、四花妃に近づくことは出来てしまうのではないか。

一鈴は首をひねる。それに、納得できないことがもう一つあった。

「宮女に殺しを頼む……宮女は殺しの素人でしょう？　そんなことを頼まれて、本当に宮女が言うことを聞くのですか」

「殺しに素人も玄人もないだろ」

即座に雲嵐(ウンラン)に否定され、一鈴(イーリン)はハッとした。

雲嵐(ウンラン)は怪訝そうな目で一鈴(イーリン)を見る。

「お前刺客とか、暗殺とか、遠い世界のことだと思ってるんだろ。後宮——いや緋天城(ひてんじょう)の中では、身近な話だぞ、危機感持て。案外刺客はすぐ近くにいるかもしれないんだ」

今、雲嵐(ウンラン)の隣りにいる。

刺客(自分)が。

一鈴(イーリン)は思うが、変に動揺したり反応をすれば怪しまれるため、口をつぐむ。

雲嵐(ウンラン)はその様子を、集中して話を聞いていないと誤解したらしい。諭すように話し始める。

「いいか、好きな相手、つまり尊敬できる主人のためなら、何だってしてやりたいと思うのが役人の性(さが)なんだよ。牡丹宮(ぼたんきゅう)の全結華(チァンチュンファ)がいい例だ。あんなに完璧な女はいない。教養もあって、二胡(にこ)は師になれる実力者だ。詩も花鳥画も申し分ない。牡丹宮(ぼたんきゅう)の奴らは、異常なほどの結束力で全結華(チァンチュンファ)を守ってる。噂では、全結華(チァンチュンファ)に絹織物や菓子を贈っても、相手が皇帝であってもそっくりそのまま作り替えられて、最初の贈り物は処分されるらしい。ああ。本人が来たぞ」

雲嵐(ウンラン)の視線を追うと、二十五、六歳ほどの、妖艶な雰囲気を持つ女が明花園(めいかえん)の平底円門をくぐっていたところだった。長い黒髪はどこか青みがかって、気怠げな瞳にややふっくらした唇と、壮絶な色香を纏い、一歩一歩進んでいる。鮮やかな深藍の衣は裾に至るにつれ色も濃いものに変わり、衣服に詳しくない一鈴（イーリン）も、どういう風に出来たものなのかと目を引かれた。周りにいる宦官（かんがん）や宮女たちは、深藍色の刺繍が施された服を着て、房飾りがあしらわれた傘を差し、結華（チュンファ）に日が当たらぬようにしていた。確かに周囲は結華（チュンファ）に慈しみの目を向けながらも、周囲に対しての警戒を緩めない。

「あいつのためなら死ねるって奴は多い」

雲嵐（ウンラン）は、苦々しい表情で全結華（チアンチュンファ）を見つめている。

雲嵐（ウンラン）は昨日、『俺は蓮花宮（れんげきゅう）じゃなく――』と言いかけていた。完璧で、皇后に最も近かった妃――もしかしたら、雲嵐（ウンラン）が仕えたいのは全結華（チアンチュンファ）なのだろうか。

「雲嵐（ウンラン）は、全結華（チアンチュンファ）のいる牡丹宮（ぼたんきゅう）で働きたかったのですか?」

「違う。俺が行きたかったのは――」

雲嵐（ウンラン）が言うと同時に、全結華（チアンチュンファ）が横にそれた。その後ろには、小柄な妃が歩いている。

「若溪（ルォシー）」

雲嵐（ウンラン）が静かに呟く。前に亜梦（ヤーモン）が言っていた名前だ。四花妃（しかひ）の一人――水仙宮（すいせんきゅう）の柳若溪（リウルォシー）。藤黄色の刺繍を施された服の宦官（かんがん）や宮女を引き連れ、やや緊張した面持ちで歩いていた。

――初日に深華門（しんかもん）のそばで見た妃だ。

一鈴（イーリン）は、初日とは異なる藤黄衣に身を包んだ妃の顔を食い入るように見つめる。

くりくりとした小動物を思わせる瞳、柔らかい曲線を描く、墨色から色素が少しぬけたような栗毛と、可憐さの印象を強く感じる妃だ。黄色の衣には水仙が描かれ、水仙の葉を表現しているのか、裾に涙のような線が連なっている。髪には、貝彫刻の髪飾りが揺れていた。

「彼女が、柳若溪様、ですか」

「ああ」

雲嵐は心ここにあらずと言った様子で、若溪を見つめながら返事をする。

「彼女も同じ北摘の出身なのですか？」

「なんで分かるんだよ」

訊ねると、驚きながら雲嵐は一鈴に振り返った。

「白蝶貝の飾りをつけているので」

一鈴は北摘で、同じように貝彫刻の飾りをつけている人間を見かけていた。螺淵の各地を回り、国を良くするために邪悪の殲滅に勤しんできた一鈴だが、貝彫刻の飾りをつけているのは、北摘の人々しかいない。

「……家が、近かった。祝祭は、一緒に祝ってた」

つまり、雲嵐が守りたいのは、若溪らしい。

雲嵐が小白を殺そうとしたとき相対した腕力は、中々のものだった。軍人としての道をそのまま歩まず宦官として後宮に飛び込んだのは、若溪なる妃のためかもしれない。若溪が通り過ぎていくまで、じっと見守っている。一鈴も同じように若溪を見つめ、ふと違和感を覚えた。

先程雲嵐は、四花妃仕えの宮女が、ほかの妃に近づくのは悪いような言い方をしていた。

しかし、一鈴が後宮に来た初日。若溪のそばにいたのは、藤黄色ではなく、粗孔雀緑刺繍が施された服を着た宮女だ。そしてその宮女は、点賛商会が商いに来ていた時、雨涵のそばにいた。

一体どういうことなのか。

買い物の時に、雨涵（ユーハン）が若溪（ルオシー）から宮女を奪ったと言っていたが、後宮に入ってすぐ、とも表現していた。あの様子では今になって引き継ぎをしていた――というわけでもないだろう。

一体、どんな話をしていたのか。

「それよりお前、喰京（サンジン）を出てよその国で勉強して北摘（ベイチャイ）にも行ったのか。忙（せわ）しない暮らしで大変だなぁ」

「え？　あ、まぁ」

不意打ちで雲嵐（ウンラン）から疑問の矢が放たれ、一鈴（イーリン）は戸惑う。

喰京（サンジン）で暮らしたことはない。殺してとんぼ返りすることを繰り返していたにすぎない。一鈴（イーリン）が適当に返事をしていると、若溪（ルオシー）の後に続いて、珍妙な装いの女が若溪（ルオシー）の後ろから出てきた。雨涵（ユーハン）だ。

「ほら、昨日教えた蘭宮（らんきゅう）の妃だ。それで、その後ろにいるのが、蘭宮（らんきゅう）の宮女だ。ほら粗孔雀緑の刺繍がされているだろ」

雲嵐（ウンラン）の言葉通り、雨涵（ユーハン）の後ろには確かに粗孔雀緑の刺繍が施された宦官（かんがん）や宮女がついている。その中に一人、見覚えのある宮女がいた。顔に黒子がある宮女だ。

じっと見つめていると、雨涵（ユーハン）が一鈴（イーリン）の方へ向いた。しかし、距離があるとはいえ、ほぼ向き合っているような位置なのに、反応がない。見えていないようだった。

「ほら、そろそろ茶会が始まるぞ」

雲嵐（ウンラン）に促された一鈴（イーリン）は、首をひねりながらも、雲嵐（ウンラン）のあとに続く。振り返ると、もう雨涵（ユーハン）はそこにいなかった。

「此の度は、花陽の宴にお招きいただき、誠にありがとうございます」

明花園でも最も美しいとされる九龍の花が囲む中心で、一鈴は四花妃、そして四花妃に尽くす侍従の宦官たちに挨拶をした。この場に廉龍はいない。皇貴妃という立場上、一鈴は主賓の席につくこととなり、横顔を窺う形で左右に牡丹宮の全結華、躑躅宮の项明明、水仙宮の柳若溪、蘭宮の罗雨涵が座っている。四花妃の後ろにはそれぞれ侍従がついており、一鈴の斜め後ろには、雲嵐がかしこまった様子で立っていた。一鈴は気付かれないよう細心の注意を払いながら、ひとりずつ侍従の筋肉量、戦闘経験の確認を目ばかりでしていく。

貴妃結華の宦官は、比較的武術に精通し、筋肉量も申し分ない。淑妃明明の宦官は付焼刃程度。徳妃若溪の宦官は、おそらく戦闘を苦手としている。賢妃雨涵の宦官も似たようなものだ。最も戦い慣れしているのは、雲嵐を除けば貴妃結華の宦官だろう。しかし、誰も母后の香栄の護衛には勝てない。雲嵐と結華の宦官の力を合わせたところで、傷一つつけられない。一鈴は母后への警備が過剰なほど厳重なことに違和感を覚えた。

廉龍は父親を殺した。それが即位のために必要なことだからと考えていたが、もしや廉龍は母后をも手に掛けようとしているのではないか。

実際、廉龍と香栄の間には、奇妙な空気が漂っていた。互いの首筋に刃物をあて、どちらが先に刃を動かすか待っているような、それでいて、相手が動いた瞬間、自分がその喉を掻き切ると決意するような、緊迫感だった。

「お茶の味はいかがですか。熱くなりすぎていませんか？」

それまで、茶を入れる宮女や宦官（かんがん）に指示を出していた万宗（ワンゾン）がそっと微笑みかけてきた。一鈴（イーリン）は慌てて茶を飲み、「美味しいです」と愛想笑いをして、老紅木（ろうべにのき）の机に視線を向けた。うねり柄の表面はつるつるとして、脚は薔薇の隠し彫りが施されている。そしてその上には、茶だけではなく、黒胡麻や緑豆の酥（パイ）に、糕（蒸しカステラ）、甜点心（甘い点心）と並んでいた。特に甜点心は桃を模し、色も白桃色や、うぐいす色と多様な甘味が並び、口だけではなく目でも楽しめるようになっていた。

「しぅ」

一鈴（イーリン）の足元に隠れている小白（シャオパイ）が、きちんと持ち帰るよう圧をかけてきている。

一鈴（イーリン）はさりげなく自分の太ももに手をやり、小白（シャオパイ）を制してから周囲を窺う。

昨日睨んできた雨涵（ユーハン）以外は、特に一鈴（イーリン）に敵意を向けることはない。そんな雨涵（ユーハン）の衣装は、明らかに浮いているように感じた。全結華（チァンチュンファ）は身体の曲線がはっきりとしているが、肌の露出はむしろ妃の中で最も少なく、首は薄い絹織物があてられている。若溪（ルォシー）は鎖骨は出していても、胸は出ていない。しかし雨涵（ユーハン）は、背中も胸もざっくりと開いた衣装だった。

この装いも、皇帝に見てもらうためのものなのだろうか。

「よその国は……いかがでしたか……？」

しばらく雨涵（ユーハン）を観察していると、貴妃の結華（チュンファ）が話しかけてきた。

「植物が豊かな土地だと思いました。椰子の木が多く生え、海では貴族と民と関係なく、子供が泳ぎ遊んでいます。建物は屋根が丸みを帯びた変わった造りをしていて、化粧煉瓦（タイル）と呼ばれる硝子のような建築素材を用いた建物が多いです。色味は朝の海の色のような、黄色が多く含まれた碧(あお)が多く取り入れられていました」

一鈴(イーリン)は、以前领导(頭領)が他国について語ったのを思い出しながら話す。

「海……自由な国とは聞いていましたが……本当だったのですね……」

「はい。国全体として、おおらかな様子でした。それと螺淵(らえん)と比べ夜は暑かったです。蜃気楼が多く発生していました」

結華(チュンファ)は耽美(たんび)さと陰鬱さが混ざった雰囲気で聞き役になるが、淑妃の明明(ミンミン)は、精巧な人形のようにただそこにあるだけといった佇まいだ。ただ時折こちらに探るように見てくる。徳妃の若溪(ルオシー)にいたっては一鈴(イーリン)の後ろにいる雲嵐(ウンラン)に視線を向けたのち、まるで鬼や怨敵でも見たかのように驚いてから、気を落ち着けるように茶を飲んだ。

一鈴(イーリン)は邪悪の集う茶会に参加し、皆殺しにした経験が数度ある。

しかし全員が全員、ここまで心ここにあらずの茶会は、中々無いなと茶杯に口をつけた。

雲嵐(ウンラン)は寵愛を奪い合う場だと言っていた。恨まれ憎まれの場で、自分から死を選び、さらには殺されることも多いと聞く。殺伐とした空気を押し殺し、毒でも盛ってるのかと思うものの、茶からも部屋からも毒のにおいはしない。茶会に招かれすぐに毒殺騒ぎなんて起きず良かったと安心しながら、一鈴(イーリン)は雨涵(ユーハン)に視線を向ける。相変わらず、雨涵(ユーハン)の形相は酷いものだった。

最初は同情的であったが、ここまで露骨に敵意を寄越されてしまえば、他の妃たちから攻撃の対象になるのも無理がないと思えてくる。眼差しだけで言えば、怨敵を見る目だ。今にも噛みつかんばか

りに、眉間に皺を寄せている。今度一鈴が襲われるようなことになったら、雨涵は間違いなく疑われるだろう。

雨涵の視線に気づいたのか、彼女の隣にいる徳妃の若溪は、心配したような顔で一鈴と雨涵を見比べ始めた。だが一鈴は特に気にしていない。雨涵は、ただの民だ。刺客でも何でも無い。一鈴が守るべき普通の者であり、殺そうと思えばいつでも殺せる、弱き女。心乱されることはない。

ただ、妃以外でひとり、一鈴に強い眼差しを向ける者については、気になる。

牡丹宮に住む貴妃、全結華の宦官。一鈴を値踏みするように、ずっと視線を外さない。

——主人のためなら、何だってしてやりたい。

雲嵐の言葉を思い返す。

一鈴は、皇帝の命を狙っていて、皇后になる気はない。何故自分が皇貴妃に選ばれたかも、良くわからない。

だから妃同士の寵愛争いは他人事だと思っていたが、それはあくまで一鈴の主観であり、周りはそうではない。後宮での潜伏が長引けば、自分の命も狙われる。

一鈴は億劫さを感じながら、茶杯の水面を眺めていた。

花陽の宴では、茶も菓子も、毒味はされながらも出来立てのものが、量も多く運ばれる。目で楽しむことを意識してだ。しかしすべてを食べ尽くすことは下品なこととされ、ある程度時間が経てば別の菓子へ取り替えられる。全く手がつけられなかった菓子は、宮女や宦官がひっそりと食べるのが習わしらしい。そのため、茶会では菓子を並べる準備の時間が生まれる。準備の間、妃たちは、明花園の花々を観賞するのだ。しかしそれは表向きで、花を見るだけではなく、化粧を整えたり、野点ということで髪の乱れを整える時間が設けられていた。

雲嵐から説明を受けた一鈴は、宮女に軽く髪を整えられた後、手洗いを済ませ、花を見ていた。

「花が好きなのか」

小苍兰の前で腰を落とす一鈴に、雲嵐が問いかけてくる。一鈴は「まぁ」と頷いた。

明花園の花々は手入れが行き届いており、どの花も鮮やかに、生き生きと咲いている。普通は同日に植え替えや種を蒔いても、個体差により蕾、開花、その広がり方もばらつきがあるが、皆一律だ。一面に咲いているのに、枯れた花も、陽光に焼かれすぎた花もない。

「この花は、枯れにくい品種なのですか」

今度は一鈴が問うと、雲嵐が眉間に皺を寄せた。

「そんなわけないだろ。花は人間と同じで限りがある。延命はできない」

「でも、枯れかけた花がないのは、どうしてですか」

「捨ててるんだ。醜い花は、排除するのが後宮のならわしだ。縁起が悪いからな」

「縁起が悪い……」

毒花でもない花が排除されることに、一鈴は悲しみを覚える。しばらく花々を眺めていると、雲嵐が他の宦官に呼ばれた。「動くなよ」と念を押され、頷く。

自分は殺しを生業としている。庭園を美しく保つことについて、咎める筋合いはない。

それでも、命が摘み取られることは、切ない。

どうにかして、捨てるのではなくその生命を別の方向で生かすことはできないものか。胸元に隠している小白（シャオバイ）の頭を、無意識になでる。しかし、すぐに手を離した。

風が木々を揺らす音と共に、規則的な足音が聞こえてくる。振り返ると、先程困り顔をしていた若溪（ルオシー）が、宦官（かんがん）を伴い向かってきた。一鈴（イーリン）はそっと腰を上げる。

甘く柔らかな微笑みを浮かべ、若溪（ルオシー）は一鈴（イーリン）の前に立った。

「あらためまして、柳若溪（リウルオシー）と申します。今後とも、よろしくお願いいたします。一鈴（イーリン）様」

「一鈴（イーリン）と申します。よろしくお願いいたします」

先程の雨涵（ユーハン）や結華（チュンファ）の宦官（かんがん）のことがあり一瞬身構えた一鈴（イーリン）だが、若溪（ルオシー）や若溪（ルオシー）の宦官（かんがん）から、殺意は感じない。

若溪（ルオシー）は周囲を見やり、遠くに雨涵（ユーハン）の姿を見つけると、怯えた様子で肩を震わせた。

「雨涵（ユーハン）様に、なにか酷いことをされたりは、していませんか……」

「酷いこと？」

「本当は私、さっき雨涵（ユーハン）様が一鈴（イーリン）様を睨んでいたことに、気付いていたのです。注意できたら良かったのですが、どうしてもできなくて」

――ごめんなさい。

若溪（ルオシー）は頭を下げた。わざわざ頭を下げに来たのかと、一鈴（イーリン）は返事に迷いながら若溪（ルオシー）を見る。

「別に、特に気にしていないので……」

謝罪は結構です。そこまで言ってしまうのは、却って失礼にあたるか。

悩む間に、若溪（ルオシー）の背後にいた宦官（かんがん）が、「若溪（ルオシー）様も、嫌がらせを受けていたんです。おそらく、丞相の娘であることを、妬まれて」と、口を挟んだ。

「丞相の娘――」

领导（頭領）は残虐な皇帝を、丞相たちが抑えていると言っていた。ならば若溪（ルオシー）は遊侠側の人間かもしれない。ただ、本人がそれを認識しているかは定かではない。警戒を解くこと無く、「そうなのですね」と相槌を打つ。

「実は、賢妃様の家――罗（ルオ）家は先帝から直々に命を賜ったにもかかわらず、水路を引く際の資金を誤魔化した、いわば、不道の家なのです。なれど今代、晴龍帝（せいりゅうてい）様のご意向により、位が与えられ、後宮入りする形となって……」

若溪（ルオシー）の宦官（かんがん）は、よほど雨涵（ユーハン）に思うところがあるようだ。主人である若溪（ルオシー）が止めるが、勢いが止まる気配はない。

「あれだけ若溪（ルオシー）様を目の敵にしていたのに、今度は皇貴妃様を狙うなんて、本当に、どこまでも狡猾なお方なのです。人を、人とも思っていない……！」

「駄目ですよ。そんなことを言ってはいけません」

若溪（ルオシー）は、とうとう強い口調で宦官（かんがん）を止めた。「お見苦しいところをお見せしてごめんなさい」と再度謝罪する。

「いえ」

「……水は人の命を簡単に奪います。だからこそ、水路建設でおかしな真似をした人間を、たとえ父の悪事とは無関係の娘であったとしても、許せない……そういう方は、彼以外にも多いのでしょうが……皇貴妃様にお話すべきではありませんでした」

若溪(ルォシー)は嗜めるように自らの宦官(かんがん)を見てから、一鈴(イーリン)に顔を向けた。

「それで、その、信じられないかもしれませんが……私は、雨涵(ユーハン)様に、正しい道に戻っていただけないかと、常々考えているのです。彼女のお父様のように、ならずに……後宮は蹴落とし合う場所とも言いますが……せっかくなら、皆で穏やかに過ごしたいですし……」

——一鈴(イーリン)様は、皇貴妃様ですから、陛下にご相談いただけないかなと。

乞う眼差しを向けられた一鈴(イーリン)は、本題はそこかと合点がいった。

若溪(ルォシー)は、雨涵(ユーハン)を抑え込みたいらしい。そして、皇貴妃に選ばれた一鈴(イーリン)が廉龍(リーロン)から寵愛を受けていると勘違いし、助力を求めているのだろう。とはいえ、たとえ一鈴(イーリン)が気にするほどの嫌がらせを受けたところで、廉龍(リーロン)がなんとかするとも思えない。

そして、行動するには気がかりな点もある。

「私は——」

言いかけたところで、背後から荒々しい足音と、呼吸音が聞こえる。雲嵐(ウンラン)だなと見当をつけていれば、若溪(ルォシー)の顔がざぁっと変わった。

「雲嵐(ウンラン)……」

若溪(ルォシー)はまた怨敵でも見るような目つきになり、一鈴(イーリン)は面食らった。先程若溪(ルォシー)が雲嵐(ウンラン)を見ていた表情は、一鈴の気のせいではなかったようだ。

「若渓」

雲嵐に呼ばれた若渓は、ハッとした顔をして、「それでは失礼します」と足早に一鈴の元を去っていく。一鈴が雲嵐に振り向けば、雲嵐は愕然とした表情をしていた。

この男、付き纏いでもしていたのか。

一鈴は雲嵐に疑いの目を向ける。先程雲嵐は若渓を呼び捨てにし、並々ならぬ視線を向けていた。一方の若渓は、雲嵐を見て怨敵を見つけたかの如く驚いていた。尽くしたい人間について含みを持たせていたが、小白を見て菜刀を取り出し暴れまわるところからも、雲嵐は直情型と判断していいだろう。心中でもしかねないのではないか。

雲嵐と若渓、そして若渓と雨涵。殺意を向けてくる結華の宦官。そして——先程から、一鈴と若渓の会話を聞いていた、雲嵐以外の人物が、ひとり。

後宮の中は、ややこしい。

一鈴はげんなりする。

「雲嵐は、水仙宮の若渓様とどういうご関係ですか」

自分が後宮内に潜伏している間に、刃傷沙汰でも起こされたらたまったものではない。一鈴は問うが、後宮や妃たちについて雄弁に語り、万宗に憎まれ口を放っていたのが幻だったかのように、雲嵐はそっぽを向いた。

「お前の生活には関係のないことだ」

話す気はないらしい。雲嵐が何かおかしな行動を取ろうとしたら、止めればいいか。思い直していると一鈴の後ろから、ざっざっと大きな足音が聞こえてくる。振り返ると賢妃雨涵が、しかめ面で歩いてきた。

「皇貴妃様、少々お時間を頂いてもよろしいでしょうか！」

よろしくない。

けれど一鈴が返事をする前に、雨涵が目の前に立った。その後ろには蘭宮の宮女や宦官がいて、雨涵を止めるわけでもなく平然としていた。一鈴はしばし悩んでから、雨涵を見た。

「なんでしょう」

「此の度は皇貴妃の位を陛下から賜ったとのこと、おめでとうございます。私達四花妃は、皇貴妃様を歓迎しております。しかし――」

雨涵はより一層視線を鋭くして、一鈴を睨んだ。

「ここは後宮。陛下の血を繋ぐ役目は、皇貴妃様だけに与えられたものではございません。陛下の寵愛を享受出来ることを当然と思わぬようお願い申し上げます。そして当然、他の妃が陛下の御子を授かることがございましたら、その妃が皇后になります。お忘れなきよう」

「はい」

一鈴としては、そちらのほうが都合が良かった。

雨涵が皇后になりたいのなら、もういっそのこと、自分の代わりに今日の夜伽をしてほしい。切実に願う。しかし、すぐに雲嵐が割って入った。

「賢妃雨涵様、その言葉は陛下がお選びになった皇貴妃様に対して、あまりに失礼な言葉ではないですか」

雲嵐が綺麗な言葉遣いで話をしているのをはじめて聞き、一鈴は驚いた。そして、雲嵐の丁寧な物言いは、万宗の話し方によく似ていた。先程の万宗の言葉を、真似しているのかもしれない。

「し、しかし、皆が申していらっしゃることですから」

雨涵は不本意とでもいいたげに視線を逸らしながら、眉間のしわをさらに深いものにする。

「皆とは？　陛下は好天殿で皇貴妃様の紹介をされましたが、皇貴妃様は賢妃様とこうしてご挨拶をなさるのは今日が初めてです。話をしたこともない相手に対して、そのような評価をするのは、いささか問題があるのではないでしょうか」

「……ですが、来歴から皇貴妃様が敵国の間諜だと疑う方もいらっしゃると思います！　どうかよその国の話をされる時は、お気をつけくださいませ」

周囲で雨涵の声が聞こえていた者たちは、一斉に眉間に皺を寄せる。一鈴は、螺淵で生まれた記録もなければ、その後暮らしてきた記録もない。来歴は遊侠たちによって作り出された偽りのものだ。国の光にも、影にもなることなく、名前なき、居なかったものとして生きていく。曖昧な立ち位置を選んでいる以上、遊侠に与えられた来歴や名前に疑いが向けられることだって覚悟の上だ。

「はい。承知し――」

一鈴が穏便に済ませようとした、その時だった。

「皇貴妃に構うな」

返事を遮るように、一鈴の前に廉龍が立つ。どんな表情をしているかはわからないが、周囲がさっと怯えた顔に変わる。

「主人を守り、時にはその不敬を正すのが、寵臣の役目。蓮花宮の宦官は、よく理解しているようだが、お前たちはどうだ」

雨涵についていた、頬に黒子のある宮女に向かって、廉龍が冷たく言い放った。宮女は顔を青くして、すぐに頭を下げる。廉龍は宮女を視線から外し、一鈴を見た。

「話がある。来い。宦官は自分の宮殿に戻れ。茶会は解散だ」

廉龍はそう言って、雲嵐を勝手に下がらせる。一鈴は訳も分からぬまま、その場から離れていく廉龍を追った。

花陽の宴に、廉龍は出席しないのではないのか。

これではまるで奇襲だ。一鈴は戸惑うままに廉龍についていく。周りには、護衛が居ない。万宗の気配もない。

「護衛の方は、いらっしゃらないのですか」

「万宗には、護衛以外にも役目があるからな」

人の上に立つ者といえば、何人もの護衛がいて、従僕を付き従えているはずだ。

悪人ですらそうだったのに、国の要人である廉龍は、単独行動が目立つ気がする。香栄は、それはそれは屈強な護衛を四人連れ、東西南北と守りを固めている。護衛不足が理由ではなさそうだが……。

「ほかの、護衛の方は」

「待機させている」

危険だ。

一鈴（イーリン）はいずれ廉龍（リーロン）を殺す刺客であるが、螺淵（らえん）を担う皇帝の護衛が少ないことには、納得がいかなかった。総龍帝（そうりゅうてい）の代も、護衛が少なかったのだろうか。だから、廉龍（リーロン）に殺されたのか。

「護衛は主人を守るものだが、人間である以上、裏切る。心の底は見えない。自分の身は自分で守るしかない」

ひとりでに、廉龍（リーロン）はつぶやく。

目の前の男は自分の護衛すら敵だと疑っているのだ。

廉龍（リーロン）の、人という生き物に対する不信を肌で感じた一鈴（イーリン）は、自然と足を止めた。それを察してか廉龍（リーロン）は振り返る。

「お前は、賢妃に間諜だと言われたとき、なぜ言い返さなかった」

「え――」

「否定をしないことは肯定していることと同義。それとも、言われたことが正しかったから、否定できなかったのか？」

明花園（めいかえん）の道を早足で進みながら、廉龍（リーロン）が一鈴（イーリン）に問う。

どうでも良かったと答えられないほど、冷えた声だった。

「おまえは、私に環首刀を向けられても、恐水病について物を申してきた。しかし、賢妃には言い返さなかった。自分の身を守ろうとしなかった。何故だ。お前は、螺淵（らえん）の敵か？」

射貫かれるような眼差しだ。このまま腕を引かれ、ひと思いに斬られてしまいそうだと、一鈴（イーリン）は息を呑む。

「私は……此の国が、良き国であることを望みます」

そのために、自分は目の前の人間を殺しに来た。

もう二度と、自分のような人間が生まれないように。

皆が、ただ笑って明日を望めるような、そんな世界にするために、一鈴（イーリン）は自分の手を血で染めてきた。

「しかし間諜ではない証拠が出せない以上、否定をしても、意味がないと思ったからです」

「誠（まこと）か」

抉り刺すような視線が向けられた。一鈴（イーリン）は黙ったまま頷く。長い沈黙が広がり、首筋に刃物をあてられているような錯覚を抱いた。いつのまにか陽光は朱を帯びて、遠くで鴉（からす）が飛翔し、耳障りな声で鳴く。

「――偽りはないようだな」

廉龍（リーロン）はふっと纏う雰囲気を和らげ、そのまま振り返ること無く進んでいく。

このまま天龍宮（てんりゅうきゅう）に帰るらしく、一鈴（イーリン）の意思を問うことなく足を動かしている。

自分勝手な振る舞いと言えばそれまでだが、相手は皇帝で、不本意なれど一鈴（イーリン）は皇貴妃だ。皇帝の所有物であり、意思は関係ない。

しかし、先程、廉龍（リーロン）は一鈴（イーリン）に、「螺淵（らえん）の敵か」と問いかけてきた。「私の」ではなかった。皇帝とは天の子であり、国は皇帝のもの。本来ならば私の敵かと問うべきだっただろう。

一鈴は違和感を覚えながらも、皇帝の後に続く。どうやら近くに馬車か何かを停めていたらしい。

廉龍の歩みが緩やかになってきた。妃の後宮内の移動は、概ね轎で行われている。皇帝から招集を受けたり祭祀に向かう時は馬車だ。それぞれの住まいと目的とする処の距離に応じて、手段が変わる。

一鈴は馬車や轎で運ばれるより自分で走ったほうが速いが、立場上許されない。皇帝はどんなふうに後宮内を移動しているのか。一鈴が後の殺しに役立てるつもりでいると、生け垣の曲がり角を曲がった先で、廉龍が不自然に止まった。

「天天……」

「グゥ！」

生け垣のそばで転がっていた天天が即座に返事をして、尻尾を振る。

「陛下は天天に乗って、移動されているのですか」

一鈴は思わず訊いた。

「違う……天天、お前……御者を追い払ったのか……」

一鈴の言葉をすぐ否定した廉龍は、天天の背に触れる。天天は、一度一鈴に従順そうな顔を向けたあと、廉龍をまた威嚇した。廉龍は殺さねばならぬ対象であれど、そこを差し引けば国の要人だ。勝手に御者を追い払われたり、飼い虎に裏切られるさまを見れば、本当に凍王なのか疑わしく感じ、不憫だった。

「天天……腕白が過ぎないか……？」

そう一鈴が問いかけると、悪びれもせず天天は、「フッ」と鼻を鳴らした。廉龍はため息を吐く。

「過ぎるどころの話ではないが」

一鈴(イーリン)は思わず、確かにと頷きそうになった。そうしている間にも、天天(テンテン)は一鈴(イーリン)に甘え始め、器用に後ろ足で立ってみせると、一鈴(イーリン)の掌に自分の前足を置く。

「そんなことも出来るのか。すごいなぁ……」

一鈴(イーリン)は思わず微笑む。太股のあたりで器用にぶら下がっている小白(シャオパイ)が、後ろ足で蹴って抗議をしているが、生き物は可愛い。

「天天(テンテン)、御者を追い払ったのなら、自分がその分の仕事をしろ」

廉龍(リーロン)の言葉に天天(テンテン)は、「言われなくとも」とすまし顔をすると、身を屈めた。すぐに廉龍(リーロン)が主人としての威厳を示すように虎に跨がり、一鈴(イーリン)に手を差し出した。

「馬車の椅子より座り心地は悪い。我慢をしてくれ」

「え……」

「ここから天龍宮(てんりゅうきゅう)は、馬車なしでは遠すぎる。日が暮れるどころではない」

動物を好んでいるとはいえ、自分の体を預けたことは一度もない。

虎に乗ること、いつか殺す相手に触れること、目の前の人間の手を取ること。すべてに躊躇いを覚えた一鈴(イーリン)が二の足を踏んでいると、痺れを切らしたらしい廉龍(リーロン)が、「遅い」と、一鈴(イーリン)の手首を強引に掴む。一鈴(イーリン)はそのまま廉龍(リーロン)に背中を支えられる形で天天(テンテン)の背に乗った。

「はやく」

子供のような言い方に、「申し訳ございません」と一鈴(イーリン)は謝罪した。天天(テンテン)が軽やかに駆け出して、夕風が頬を撫でる。一鈴(イーリン)が目を細めていると、鉛色の瓦屋根の楼閣が見えた。円錐を三つ、重ねるようにしたその建物は、廻流殿(かいりゅうでん)と呼ばれ、亡くなった王族が眠る場所とされている。隣には祭祀の道具を保管し、外壁全体が白い十和殿(とわでん)が並ぶ。蓮花宮(れんげきゅう)など他の建物は、花の咲く植物の生け垣が囲っていたが、廻流殿(かいりゅうでん)と十和殿(とわでん)は竹に囲まれている。まるで二つの建物自体を、隠しているような造りだ。じっと見つめていると、子を抱く母のような幻影が竹の隙間を横切った気がして、一鈴(イーリン)は目を凝らした。しかし、先程白い影が浮かび上がった場所には、竹が並ぶだけで、影の姿は見えない。

「よそ見をするな。落ちるぞ」

「はい……申し訳ございません」

一鈴(イーリン)はすぐに前を見据えながら、先程廉龍(リーロン)に掴まれた手首をちらりと窺う。

本当に、瞬きのような刹那。過去の記憶が蘇った。一鈴(イーリン)の手首を掴み、引き戻そうとした優しい少年の記憶が。

刺客として死んでいく。

亜梦(ヤーモン)の言葉を思い出して、一鈴(イーリン)は沈黙した。

「どうした？」

廉龍(リーロン)が一鈴(イーリン)の腰を支えながら問いかけてくる。その声に先程の冷たさはない。浮いて、沈んで、揺蕩うように廉龍(リーロン)は掴みどころがない。纏う雰囲気も気配も、その時々で変わる。

「何でもないです」

すぐに一鈴(イーリン)は、すべてを水の中に沈めるように思考を止める。

空に広がる紅い夕焼けは、徐々に黒へ染まっていった。

一鈴が天龍宮に入ったのは、皇貴妃になれと命じられたときと、そのあとに餐明の間で食事をした二回。毎回違う部屋に案内されている。そうした中一鈴が抱いた印象は、天龍宮の内部が奥に行くにつれて装飾が地味に、古くなるというものだ。象嵌のあしらいも、敷かれた絨毯も、皇帝の立ち寄る場所が多そうなところに向かうほど、質素なものに変わる。自分の生活に装飾なんて必要ないと撥ねつける意思が感じられた。その最たる部屋がこの場所だなと一鈴は廉龍に通された天花の間を見据える。

竈と丸みを帯びた酒瓶がいくつか。漬物壺や麻袋。調理に用いる品物を並べた棚。装飾の少ない欅の机と椅子。壁や床も、柄や象嵌もなく、丈夫で修繕の必要のない素材に占められている。簡単な台と、菜刀、砧板……厨房としているようだが、部屋の奥には扉があり、寝所と繋がっている。

数十代前の皇帝が賢妃を寵愛し、皇帝の部屋である天龍の間の手前にもう一つ部屋を増築させ、海花の間、天花の間とし、二つの部屋の総称を、「天龍の間」としたらしい。つまりこの天花の間は天龍の間……皇帝の寝所に入るための、最後の関門ともいえる。歴代の皇帝はこの天花の間を役人の待機処とする者、書物を無作為に置く者、扱うことの無い者など様々だったらしいが、廉龍がどんなふうに天花の間を扱っているかは知らされていなかった。

前に雲嵐や亜梦が言っていた、廉龍が自分の作ったものしか口にしない話を照らし合わせると、ここで食事を作り、食べて暮らしているのだろう。

「食えぬものはあるか」

それまで、一鈴に背を向け、竈の前に立っていた廉龍が問いかけてきた。

「いえ……」

食事をするつもりなのか。夜伽をするつもりなのか。一鈴は背中に冷や汗をかいた。夜伽をどう切り抜けようか、考えが全く浮かばない。手のひらも汗ばんで、喉が渇く。

絞め落として、意識を失わせるのはどうか。

そんなことをしたら自分が刺客だと証明するようなものじゃないか。

自分で自分の首を絞めるような発想しか浮かばないことに、焦りばかりが募っていく。

「言いたいことがあるならはっきり言え」

環首刀ではなく菜刀を握る廉龍が問いかけてくる。言いたいことがあるとするなら、「夜伽はやめにしませんか」だけだ。しかし、言えるはずもない。妃は夜伽を望む。夜伽を嫌がる妃は、不自然に思われる。

「……恐水病の件は、どうなりましたか」

一鈴は問う。一縷の望みにかけた。

「調査の指針をまとめている」

廉龍は、一鈴に振り返ること無く答えた。

「調査の指針？」

「処分について、いつもはどうしているのか愚直に問いかけたところで、本当のことを話すとは思えない。乱雑に飼っている獣を処分されたほうに聞いても、その者の主観が必ず入るからな」

一鈴（イーリン）は、雲嵐（ウンラン）が言っていた、調査に時間がかかるという言葉を思い出した。

ただ調査するだけではなく、その精度を気にするのなら、時間はかかるだろう。

己が後宮に留まらなければいけないことを悲観するとともに、廉龍（リーロン）が恐水病について深く考えていることを知り、複雑な感慨を抱いた。

「高官たちも、中々首を縦に振らないからな」

やや疲れた様子で漏らす廉龍（リーロン）に、一鈴（イーリン）は「いえ、ありがとうございます」と頭を下げる。

廉龍（リーロン）は、気に入らない役人を殺し、妃を殺し、心を凍らせた凍王（ドンワン）として君臨しているはずだ。自分の申し出を呑まぬ役人に手を焼くというのは、どういうことなのか。

そもそも一鈴（イーリン）は後宮に来てから、廉龍（リーロン）が「気に入らないから」という理由で殺しをしているところを見たことがない。天天（テンテン）を殺そうとした侵入者だけだ。亜梦（ヤーモン）が捕縛された場に廉龍（リーロン）はいなかったが、殺意は感じられなかった。廉龍（リーロン）が気に入っているらしい万宗（ワンゾン）を侮辱する雲嵐（ウンラン）だって腕も足もついている。

「嘆かわしいことだ」

廉龍（リーロン）が呟いた。

一鈴（イーリン）が雪のように降り積もる違和感に苛まれる一方で、廉龍（リーロン）は壺から芥菜（からしな）の塩漬けかなにかを手に取ると、菜刀で刻み始める。その手付きは、殺しに慣れているというより、料理に手慣れていると感じるものだ。

「て、手伝いを」

「いらない。気が散る」

廉龍(リーロン)の切り捨てるような返答に、一鈴(イーリン)は素直に従った。ただ、身の置き所がなく、どうしたものかと考えあぐね、廉龍(リーロン)の様子をうかがっていれば、室内にため息が響く。

「そわそわするな。やり辛い……」

「申し訳ございません」

「……隣に来い。出来るさまでも見ていろ」

廉龍(リーロン)の命令に一鈴(イーリン)はそそくさと廉龍(リーロン)の隣に立つ。これまでの人生、同じ人間と一つの部屋で、命のやり取りもなく過ごしたことは、殆どなかった。だからか、慣れない。いずれ殺す相手とこんなにも会話をしたことも、無かったことだ。

「淡塩(うすしお)で漬けてある」

「もしかして、陛下が漬けたのですか」

皇帝が野菜を漬けることなんてあるのか。庶民じみた行動に一鈴(イーリン)が目を丸くしていれば、咎めるような視線を向けられ、一鈴(イーリン)は廉龍(リーロン)の手元に視線を戻す。骨ばった指先は、つぎに笹の皮の包みを解いた。

「今日、緋天城(ひてんじょう)のはずれに出たものだ」

そう言って廉龍(リーロン)が取り出したのは、猪(豚)肉だった。螺淵(らえん)の猪(豚)は、ほぼ食用に飼われたもので、野生はほとんどいない。その為、狩ることは禁止され、飼われている豚は足に紐を結んでいる。

「猪(豚)ですか」

「……肉塊の状態で、何か識別できるのか」

廉龍(リーロン)が問う。もしや、普通の人間は血や肉の状態で識別できないのか。一鈴(イーリン)はぞっとした。

「が、学者の父と、の、野宿をすることが多く、食に困り、た、食べることもあり」

一鈴(イーリン)は嘘をついた。一鈴(イーリン)は、肉は食べるが、食べるための狩りはしない。山の中にいるときも、狩りを楽しみ殺すだけ殺された動物たちを、弔いのために食べるだけだった。

「ああ、そういう経緯か」

「はい……」

大丈夫だったのだろうか。一鈴(イーリン)は冷や汗をかく。

「これは、野生であったのに、人が無作為に餌を与え、人里に下りてしまった。人の餌欲しさに人を襲い、餌をやっていた者すら襲う始末だ。せめて食すのが手向けになると思ったが、いささか量が多い。丁度良かった」

廉龍(リーロン)は淡々と話をするが、その声色は悲しんでいるように聞こえた。

本当にこの男は凍王(ドンワン)なのかと、その顔をまじまじと見てしまう。

「なんだ」

しかし、猪(豚)肉に注ぐ視線は慈悲深いものだが、一鈴(イーリン)に向ける眼差しは、凍王(ドンワン)の名にふさわしい。

一鈴(イーリン)は顔を引きつらせながらも、「なんでもございません」と首を横に振った。

小豆餡の甘い粽子(ちまき)と焼猪(焼豚)肉に、焼き蚕豆(そらまめ)。豆腐皮(ゆば)と筍の煮物に、芥子菜の塩漬け。

领导(頭領)からの命令をこなす中で、当然民の暮らしを垣間見ることがあったが、廉龍(リーロン)の並べた食事は、螺淵(らえん)の果てに住まう里の者たちと変わらぬほど質素で、猪(豚)以外は、僧侶の食事としても遜色ないものであった。

一鈴(イーリン)も脂(あぶら)はあまり取らず、山菜を入れた粽子(ちまき)ばかり食べている。持ち運ぶのにも便利だからだ。小白(シャオパイ)に何か作ればそのあまりを食べていたが、廉龍(リーロン)の料理はただ煮る、焼くのではなく、干し貝で高湯(出汁)を取ったり、焼く前に塩を振りかけたりと、所作共に丁寧だった。

そうして、ただ贅を尽くすのではなく、心を尽くすような料理を並べながらも、感情のかけらもない顔で廉龍(リーロン)は調羹(レンゲ)に口をつけている。

居心地の悪さはあれど、焼猪肉(焼豚)は口に含めばほろりと解(ほど)け、蚕豆も特有の鼻に抜ける嫌な感じがなく、豆腐皮(ゆば)と筍の煮物も、優しい味わいで、今まで食したどんなものよりも美味しい。

「酒が飲みたいか」

茶杯に手を伸ばしながら、廉龍(リーロン)が漬けているらしい壺を眺めていると、廉龍(リーロン)が訊いてきた。

「いえ、私はあまり……」

一鈴(イーリン)は酒を飲まない。飲もうと思ったこともない。酒に溺れた悪人を見る機会が多かったせいか、酒飲みというだけで、邪悪の印象を抱いてしまう。

「私もだ」

「そうなのですか」

祭祀の一つに、五穀豊穣や民の安寧を願い、皇帝が清められた酒を飲み干すものがある。贅を水に沈める儀礼もあるなかで、随分平和的なものがあるのかと記憶に残っていたが、酒を飲まないとあれば大変なことだ。

「祭祀の時はどうなさっているのですか」

「どうもしない」

どうもしないとはいったいどういうことなのか。

意図を測ろうとしていると、廉龍は箸を置いた。

「夜伽に関してだが」

夜伽。

その言葉を聞いて、一鈴は思わず動きを止めた。瞬きすら出来ず廉龍を見つめる。

「今日、私は政務がある。周りが夜伽についてどんなふうにお前に伝えたかは知らないが、お前は食事が終わったら蓮花宮に戻れ」

夜伽を求められているのだと身構えていた一鈴だったが、あっけない命令に、ほっと肩の力が抜けていく。

なんだ、ただの食事か。

一鈴は呼吸すら止めていたことに気付いて、そっと息を吐く。

「承知いたしました」

「夜伽は、五日後に行う。蓮花宮に迎えの馬車をよこす」

しかし、紡がれた言葉に、呼吸どころか心臓が止まったような錯覚が起きる。

夜伽は今日じゃない。

五日後に、行われる。一鈴は、「承知しました」と答えるので、精一杯だった。

一鈴は、夜伽をすることなく蓮花宮に戻ってきた。しかし、その足元はいつになくふらついている。今日はしなくてもいいが、五日後に天龍宮で夜伽を行わなくてはいけない。皇帝は後宮に入り夜伽をするというが、どうして自分は天龍宮に向かわなくてはいけないのか。皇貴妃というくらいだからか——不安はとめどなく溢れてくるのに、対抗策が見あたらない。

一度油断した分、衝撃が大きい。弱々しい足取りで宮殿に入る橋を渡り、中に入るとすぐそばに眉間に皺を寄せた雲嵐の姿があった。

「帰ってきたのか、お前」

顔を見るなり言われ、一鈴は眉間にしわを寄せた。

まさか、夜伽をしなかったことを責められるのか。しかし、一鈴が拒否したのではなく、どうも廉龍は最初からその気が無かったようだ。そして夜伽が、五日後に行われてしまう。

「あの、晴龍帝は最初から夜伽を目的としていないようで、それに、今度正式に——」

「ちょっと来い」

一鈴の話を最後まで聞くことなく、雲嵐はずんずんと蓮花宮の広間へ突き進んでいく。いったいどういうことなのか。もしや万宗と何かあったのか。一鈴が首をひねりながら向かうと、回廊の途中で妙なにおいがした。

重だるい、つんとした鉄——血のにおい。

一鈴は足を速める。雲嵐すら追い越し広間に飛び込むと、そこには床一面、真っ赤な血が広がっていた。そして大きな血の池に浮かぶように、一枚の紙片が揺蕩っている。

『後宮から出ていけ』

そこには流麗な字で、強い敵意が示されている。

単純すぎるくらいの、脅迫だった。

❀

螺淵（らえん）の宮殿の中、一人の妃が夜空にぼんやりと月を眺めている。窓の外、すぐそばにある中庭から水の流れる音を聞き、妃はため息を吐いた。

先帝――総龍帝（そうりゅうてい）の死により、貴妃、淑妃、徳妃、賢妃。四花妃（しかひ）と呼ばれる夫人たちは一新された。

母后はもともと、天龍宮（てんりゅうきゅう）そばの梅花宮（ばいかきゅう）で暮らしていたが、ほかの位を持った妃たちは下賜、出家と等しく緋天城（ひてんじょう）を追い出された。一方、どんな妃にも目をかけ愛情をもって接する総龍帝（そうりゅうてい）ですら、時間やそもそもの対象が多すぎることで会うこともなかった縁延宮（えんえんきゅう）の妃たちは、後宮に残されている。

あの優しい総龍帝（そうりゅうてい）を――父親を、晴龍帝（せいりゅうてい）はそれほどまでに憎んでいるのか。

そう異を唱える者もいたが、当の夫人たちは凍王（ドンワン）に殺されることを恐れてか、皆従い、それぞれの道を歩んでいるらしい。そうした過程を経て集められたのが、今の四花妃（しかひ）だ。

そして、晴龍帝（せいりゅうてい）は全結華（チアンチュンファ）の住まう牡丹宮（ぼたんきゅう）、项明明（シアンミンミン）の暮らす躑躅宮（つつじきゅう）に足繁く通うばかりだった。

さらに皇貴妃に選ばれたのは、よその国で学者の父に伴い暮らしていたらしい娘。父親ならまだしも、一鈴（イーリン）はただその父親についていっただけの自由人。

本来、四花妃（しかひ）なんて入らず、皇后になるはずだった自分が、どうしてこんな場所で、むざむざと燻（くすぶ）らなければならないのか。妃は歯噛みし、窓の外の月を睨みつける。

廉龍（リーロン）は凍王（ドンワン）と恐れられているが、先帝を殺し即位した歴史はずっと消えない。今廉龍（リーロン）は政務にかかりきりで、後宮のことは二の次だった。だからその間に他の妃を出し抜けば、自分が皇后になれる。

そう思っていれば、廉龍（リーロン）は瞬く間に皇貴妃を選んだ。何より悔しいのは、自分が天龍宮（てんりゅうきゅう）に招かれたこともなければ、廉龍（リーロン）が自分のところに訪れたこともないことだ。皇后は皇帝の子を産んだ妃にすると言ったはずなのに、自分のもとへは顔を見せない。

何をしてでも、自分は皇后になる。

勝者になる。何も奪われぬ人間になってみせる。

妃は歯噛みしながら、自分の掌を握りしめる。

「私は、絶対に皇后になるの……！」

そのためには、馬鹿で無垢な妃を脅しつけ、皇貴妃共々道連れにしてもらい、消えてもらう。

何を利用してでも、何を犠牲にしてでも。

✿

蓮花宮（れんげきゅう）に血が撒かれ、脅しまがいの書き置きが残されていた夜から、三日。

夕日が差し込む私室で、一鈴（イーリン）は籐（とう）の椅子に座り、虚脱していた。

騒動はすぐさま皇帝及び衛尉たちに伝えられ、蓮花宮（れんげきゅう）のすべての部屋、宮女、宦官（かんがん）が検められたが、犯人は見つからない。「自分が不在の時に騒動が起きた」ということがよほど悔しかったらしく、雲嵐が躍起になって犯人捜しをしている。雲嵐は「これで皇貴妃が襲われたら俺の面目は丸つぶれだ」と、一鈴の監視をより一層強め、一鈴は四六時中見張られていた。

　こんな風に注目され続けてしまえば、いずれ刺客とばれてしまうのではないか。一鈴の心は、かき乱され続けている。

　そして何より気がかりなのは、小白の食料事情だった。普段は一鈴の食事に出ている甘味がそのまま小白の食事になっているが、血が撒かれたことから毒殺も警戒され、犯人が見つかるまでの間、毒味の効率が重要視されることとなり、一鈴の食事から菓子が消えた。木材や織物すら食べてしまう糖獣だが、小白は甘いものに執着している。小白の食事が消えたも同然だった。そしてここ七日間、小白の苦手とする魚や甘くない小麦の料理が続いていた。小白は甘くない小麦料理を敵視どころか憎悪しており、それも小白の飢餓に拍車をかけている。

「小白……」

　一鈴は自室で、机の下に小白を忍ばせ、掌にのせたり、くすぐったりと、小白の気が紛れるように遊んでやる。ふさふさの毛並みも、糖不足のせいか、くたびれている気がした。

「少し待っててくれ。犯人を見つけれれば、外に出れるだろうから」

　とはいえ、犯人を見つけなければ監視の目が緩むこともないだろう。しかし、蓮花宮にいては犯人捜しも出来ない。それなのに、夜伽は予定通り行われるというのだから、余計やっていられなかった。

「皇貴妃様」

部屋の中でどうやって犯人を見つけ出すか考えていると、宮女と宦官が一人ずつやってきた。皇帝がらみなら、万宗か雲嵐がやってくる。不思議に思いながら「どうしました」と小白を裾に隠すと、宮女は困り顔で、宦官は厳しい顔つきで口を開いた。

「蘭宮の賢妃様がお見えになっているのです」

そう聞いた一鈴は何故二人が複雑な表情をしていたのかを納得した。

賢妃雨涵は茶会で、一鈴が他所の国に出入りしたことを、半ば糾弾するような形で責めた。視線も物々しいもので、害意を隠さない。一鈴の周りの宮女や、妃たちに、脅しの犯人に心当たりがないか問えば、誰でも雨涵の名を口にするだろう。

そんな状況で、何故蓮花宮に訪れたのか。宦官は雨涵を疑い、宮女はただただ困惑している様子だ。会わない選択肢もあるが、気になることはある。一鈴は「通してください」と、宦官たちに促した。しかし、宦官たちは気まずそうに顔を見合わせる。

「どうしました？」

「その……賢妃様は、蓮花宮にいらっしゃってはいるのですが、門を通ろうとはせず、その……様子を窺って……いなくなることを繰り返しており……」

宦官の言葉に、雲嵐が「覗きか？」と、警戒しながら窓の外を見る。

「実は、血が撒かれる少し前——ちょうど一鈴様が好天殿で陛下の隣にお並びになった翌日から、賢妃様を度々、蓮花宮の門のそばで、お見かけしているのです」

一人の宦官が、申し訳無さそうに話す。雲嵐は「どうして言わないんだ！」と怒鳴った。

「今までは、蓮花宮の遠くから見ていることが多く……まさか蓮花宮に侵入し、血を撒くとは思っておらず……申し訳ございません……！」

宦官たちの間では、見当がついていたらしい。どうやら、今まで取るに足らぬ存在だと見逃した末に、いざ事件が起こったことで言い出せなくなってしまったのだろう。最初は遠くからの見物で済んでいたようだし、大胆に近づいてきたことで、やっと報告に至ったのか。

一鈴は、蓮花宮の警備は薄ければ薄いほうが都合がいい。怒鳴る雲嵐を「大丈夫」といなしながら、宦官たちに下がるようお願いをした。

「お前、自分が新入りだからって、やらかした人間に気を使うなよ。成長の機会の妨げだ。誰も得しないぞ。お前が楽に逃げただけだ」

「はい」

窘める雲嵐を横目に、一鈴は考える。

このまま蓮花宮の警備が厳重になれば、いつか自分は刺客だと暴かれてしまう。

亜梦の願いを無視して、強行突破で今すぐ廉龍を殺す……なんてこともできない。

そして、このままでは――、
覚悟を決めた一鈴は、雲嵐を改めて見据えた。

「雲嵐」

「なんだ」

「外に出たいのですが」

「はあ？　こっちが躍起になってお前を守ろうとしているのに、馬鹿にしてるのか!?　あの血は誰の血かも、まだわかってないんだぞ！」

「……誰の血……」

一鈴は、視線を落とす。あの血は、誰の血でもない。

「お前を外に吊るして、犯人をおびき出したっていいんだからな」

雲嵐は脅しながらため息を吐いた。「お願いします」と頼んでも、「ふざけるな」と聞く耳をもたない。

「小白、仕方ない。頼んだ」

一鈴は裾を開く。そこから小白が飛び出して、雲嵐の顔に張り付いた。

「うわぁっ！」

やはり雲嵐は、小白が苦手らしい。

長い手足を乱暴に振り回して、顔に張り付いた小白を必死に引き剥がそうとするが、触ることも嫌なのか、無理やり掴んだりすることなく暴れている。

一鈴はすかさず雲嵐の背後に回ると、加減をしながら絞め落とした。この間までどうやって雲嵐の目を掻い潜ろうか悩んでいたが、こんなに簡単なことだったと思う半面、悪人でもない相手に、自分の目的のため暴力を振るったことへ、強い罪悪感を抱く。

そんな一鈴の肩に戻った小白は、一鈴の頬を何度も叩いた。

――いつも、もっと酷いことしてるじゃないですかぁ。

そう言いたげだ。

実際一鈴（イーリン）は、悪人に対しては、強い殺意を持って行動できる。しかし、人殺しでもない、人の命が関わる悪事を行っていない相手には、平手打ちすらできない。雲嵐（ウンラン）を叩いたときは、あのままだと亜梦（ヤーモン）が雲嵐（ウンラン）を殺してしまうから出来ただけ。

悪人がこの世界から消えることを願っている。

しかし、一鈴（イーリン）が相手をしていて気が楽なのは、民より悪人だった。

――悪人相手なら、どこまでも残酷になれるのにぃ。なんですかぁその体たらくは。

責めるような小白（シャオバイ）の視線から、一鈴（イーリン）は顔を背ける。そして、倒れる雲嵐（ウンラン）に頭を下げた。

「すまない。雲嵐（ウンラン）……すまない……本当に……」

か弱き民に手を出したことに心を痛めながら、一鈴（イーリン）は、蓮花宮（れんげきゅう）の蔵をあさる。すると、いくつか刺繍を行っていない官服が出てきた。丁度いいと、一鈴（イーリン）は官服を纏い髪を乱す。皇貴妃としての衣装は袋に入れて背負うと、窓から部屋を出る。

外に出る時に困るのは、一本橋をどうやって渡るかだ。視界がかなり開けているため、蓮花宮（れんげきゅう）の窓からどんな人間が渡っているのかすぐに分かってしまう。しばし悩んだ一鈴（イーリン）は橋の裏にぶら下がるようにして蓮花宮（れんげきゅう）の敷地内から脱出し、虹彩湖（こうさいこ）の近くへ走った。殿舎の裏に面している大路は、洗濯をする下働きたちや、花や木々の手入れをしている宦官（かんがん）たちが行き交っている。一鈴（イーリン）はうつむきながら歩くが、気付かれる気配はない。晡時（16時）の正刻ということもあってか、後宮内の夕餉の準備に向け宮女も宦官（かんがん）もせわしなく動き、一鈴（イーリン）に目もくれない。

自分は妃としてではなく、下働きとして後宮に入るべきだったのでは。

官服を着ていることで宮女や宦官(かんがん)たちを欺けていると、妃での後宮入りは领导(頭領)が手配してくれたことはいえ、強く思う。

やがて一鈴(イーリン)は、裏道から後宮の料理が作られる彩餐房(さんさいぼう)付近の裏道に出てきた。料理人たちは皆、忙しそうに腕を振るっている。

「相変わらず肉の保管庫は駄目か！」

「ああ、牛も豚も鳥も鴨も入れられない！　干し肉の手配もしたが入ってこないし……こりゃしばらく魚しか出せないな」

「みんな大騒ぎしてるぞ、いつになったら肉が食えるのかって」

「でも妃たちは騒いでないだろ？　天龍宮(てんりゅうきゅう)の厨房にだってここ五日、肉は入ってないんだから文句言うなって言っておけ！」

　どうやら最近、食料の……それも保管庫に何か問題があった関係で、肉料理が出ないらしい。一鈴(イーリン)が食べたのは、直近だと廉龍(リーロン)との食事の時だ。一鈴(イーリン)は彩餐房(さんさいぼう)をしばし眺め、また裏道に入り進んでいく。

「しう」

　小白(シャオパイ)が、目的地を問うように一鈴(イーリン)の袂から顔を出した。

「全結華(チァンチュンファ)は護りが強いらしいし、项明明(シァンミンミン)に話を聞きに行こう。あの妃は、誰ともつるまず、商人のいない日は虹彩湖(こうさいこ)で、舞を披露しているらしいからな」

　一鈴(イーリン)はそう言って、裏道を駆け抜けた。

夕日が徐々に沈んでいき、空を映す湖もそれに伴って、色彩を欠いていく。風が吹き、わずかに湖畔を揺らして、夕光の存在を反射によって主張する。

そうして輝く虹彩湖(こうさいこ)の側、夕焼けに別れの舞を捧げる如く、明明(ミンミン)は舞っていた。

肩から指先まで流線を描き憂いを帯びた表情は儚く、華やかな所作のたびに靡く髪は美しい。一鈴(イーリン)は、目当ての明明(ミンミン)がいた事に安堵する。しかし明明(ミンミン)が舞うすぐそばの亭のなかの縁台に腰を下ろす人物を見て、ぴたりと停止した。

廉龍(リーロン)が、いる。

厳しい顔で、何か書物を読み、明明(ミンミン)の舞には目もくれない。ただ、互いが別のことをしているのに、心は通じ合うような、奇妙な縁が感じられた。

「あの二人、本当に美しいわね。なんだか魂が寄り添い合っているようだわ」

「明明(ミンミン)様の舞……美しいわ。夜、いつもこの辺りで舞っていたのは、陛下にお見せするためだったのね……」

二人から離れながらも観察している妃たちが口々に言う。商人がいないときに虹彩湖(こうさいこ)に訪れる妃は少ないのか、四人ほどの妃が明明(ミンミン)と廉龍(リーロン)を見ていた。

しかし、二人の逢瀬を邪魔してはいけないと思ったのか、しばらく舞を眺めた後、立ち去っていく。

項明明(シャンミンミン)に話しかけたいが、外出禁止令が出ている中、廉龍(リーロン)の目の前には出られない。

「あれ、一鈴(イーリン)様？」

虹彩湖(こうさいこ)手前の木々に隠れ、二の足を踏んでいると後ろで聞き覚えのある足音がした。振り返れば、

官女を引き連れた若溪（ルォシー）がキョトンとした顔で首をひねっていた。

「どうしたのですか。こんなところで。護衛の方々は？」

「ちょっと、て、点賛商会（てんさんしょうかい）の方に用が……」

一鈴（イーリン）は適当に誤魔化す。

「そうなのですか……？　でも、今日はいらっしゃらない日ですわ……」

若溪（ルォシー）は、一鈴（イーリン）が宦官（かんがん）を連れていないことで、勝手に抜け出してきたことを悟ったらしい。血を撒かれたことも知っているのか、心配そうな視線を向けてくる。

「でも、大丈夫ですか？　今はその……雨涵（ユーハン）様は、ここにはいらっしゃらないようですから、大丈夫だとは思いますけれど……」

そして、血を撒いた犯人を雨涵（ユーハン）だと考えているらしい。

「出直そうと思います……失礼します」

一鈴（イーリン）がその場を立ち去ろうとすると、「待ってください」と若溪（ルォシー）は一鈴（イーリン）を引き止めた。

「私、点賛商会（てんさんしょうかい）で織物を購入しているのです。それが届く予定で……もしよろしければ今宵、水仙宮（すいせんきゅう）でお会いできるよう、取り計らいますわ。皆が寝静まった後に――」

「よいのですか？」

「はい。でも、夜に蓮花宮（れんげきゅう）を抜け出して来ていただく必要があるかと……」

「もちろん、そのつもりです……」

「なら、深華門（しんかもん）の外堀沿いの道を通ると安全です。かなり遠回りになってしまいますが、あそこは篝（かがり）

火が少ないところですから、闇に身を潜めれば、警備にも見つからないでしょう」

若溪は周囲を警戒しながら、一鈴のそばによると小声で囁く。一鈴は思わず問いかけた。

「でも、いいのですか。若溪様にご迷惑では」

「全く！」

すぐに否定した若溪は、柔らかく微笑む。

「私、小さい頃からずっと、母に言われてきたのです。人に出来そうなことがあったら、すべてしなさいって。困った時、選ばれる人になりなさいって……この間、一鈴様を助けることが、出来ませんでしたが……」

「いえ、茶会の席のことは、お気になさらないでください。大丈夫なので」

茶会のことは、気にしていない。むしろ結華の宦官が、気になっている。雨涵からの危険は一切感じていない。

「そうですか……？　でも、怖いこととか、辛いことがあったら、何でもおっしゃってくださいね」

若溪は微笑み、そそくさと去っていく。

一鈴はそんな若溪に手を振り、明明が舞を披露していた亭に視線を戻す。廉龍は消えていたが、明明はそこに残っていた。明明はまるで試すように、一鈴を見ている。ほかの妃は、いない。虹彩湖の周りは、一鈴、そして明明と躑躅宮の刺繍が施された宦官だけだ。

「少々、よろしいですか」

一鈴は、明明に向かって声をかける。

「……はい」

明明（ミンミン）は一鈴（イーリン）が蓮花宮（れんげきゅう）を抜け出したことを知ってか知らずか、湖畔のように澄んだ声で返事をした。

「罗雨涵（ルオユーハン）について、お聞かせください」

明花園（めいかえん）の縁台に、二人並んですぐのこと、一鈴（イーリン）は早速、本題を切り出すことにした。

「徳妃様に、すでにお話をお伺いになったのでは？」

やはり、茶会の時に明花園（めいかえん）で話を聞いていたのは、明明（ミンミン）だった。盗み聞きしたことを隠しもしない姿勢にたじろぎながらも、一鈴（イーリン）は見返す。

「その上で、お聞きしたいと思っております。明明（ミンミン）様のご見解を」

明明（ミンミン）は淑妃であり、雨涵（ユーハン）と距離は遠いが、遠いからこその視点というものがあるはずだ。

「愚か、とは思っております。自分の想いを優先させ、周りが見えていない。いつか大きな穴に落ちてしまうでしょうね」

ふぅ、と吐息交じりに明明（ミンミン）は呟き、立ち上がるとそばに咲いていた蘭を撫でる。一鈴（イーリン）はその佇まい、姿勢、重心の置き方を注視してから、同じように立ち上がり、明明（ミンミン）の隣に立つ。

「明明（ミンミン）様は、雨涵（ユーハン）様に睨まれたことはございますか」

「舞を踊っている時は、特に」

「それは、夜道や、すぐそばにいるとき以外ではありませんか？」

「はい」

やっぱり。一鈴（イーリン）は思う。

「私は、罗雨涵（ルオユーハン）について、ある疑いを持っております。彼女の――について」

問いかけると、明明（ミンミン）はそれまで蘭にだけ向けていた淡い色彩の瞳を、一鈴（イーリン）にしっかりと向けた。

❀

皇貴妃一鈴（イーリン）を殺さなければ。

使命感に駆られた妃は、皇貴妃が水仙宮（すいせんきゅう）に向かう夜、荒くなる呼吸をなんとか抑えながら、衣を翻し、篝火を頼りに駆けていた。

何故自分がこんな目に。

妃は半泣きになりながら、皇貴妃が通るであろう経路を目指す。

田舎者の自分だが、妃に選ばれたからには家族のためにきちんと務めを果たそうと、頑張ってきた。

慣れない化粧や衣装選びも、親切な宮女や友人の助言で、なんとか皇帝の夜伽に選ばれるよう努めて、努力が功を奏した矢先だったのに。

「どうして……っ」

妃は嗚咽を漏らしながら走る。

皇貴妃一鈴（イーリン）を殺せとの脅迫を受け始めたのは、好天殿（こうてんでん）で皇帝と一鈴（イーリン）が並び、一鈴（イーリン）が皇貴妃になったと発表された当日の晩のことだった。

皇貴妃を殺せ。命令に従わなければ、家族を殺す。

優しく温厚で、家族や国のためにいつだって頑張っていた父に、虚弱ながらも温かく家族を包んでくれる母、そして、妹や弟たち。そんな家族を全員を痛めつけ、死にたくなるくらいの苦しみを与え、殺してやる……と、妃のもとに現れた悪鬼は言った。

人なんて、殺したくはない。だから皇貴妃一鈴に、出ていってほしい。

そう思って行動してきたが、皇貴妃の護りは厳重で、付け入る隙もない。どうにもならない中、毒を盛るしか無いと考え、彩餐房に近づいたこともあったが、怖くて逃げ帰ってしまった。

悪鬼は今夜一鈴を殺し、その髪、緋衣、血のついた短刀を持ち帰らねば、家族を皆殺しにすると言う。

妃は深華門の外堀のそば、一鈴が水仙宮へ向かうにあたって通るであろう裏道に回った。あとはこのまま一鈴が来るのを待てばいい。一鈴は、緋衣を纏っている。後宮でその色を纏うことが許されるのは、皇貴妃だけ。暗がりであろうと、間違うことはないはずだ。自分を落ち着けながら、妃は刃物を握りしめた。しかし、浮かんでいた月に雲がかかったと同時に、冷たい風が吹いて篝火が消えた。

辺りは闇に包まれ、前後の感覚が失われる。はるか遠くに篝火らしい明かりが見えるが、本当にそれが篝火なのか、どこかの殿舎の明かりなのか、一瞬にしてわからなくなる。

怖い。

心臓の鼓動がどんどん激しいものに変わり、身体の中の血が嫌な廻りになっていく。

「そんな持ち方をしていては、敵が来ても殺せませんよ」

暗闇から響く声に自然と膝が震えた。視界は黒く塗りつぶされ、何も見えない。見えないのに、近くに脅威が迫っていることは肌で感じられた。

相手は、人の言葉を話している。

しかし暗闇から感じる威圧は獣的で、餌を前にした肉食獣のようだった。

「だっ、だれ！　誰！」

逃げなくてはいけないのに、一歩動けば殺されるほど、張り詰めた空気が広がっている。

汗を流す音すら捉えられたら終わりなのだと妃は悟った。勝手に息が荒くなって、心臓の鼓動が激しくなり、立っているのもやっとだ。

怖い。怖い。死にたくない。

誰かを殺そうとしてごめんなさい。助けてください。

懇願も、懺悔も、声にならない。身体に力が入らない。どうしていいか分からない。

「やはり、私の姿は見えませんか。今、貴女のすぐそばに立っているんですよ」

声が近い。相手の声には、迷いも感情も無い。淡々と、妃を見張っているようだ。弱って自滅したのを待って、むごたらしく一呑みする蛇がすぐそばにいる。聴覚には自信があったのに、声のする方向が分からない。東にも西にも、南にも北にも殺意を感じる。もしかしたら囲まれているのかもしれない。むごたらしく殺されるくらいなら、今手に持っている短刀を喉に突き立てればいいのか。それでは貧しさに喘ぐ家族に報いることが出来ない。それどころか、殺されてしまう。

「わ、私は、私は一鈴（イーリン）様を殺さないと、殺さないと、お父さんが、お母さんが、妹が、弟が、みんな、みんな、みんな殺されてしまうの。お願い、お願い。死にたくない。見逃して、いや……いや……」

震え声で懇願すると、妃のそばに潜む魔の気配は、息を呑んだような音を立てた。自分はきっと、殺される。ひとのみにされるのだと、妃の瞳からぼろぼろ涙が溢れる。

「……貴女は、皇貴妃を殺さねば、家族を殺すと、脅されているのですか」

闇の中の声が、優しく囁く。

何故声音が変わったのか分からなくて、あまりの恐ろしさに妃は口元を覆った。

生きたい。

死にたくない。

家族に元気でいてほしい。

妃の願いは、それだけだった。父親が水路工事を利用して、私腹を肥やしていたとありもしない嫌疑をかけられ、家が没落したときだって、命だけは助かったと幸福に思った。

「殺したくない。死にたくない。殺されたくない……いや、いや、助けて、ごめんなさい……いや……うぅう、うわああああああん」

妃――罗雨涵（ルオユーハン）は、とうとう子供のように声を上げて泣き出した。

❀

厳しい状況になってしまった。

泣き出した雨涵（ユーハン）を見て、一鈴（イーリン）は掌を握りしめる。

一鈴（イーリン）は、明明（ミンミン）に雨涵（ユーハン）について聞いた後、蓮花宮（れんげきゅう）に戻り、失神のせいで混乱していた雲嵐（ウンラン）をごまかした。

そして夜、人々が寝静まるのを待ち若溪（ルオシー）との約束を果たすべく、教えてもらった通路に向かい――こうして、自分を殺しに来た雨涵（ユーハン）と出会った。

短刀を握りしめる雨涵（ユーハン）を、もう二度と愚かなことをしないよう脅しつけたが、泣かれるとは想定していなかった。

先程まで自分は優位に立っていたはずなのに、人の涙は刃物で刺されるよりずっと辛い。人の頬に伝う雫に毒なんてない。それでもぎりぎりと胸が痛い。槍で突き刺されているような痛みだ。今日はただでさえ、か弱き民である雲嵐（ウンラン）に暴力を振るい具合が悪かった。頭なんて打ってないのに、頭も痛いし気持ちが悪い。そして雨涵（ユーハン）が泣いているのを見ていると、より一層、具合が悪くなる。これなら短刀で刺されたほうが良かった。その方が慣れている痛みだから。全てが無理になった一鈴（イーリン）は呻く。

一鈴（イーリン）はか弱き者が嫌いだった。特に善なる者だ。いたいけな動物と同じ目をするところが、特に駄目だった。

すべての始まりは、弱った子猫を発見したあの瞬間に遡る。殺し方は知っていても助け方を知らない一鈴（イーリン）は、猫を抱え助けを求め走った。けれど誰も相手にしてくれず、一鈴（イーリン）は、いくら人を殺せても、結局自分は殺すしか出来ないのだと、自分の無力さを思い知ったのだ。その後、自分と同い年くらいの少年が、声をかけてきて、猫は救われた。だというのにそれ以降、か弱き者を見ていると心がざわつき、もう聞こえないはずの猫の鳴き声が響く。领导（頭領）は任務をしていないとき、一鈴（イーリン）が出かけることに口を挟まなかった。むしろ勧めていた。しかし一鈴（イーリン）はどこにも行かなかった。恐ろしかったのだ。弱った動物を見つけたらどうしよう。自分は何も出来ないのに。恐ろしくて、任務以外の外出を避けた。必死になって動物について学び、出かけることへの抵抗感が薄れてからは、任務が忙しく興味もなかったため、住んでいた小屋のそばにやってくる動物と触れ合うだけだった。

そして今、あの日の再演のごとく、目の前の生きものが苦しんでいる。その生きものは、家族が危ないと言って、自分に助けを求めてくる。

「お、お母様にも、お父様にも、まだ何の親孝行もしていないのに……」

涙声が響く。弱った猫の鳴き声が重なる。

「ごめんなさい。助けて……殺さないで……ひ、っ、ひっ」

雨涵がひきつけを起こし始めた。猫の鳴き声が、どんどん重なっていく。一鈴の眉間に、皺が寄る。

「うぇっ、うっ、……うっ、うえええ」

「……分かった。わかりました。私がすべて、なんとかしますから」

一鈴がそう言うと、まるで一鈴の選択に反応するように、それまで月にかかっていた雲が消える。

雨涵はわずかに顔を上げ、一鈴を見た。至近距離で、睨むこともなく、一鈴の衣をじっと見つめ、大きく目を見開いた。

「い、一鈴様？」

今自分と話をしていたのが誰だったのか理解したらしい雨涵は、一鈴の名前を呼んだ。

「はい……貴女が、殺そうとしていた者です」

一鈴は、「殺すことなんて容易い」と思った女に、容易く屈した。

✿

かつて幽津で、自分はまさしく、この世のありとあらゆる残酷と、災厄を見た。

後宮で皇帝と妃の交わりを記録する役目を持つ宦官（かんがん）――陣正（ジェンジャン）は、ずっと、ずっと思う。

ゆるやかに地獄へと、身を落としながら。

螺淵（らえん）では、母の胎内（はら）から出た順番ではなく、その生命が宿ったであろう順番で王位の継承の順番が定まる。皇帝が一日に複数の女と夢を見ることが常だということ、同日に生まれた場合、助産師の手管に依存すること……ありえはしないが、妃が男を呼び込み、皇帝の子を孕んだと謀る可能性がある。その対策にと、記録係が設けられている。

陣正（ジェンジャン）は元々、軍人として螺淵（らえん）の為に働き、武功を重ねていた。学びも縁（コネ）もない。父と母親は農家。家柄も重視されるため出世は見込めなかったが、あるとき、上官から呼び出され、宦官（かんがん）となり後宮の夜伽の記録係になることを命じられた。

宦官（かんがん）は、後宮の外では、「宦官（かんがん）風情が」と見下される存在だ。顔だけがとりえのならず者の集まりで、自分の身体を切り落とすことでしか成り上がれない哀れな生き物。

――だからこそ、夜伽を記録する大切な役目は、軍人として武功を上げている陣正（ジェンジャン）に頼みたい。総（そう）龍帝（りゅうてい）は、夜伽のときに最も無防備になるのだから。陣正（ジェンジャン）が守ってほしい。

上官にそう言われてしまえば、一生を左右することとは言え、陣正（ジェンジャン）は逆らえなかった。そうして軍人から、後宮勤めの宦官（かんがん）になったのが、二十二年前のこと。

それから総龍帝（そうりゅうてい）、そして最近では晴龍帝（せいりゅうてい）の後宮で夜伽を記録し続けたが、二年前に陣正（ジェンジャン）は幽津（ヨウチン）の遠征に参加することになった。

幽津は、海が近く、うだるような温暖気候の北摘からやや西に逸れた豪雪地帯だ。北摘との気温差がかなり激しく、豪雪付近のそばは急激な温度変化によって蜃気楼や極光など、黎涅ではとうてい見れない幻惑のような景色が広がる稀有な土地だ。そこで内乱が起き、争いを収めるべく立ち上がったのが、当時皇子だった廉龍である。しかし、兵が不足しているわけでもないのに、陣正は総龍帝から直々に、廉龍の率いる部隊への参加を求められた。

自分は今、夜伽を記録する役目があるのに。どうしてまた戦線復帰を求められたのか、不思議に思いながらも、陣正は廉龍とともに黎涅を発った。

道中は何事もなく、幽津にたどり着いた。内乱を起こし、幽津の者たちを傷つける反乱軍の拠点を目指し、廉龍の率いる軍が進んでいく。敵は五十人以下。こちらの兵は百人。簡単な戦だ。けれど、もし武功を立てれば、廉龍に認められ、もっといい官職につけるかもしれない。なぜなら廉龍は側近として異国人をそばに置いていた。自分にも好機はあるはずだ。

そう信じて疑わず向かった先は——まさしく地獄だった。

拠点であるはずの場所は、建物も木々もなにもない、ただ雪の上に赤い絨毯が広がった場所だと、最初は思った。ああ、反乱軍は宴か何かをしているのか、気楽な連中だと。

しかし近づくにつれ、かつて陣正が散々嗅いできた、戦の香りがした。

鮮烈で、すえた血の香り。

広がる真っ白な雪原は血で染まり、幽津の民が横たわっていた。異変に気づく頃には、陣正のいる螺淵軍は、自軍の三倍以上の敵軍に囲まれていた。それも、反乱を起こした自国民などではなく、侵入してきた敵国の軍隊だ。銃を持ち、獲物が罠にかかったことを喜ぶように瞳をぎらつかせ——廉龍(リーロン)の首を狙っていた。

廉龍(リーロン)を守らなければ。この国の皇子だけは守らなければ。未来のために。

陣正(ジェンジャン)は咄嗟に思った。

しかし、ただそれだけだった。敵の数が彼のささやかな願いすら許さない。防衛戦略すらままならない。兵士は廉龍(リーロン)を守ろうとしながらも次々と死に、陣正(ジェンジャン)は足や肩を撃たれ、冷たさと血の生ぬるさが混じる雪面に伏した。廉龍(リーロン)は敵の攻撃を巧みにかわし、圧倒的な劣勢にもかかわらず奮戦していたが、兵士たちを気にして庇い戦うことで、じわじわ体力を削られているようだった。

このままでは全滅だ。

兵士の誰もが思った時、災厄が人の形をして——来た。

初めに、遠方の敵軍が何かから逃げるような動きを見せた。眩む意識の中、地震か吹雪でも起きたのかと目を凝らすと、人の形をした影が激しい動きで、弾丸のように敵軍に攻め入っていた。動きが速く、視界で捉えようにも部分的にしか知覚できない。

化け物が現れた。

自分たちも殺される。

その前に逃げなければ。

そう思うと同時に、自分の斜め前に立っていた廉龍(リーロン)の前に敵が突進してきた。突然のことで廉龍(リーロン)すら対処できず、陣正(ジェンジャン)も動けない。しかし、廉龍(リーロン)の前に、黒い長袍(ローブ)を着た、『なにか』が現れた。『なにか』が、廉龍（リーロン）の落としていた剣を取り、敵に凄まじい斬撃を浴びせると、鮮血が舞った。

しかし、それは血ではなく、赤い菊の花びらだった。長袍（ローブ）から溢れるように散った花を見て、瞬時に悟った。今、自分と廉龍（リーロン）が目にしている存在は、夜菊（よぎく）なのだと。

「生きているか」

兵士の後ろから現れた、夜菊（よぎく）らしき者は、凛とした声で確かにそう言っていた。

しかし、そのあとの記憶がない。夜菊（よぎく）の顔を見る前に、陣正（ジェンジャン）は意識を失った。

幽津（ヨウチン）遠征は、出兵した兵士百人のうち、九十七人が死んだ。生き残ったのは、廉龍（リーロン）と、陣正（ジェンジャン）、そしてもうひとりの兵士だけだ。陣正（ジェンジャン）は怪我が治ってからまた後宮に戻った。

戦は終わったが、当時の恐怖は消えなかった。夜は眠れず、ずっと戦場にいるような感覚が抜けない。

それから少しずつ、陣正（ジェンジャン）の何かが崩れていった。

きっかけは、夜伽の記録のため、いつものように妃の宮殿に入ったときのこと。

記録係は、皇帝より先に宮殿で待機しなければいけない。しかし、総龍帝（そうりゅうてい）は忙しく、定刻通り妃の宮殿にやってくることは少ない。その間、陣正（ジェンジャン）は宮殿で時間を潰すが、手持ち無沙汰で、いつもなんとなく通された部屋の調度品を眺めることが常だった。

なんとなく、飾られた調度品を眺めていると、棚と床の隙間にきらりと光る何かが見えた。刃物だったら危険だと手にすれば、それは宝石だった。

これを、今自分の懐に入れたら、どうなるんだろう。

心臓が高鳴り、そわそわとした緊張感が陣正（ジェンジャン）の身体を包む。懐に入れてみると、不思議と戦場から解放されたような、今自分は戦を終え、後宮にいるのだと、気持ちを切り替えることが出来た。

追憶の戦場から解放される方法を知ってしまえば、もう、後戻りは出来なかった。

いい給金をもらっている。

宝石なんて欲しくもない。

なのに、盗む手が止まらない。世が変わり、総龍帝から晴龍帝に皇帝が代わっても、陣正の盗癖は治まらなかった。総龍帝は血を繋ぐことに熱心で、自分と交わり子を産めば妃はよりよい生活が出来る故、まんべんなく妃の元へ向かっていたが、晴龍帝は项明明か全結華のもとばかり通う。晴龍帝は妃を脅しつけているのか声を出させることなく朝を迎え、翌日は選んだ妃の宮殿でしか過ごさない。同じところばかりで盗んでいては、足がつく。分かっていてもやめられなかった陣正は、とうとう夜伽もない妃の宮殿で間違いを起こし、ある悪妃に犯行が見つかり、たちまち苦境に立たされた。

しかし神は、陣正を死で救うことはしなかった。

悪妃から、いつか妃の役に立つことを条件に許しを得ていた陣正だが……、

『罗雨涵を脅しつけ、皇貴妃を殺させれば、このこと、父に黙っていても構わないわ』

『し、しかし――』

『それに、一騒動が起きれば、二人が不在の宮殿で好きなだけ盗みが出来るでしょう？　どうするの？　条件を呑むの？　それとも、今すぐ父に言って、貴方を処刑してもらう？』

窮地に立たされた陣正は、顔を隠し、夜闇に紛れて後宮に潜んだ刺客を自称し、雨涵を脅した。賢妃の位を持っているが雨涵はどこまでも愚かで、陣正の話を信じた。悪妃の情報のもと、「この日、

深華門（しんかもん）の外堀沿いに皇貴妃が水仙宮（すいせんきゅう）を目指して歩いてくる」と伝え、皇貴妃を殺しに行くよう仕向けた。

これで、自分は救われるはずだ。陣正（ジェンジャン）は蘭宮（らんきゅう）でほくそ笑む。雨涵（ユーハン）には、殺した証拠を持って帰ってくるようきつく脅した。本当は現場を見張っているべきだが、他の者に見られたら、雨涵（ユーハン）どころか自分の立場が危うくなるから、蘭宮（らんきゅう）で待機することにした。

理由は、ただそれだけ。幽津（ヨウチン）の地獄、そして処刑の危機から脱せたのだから、もう盗みはやめよう。そう思っても、陣正（ジェンジャン）の瞳は、勝手に蘭宮（らんきゅう）の調度品を物色する。のどが渇いてきて、視界に強烈な赤が映ったような錯覚を覚える。自分はもうあの戦場に居ない。だから大丈夫。そう思っても、手は高価な宝石を探して彷徨う。やがて、いつもどおり陣正（ジェンジャン）は物色を始めた。そのまま駆り立てられるように雨涵（ユーハン）の部屋に入ると、突然明かりがすべて消える。

「なっ……」

突然のことに陣正（ジェンジャン）はうろたえ、周囲を見回す。辺り一面闇が広がった。助けを求めたいが、今人を呼べばすべてが台無しになる。なんとか明かりをつけなおそうとした——その時。

「おまえか。罗雨涵（ルオユーハン）に、皇貴妃を殺せと命じていたのは」

低い女の声だった。いや、女なのか確証がつかめない。化け物が人を誘うために、殺した人間の声を使っているような声だった。恐れた陣正（ジェンジャン）は恐怖を振り払うように腕に力を込めるが、手首を掴まれた。

「い——っ」

壮絶な痛みに襲われ、呻く。

古い床板が軋むような音が、掴まれた手首から聞こえてきた。

殺される。

陣正（ジェンジャン）は渾身の力で何者かを振り払うと、月明かりを頼りに窓を開きそのまま外へ飛び出した。落下の衝撃で鈍い痛みが全身を襲うが、幸い一階だ。転がるように逃げ出し、蘭宮（らんきゅう）から離れたところで、自分が襲ってきた化け物が追いかけてきていないか振り返る。

「もう終わりか？」

冷たい声が響く。

追いかけてきている。

陣正（ジェンジャン）のすぐ後ろに、月を背にし、顔も分からず、黒い影の塊が揺らめいている。陣正（ジェンジャン）はあまりの恐怖に吐きそうになった。なんとか力を振り絞り、足を滑らせ床に倒れては、また立ち上がり駆けていくが距離は一向に開かない。

相手はずっと一定の歩幅で追いかけてくる。暗闇に身を隠しているのに捜す素振りすらなく、一直線にこちらに向かってくる。

「た、助けてくれ。い、命だけは、命だけは助けてくれ」

「今のお前と同じ言葉を吐く女に対して、お前は何て答えた？　やめろと言って、止めたのか？」

冷淡な声が響く。相手は……女だ。立ち向かえば勝機があるかもしれない。ちょうど近くに棍棒が落ちていて、天は自分に味方したのだと、すぐに飛びついた。

「止めるわけないだろ！　絶好の機会を逃すやつは！　この螺淵（らえん）では生きていけない」

棍棒を握りしめる。形勢は完全に逆転したはずだ。しかし、女は冷静に聞いてくる。

「その構え方、元軍人か」

「……ああ、そうだ。俺は、散々この国の為に戦ってきたんだよ……武器さえあれば、こっちのものだ……ははは」

「軍人は、民を守るために生きているはずだ。なのに何故、まだ手も汚れてない、線を越えてもない者に、一線を越えさせようとした」

女の雰囲気が、また変わった。威圧的とはまた違う。燃えるような激しい憎悪が、こちらに向いている。

「うっ、うるさい！　女も、子供も関係ない！　俺は生きるためなら何だってする、誰だって殺す！　もう、戦争で散々人を殺してるんだ。地獄行きは確定だ。だからこの世に生きてるうちは、どこまでだって穢れてやる！」

陣正（ジェンジャン）は棍棒を構え、女の頭めがけて振り下ろす。なのに、手応えが全く無い。それどころか握っていたはずの棍棒が、軽くなった。

おそるおそる視線を移すと、棍棒が、真っ二つに折られていた。

足が震え、そのまま膝から崩れ落ちた。女は立ち止まっている。逃げるなら今しかないのに、身体が凍りついたようにいうことをきかない。

「それは良かった。お前は罗雨涵（ルオユーハン）のように、善意と悪意の間で揺れることもない、完全に、こちら側の人間か」

紅菊の花びらが、視界いっぱいに舞ったような気がした。身体が切られた痛みを感じ、次に視界に飛び込んできたのは月を背にした女の姿だった。

反射光に照らされ窺うことの出来た瞳は、無感動で深淵と呼ぶにふさわしい。今命を奪っていることも、目の前で命が失われることにも、関心がないのだろう。

後宮に棲まう悪鬼。あれは皇帝のことではなく、きっと目の前の妃のことだった。

「嬉しいよ。ためらいなく殺せる」

紅い菊が宙を舞う。辺りが暗闇に包まれる。月が雲に覆い隠されたのか、それとも自分のひと世に終わりが訪れたのか、判断もつかぬままに陣正(ジェンジャン)は砂地に倒れた。

❀

「……小白(シャオパイ)。私、駄目かもしれない。なにもかも」

一鈴(イーリン)は倒れた男を見て、呆然としていた。小白(シャオパイ)は、男をまさぐり甘いものを持っていないか確かめると、「何も持ってないですね。いきましょ！」とでも言いたげに、興味を無くしている。

雨涵(ユーハン)は、一鈴(イーリン)殺しを命じた人間に、蘭宮(らんきゅう)で落ち合い、一鈴(イーリン)殺しの証拠を——一鈴(イーリン)の髪や手首を持って来いと命じられていると語った。そして蘭宮(らんきゅう)に駆けつけたまでは良かった。

男がしていたことは盗みと脅しだけ。命まで奪おうとしていたわけではないから、もう二度と悪さをしないよう、同じ手段で脅しただけだ。雨涵(ユーハン)の家族を殺すことができまかせなのか本気なのか分からなかったために、軽く痛めつけたら倒れられた。一鈴(イーリン)は自らの手を一瞥し、肩を落とす。普段一鈴(イーリン)が脅す相手は極悪人で、人を殺すことを常として、性別問わず人の尊厳を奪うことを愉しむ者たちだ。

彼らが相手なら、もう少し──いや、かなり痛めつける必要があった。

でも、目の前の男は、すぐ屈した。

もしかしたら極悪人というものは、人の道から外れているぶん、心も鈍いのかもしれない。そして目の前にいる、そこまで一線を越えていない者には、別の角度から攻め込むべきだったのかもしれない。

一鈴（イーリン）は反省しながら周囲を見渡し、桶を見つけた。

中に水が入っていることを確認すると、迷わず男の頭にかける……男を、起こすために。

「ぐっ、げほっわああああああっ──ひっ」

悪さをしないように両腕を踏みつけながら、一鈴（イーリン）は男が使おうとしていた棍棒を首に突きつけた。

「罗（ルオ）家に手を出さないと誓え。そうすれば、明日の朝日が拝める。でも、手を出したら最後、ただ殺すだけじゃない。最期のその瞬間まで、苦しみながらお前は死ぬ」

「出しません出しません！　絶対！　関わりません！　許してください！」

「今日だけではない。私はいつもお前を見ている。少しでもおかしなことをしたらすぐに分かる。今も、お前が誓いを破ったら、どうやって痛めつけてやろうか考えているからな。それでも、誓えるか？　今ここで死んだほうが、幸せかもしれないぞ？　それでも誓えるか」

暴力はやめて、言葉で責めよう。一鈴（イーリン）が男を凝視すれば、男は震え上がった。

「誓います！　誓います誓います誓います！」

男は何度も誓うと繰り返す。嘘じゃないか、本当か。念を押していると、しばらくして、忙しない足音が近づいてきた。

「ま、待ってください！　え、えっと、家族に手を出さないのであれば、私はそれで大丈夫です！」

物陰に隠れていた雨涵（ユーハン）が慌てた調子で首を横にふる。音が聞こえてきそうだと思いながら、踏みつけていた男の腕から足を離すと、雨涵（ユーハン）は「あっ」と声を上げた。懐から手巾を取り出し、男の膝にあてる。何度もころんだことで、すりむけたのだろう。流れる血を拭き、押さえていた。

男がただ、怪我をしていただけの男なら分かる。しかし、雨涵（ユーハン）の話によれば、男は雨涵（ユーハン）の家族を殺すと脅し、一鈴（イーリン）を殺させようとした男だ。

自分の大切なものを脅かしてきた相手に、なぜここまでするのだろう。

「貴女を脅した男ですよ」

「で、でも、怪我をしているから！」

そう言って、雨涵（ユーハン）は一生懸命止血をしている。手つきは覚束ないが、懸命だ。

「なぜそんなことを」

「手当ては得意で……弟と妹が、木登りをしたり走り回ったりするのが好きで、怪我をすることが多くて……お父様はお医者様を呼んだりしていましたが家が貧しくなってからは、私が……」

「そういう意味じゃないです」

「え？」

「なんでもないです」

一鈴（イーリン）はため息を吐いて、雨涵（ユーハン）の背中を眺める。小白（シャオバイ）がニヤニヤして見てきたため、頬をつまんだ。

雨涵（ユーハン）は素直さ故に悪人に騙され、一鈴（イーリン）を殺しに来たのかもしれない。一鈴（イーリン）は人が刃物を握っているだけで、殺意があるかないか、人を殺したことのあるなしも分かる。雨涵(ユーハン)は短刀の握り方もずさんとしか言えず、人を殺そうという覚悟も一切なかった。命乞いをした子供の握り方だった。

「で、貴方は何故皇貴妃を殺すよう賢妃を脅したのですか」

一鈴(イーリン)は、手当てをしてもらっている男に声をかけた。

「え、えっと、そ、それは、皇貴妃様がよそから来た方で——えっと、皇貴妃に、ふさわしくないと——」

そう言って、男は半ば混乱した様子で話す。

「そんな……私は、殺す前に出ていってほしくて、一鈴(イーリン)様に他国にいたことを言ってしまったけれど、でも、いろんな経験をしていることは素晴らしいことです」

雨涵(ユーハン)がすぐに言い返した。男の言う「一鈴(イーリン)がよそ者」ということには納得がいっていないらしいが、「男が一鈴(イーリン)を疎み、雨涵(ユーハン)に殺しを命じていた」ことには、疑いをもっていないようだ。「若渓(ルオシー)にもこのこと報告をしなきゃ」と、厳しい顔をしている。

しかし、一鈴(イーリン)は納得がいかなかった。

「どうしてお前は、私が深華門(しんかもん)の外堀沿いの道を使うと知っていた？」

一鈴(イーリン)は問う。男は息を呑んだ。それが答えだった。

「蓮花宮(れんげきゅう)から、深華門(しんかもん)の外堀に沿って水仙宮(すいせんきゅう)に行くのは、遠回りだ。普通は使わない。今夜私がその道を使うことを予測することは難しいはずだ。私は、後宮に来て間もない妃——近道は分からない。なぁ、お前、今私に、嘘をついただろう」

一鈴は男を一度転がして、首を圧迫してから馬乗りになった。

「さっき私の言った言葉を忘れたわけではないよな？」

「ごめ、ごめんなさ、ごめんなさい、許して、許して。なんでもいいから、とにかく、脅せって言われたんです。それで、ごめんなさい」

「謝罪はいらない。お前に命令を下した者の名前を、正直に言え。でなければ今ここで殺す」

一鈴の脅迫に、男は震え上がった。ぶるぶる震え、冷や汗を流す。

「待って皇貴妃様！　そんなひどいことをしては駄目です！」

雨涵は止めようとするが、一鈴はそのまま男の首に力を入れた。

「言うっ、言うっ、お、俺に頼んできたのは――っ」

男は、一鈴に名前を告げる。

雨涵の瞳が、見開かれた。

嫌な予感はあった。

雨涵はまともに目が見えていない。人を衣の色で判断している。そして、一鈴だろうが、明明だろうが、関係なく睨みつけていたのは遠くのものを見ようとしていたからだ。おそらく皇帝に構っていたのは、距離感すら分からないからだろう。

そうして、日常生活ですら不便を強いられている人間が、わざわざ自分より上位の娘に手を出すだろうか。

最初から、不自然だと思っていた。

丞相の娘と、道を外し没落した元水工の家の娘。どう考えても、立場が弱いのは雨涵（ユーハン）のほうだ。嫌がらせを受けているなら、丞相に報告すればいいだけのこと。

しかし、ある者は、自分だけがひどい目に遭っているような言い方をした。更生してもらいたいと口にするが、一鈴（イーリン）による雨涵（ユーハン）の処分を誘導するように話を運んでいた。

そしてその者は、蘭宮（らんきゅう）の宮女と関わりがあった。二人で話す姿を一鈴（イーリン）は確かに見た。

刺繍の色が、後宮の所属を示していることを聞く前に。

ほかの妃の話では、その者の住む宮殿から、蘭宮（らんきゅう）へ、宮女の異動があったと言う。

「遅くなって、申し訳ございません」

一鈴（イーリン）は、水仙宮（すいせんきゅう）の客間で、宮殿の主に頭を下げた。

「いえ、大丈夫ですよ。それより、こちらに向かう途中で、何か問題はございませんでしたか？　蓮花宮（れんげきゅう）の方に、見つかったりは――」

柔らかで、可憐な雰囲気を持つ、水仙の花にふさわしい、藤黄の衣をまとう女――若溪（ルオシー）は、朗らかに笑い、一鈴（イーリン）の謝罪を受け入れる。

「待ってくださいね。今、点賛商会（てんさんしょうかい）の方を、お呼びしますから――」

「呼んでないでしょう。本当は」

自分に背を向ける若溪（ルオシー）に、一鈴（イーリン）は、冷ややかな声をかける。

「何故私が、普通に水仙宮（すいせんきゅう）に辿り着いたのか。驚いて、どうしようか迷っているのではないですか」

問髪を容れず問いかけると、若溪は振り返ること無く、「え」と、戸惑いの声を発した。

「ど、どうしてですか？　まぁ、蓮花宮を二度も抜け出されたことには、驚いていますが――」

「陣正という宦官が吐いた。お前の部屋に盗みに入ったのがばれて、雨涵を脅せと命じられたと。そして陣正は、雨涵に、皇貴妃を殺さなければお前の家族を皆殺しにすると脅した。脅し自体は陣正が考えたもので、実際手は出せないようだが、その話を信じた罗雨涵は――私を殺しに来た」

事実をそのまま摘示する。

退路はすべて断った。若溪は逃げられない。

「一鈴様は、その男を信じるのですか？」

しかし、若溪は試すような声で反論する。

「今日、私が水仙宮に来ることを知っていたのは、お前だけだ」

「一鈴様を殺そうと、見張っていたのかも」

「陣正は蘭宮にいた。蓮花宮から私の出発を見届け、蘭宮に向かうには、よほど鍛えないといけないらしい」

一鈴は水仙宮の道すがらで蘭宮に向かう時、雨涵の足があまりに遅いことで、雨涵を背負って駆けた。その時、雨涵に馬より速いと絶賛された。その後、雨涵は目を回し吐いてしまった。

そして、蘭宮から水仙宮に向かうにあたり、一鈴は二人を両肩で抱えるようにして運び、陣正を若溪に突き出すつもりだったが、二人共酔って水仙宮に入れず、吐いている。

「でも、結華様や明明様だって怪しいと思いませんか？　もしかしたら、私と一鈴様をひきさこうとしているのかも……」

「雨涵の、娼婦のような装い」

一鈴はつぶやく。

雨涵の、化粧、衣装、立ち振舞い。問いただすとそれは全部、宮女からの入れ知恵だった。そしてその宮女は、若溪と話をしていた、右目のそばに黒子のある宮女だった。

「言い逃れはさせない」

「まさか、そんな下々の狂言と推測だけで蓮花宮からはるばるお越しになったのですか？」

ようやく若溪が振り返った。

柔和で穏やかな若溪の顔つきは一変し、残酷な眼差しが、一鈴を射貫く。

「皇貴妃様の物を盗んで、その汚らしい男が咄嗟に嘘を吐いたのでしょう。おいたわしいですわ。騙されてしまったのですね。一鈴様」

「そんな訳が――」

「でも、陣正とかいう宦官以外に証拠はあるのでしょうか？　証言ではなく、物理的な、誰が見ても明らかな、一目で分かる証拠が。それにさきほど皇貴妃様はおっしゃったはずです。陣正が考えた脅しだと、私が罗雨涵に、罗家の者を皆殺しにするとは脅していないことを、今まさに証明してくださいましたわ」

勝てない。

舌戦においては、若溪のほうが圧倒的に上手だと一鈴は痛感した。

若溪(ルォシー)は「お引取りくださいませ」と薄く笑う。

「一鈴(イーリン)様とは仲良くしていただけるとばかり思っておりました。残念です」

「私は一度もそんな風に思ったことはない」

この場で若溪(ルォシー)を殺すことは簡単だ。しかし若溪(ルォシー)は、決定的な一線を越えてはいない。

ただ邪魔な人間を殺すことは、一鈴(イーリン)の矜持が許さない。

殺す、殺さない以外の人付き合いというものは、こんなにも難しいのか。一鈴(イーリン)は動揺を押し殺しながら若溪(ルォシー)を見返す。

若溪(ルォシー)は、後宮を蹴落とし合う場所だと言っていた。あれは本心なのだろう。ともすれば若溪(ルォシー)の望みは、後宮の頂点――いや、皇后になることか。

「もし、陣正(ジェンジャン)が、殺されたり、家が潰れたりしたら、私は今日のことを皇帝にお話ししますよ。証拠はないとの一点張りだと皇帝に伝えます。いつも自分の夜伽を記録している役人が死ねば、なにかあると皇帝も動くでしょう。その時を、お待ちしております」

一鈴(イーリン)は冷たく言い放つと水仙宮(すいせんきゅう)を後にした。

蘭宮(らんきゅう)はその名の通り、蘭に囲まれている。翠がかった碧の玉髄が散りばめられた石畳を進み、胡蝶蘭が這った花拱門(アーチ)を過ぎて見(まみ)える宮殿の中は、青銅器や美術品よりも盆景や切り花が多く、自然を感じさせるものだ。そばには小さな池があり、魚がはねている。

若溪(ルォシー)に惨敗した一鈴(イーリン)は蘭宮(らんきゅう)に戻ると、体調が戻ってきた雨涵(ユーハン)へ若溪(ルォシー)について話をした。

「もっと、ちゃんとした証拠を出すべきでした。任せてと言っていたのに、追い出すことが出来ませんでした。ごめんなさい」

後宮に来て、失敗ばかりだと一鈴(イーリン)は視線を落とす。

もっと証拠を集めていれば。いや、人の心の機微を、言葉を学ぶべきだった。後悔は絶え間なく浮かび、雪のように降り積もる。

殺す、脅す、奪う。

自分のためにそれをすると悪人と変わらない。自分は国のためにそうしている。だから悪人とは違う。そう思いたかっただけで、結局自分は悪人だった。

「謝らないでください皇貴妃様。私、危うく貴女を殺すところでした。充分助けていただきました。それに、両親を助けてくれて、ありがとうございました」

うつむく一鈴(イーリン)の手を、雨涵(ユーハン)は握った。

「助けてません。そもそも、陣正(ジェンジャン)は罗(ルオ)家を襲う気なんてなかったのですから」

「でも、助けようとはしてくれたではないですか。それって、助けたことと同じくらい、嬉しくて、ありがたいことです！」

雨涵(ユーハン)は微笑み、一鈴(イーリン)に視線を合わせてくる。一鈴(イーリン)は視線を逸らした。

善良で、純朴で、愚か。

一鈴(イーリン)がなにより苦手とするものだ。

小動物のような目も、見ているだけで辛くなる。

「――でも、どうしてそんなに強いのですか？　男の人が怖がるくらい――」

雨涵はぼんやりとした瞳で一鈴を見た。

まずい。

一鈴は顔を引きつらせる。

「もしかして――」

こんなことで刺客とばれるのか。今からでも遅くない。護身術を学んだと話せばいいのか。しかし、一鈴は実戦しか知らない。武術の話題を持ちかけられたら一巻の終わりだ。

「陛下の密命？」

「は？」

晴龍帝の、密命？

「そうですよね！　だって後宮入りしてすぐ皇貴妃になるのって、あまりないことだし――それなら皇貴妃という立場で後宮入りするはずで――なるほど！　分かりました！」

なにも分かっていないじゃないか。

一鈴は絶句するが、雨涵は「そういうことですね！」と勝手に納得していく。

「皇貴妃様は陛下から後宮で起きた問題の解決を命じられているのですね！　だから皇后という立場ではなく、あくまでも皇貴妃と皇后の代理のお立場で……あっ、だから他所の国にいらっしゃったのですか？　他国の情報を仕入れたり？　となると……言えませんよね。なるほど！　分かりました！」

違う。

命じられているのは、皇帝の暗殺だ。

しかし一鈴は否定が出来ない。雨涵の想像は勝手に広がり、「一鈴が密偵」という虚構に帰結していく。

刺客と思われなければ、いいのか。

一鈴は苦々しい気持ちで雨涵が満足そうに笑っているのを横目に見た。

そして、気になっていたことをひとつ問う。

「若渓のことは、どうするのですか」

柳若渓は、おそらく裏で雨涵に人殺しをさせようとしただけではなく、宮女を送り込み雨涵の品位を下げようと妨害工作を行っている。宮女は後で詰問するが、おそらく若渓が宮女を切り捨てるだけだろう。

「若渓のことは確かに悲しかったですけれど、別になんとかしてほしいわけではないのです。私は家族が無事ならそれで構いません。若渓とも、せっかく出会えたのだし、本当の友達になれるかもしれないのですから」

ありえない。

一鈴は心のなかで否定した。

若渓は人に人を殺させるよう仕向ける女だ。改心なんてものはないだろう。しかし雨涵は、夢想を確固たる未来として見ているらしい。怪訝な顔をする一鈴に微笑んだ。

「それに私、皇貴妃様に酷いことをしてしまいましたし、無知のせいで無礼なことをしてしまいましたが……皇貴妃様とも仲良くなれたら、嬉しいと思っているのです」

「は……？」

殺そうとしてきたことは、確かに酷いことだろうと思う。ただ家族を人質にされていたし、雨涵（ユーハン）には殺されないとの絶対的な確信がある。雨涵（ユーハン）に嫌悪はない。ただ、友達になりたいという言葉が、理解できなかった。

「妃はいくらでもいますよ。項明明（シアンミンミン）、全結華（チアンチュンファ）――若溪（ルオシー）以外にも、妃はたくさんいます」

「でも、こうしてお話し出来たのですから、せっかくですし！」

きつい。

屈託のない瞳を向けられ、一鈴（イーリン）は辟易した。

純粋な好意を向けられるのは初めてで、慣れていない。殺意や敵意のほうが落ち着く。

「どうかしています」

「そうでしょうか？」

一鈴（イーリン）がうんざりした顔をしているのに、雨涵（ユーハン）は気付いていない様子だ。最後にひとつ、確かめたいことがある。気を取り直して、話を続けた。

「目が見えづらいことを黙ってたのは何故ですか」

「え」

雨涵（ユーハン）は、ぱっと目を見開いた。

身体をびくりと動かし、何度も瞬きを繰り返すが、その瞳は一鈴（イーリン）の表情の詳細を捉えきれていない。

「わ、私が目が見えないなんて、そんなこと、あるわけないじゃないですか。ほ、ほらこうして、色とかも分かりますし、い、今皇貴妃様は、赤い服を着ています！」

「色の情報しか、まともに判断ができないから、でしょう」

一鈴はずっと不思議だった。皇帝と一緒にいると睨んでくると評判の雨涵が、一鈴が皇帝と歩いている時、一切反応をしていなかったからだ。なのに食事会の席では一鈴を睨み、またその次の散歩の時にぼんやりしていたのは、一鈴と皇帝がどちらにいるか分かっていなかったからだ。

雨涵は、視界の大部分がぼやけている。書を読めないのも詩がままならないのも、楽器が弾けないのも無教養ではなく、ただただ見えないだけ。

雨涵は睨んでいたのではなく、目を凝らしていただけだ。

「話をしてわかりました。家族のために人を殺そうとする人間が、後宮で腐ってるわけがない。皇帝に近づくのはともかく、書も詩も怠惰が理由で嗜まないというのはおかしい」

そして見えていないから、服も化粧も派手なものにされていたのだろう。

「賢妃という立場なら、眼鏡も新しく出来たのでは」

一鈴が問うと、雨涵はしばらく黙ったが、やがて観念した様子で俯いた。

「……私の目は、眼鏡じゃ見えづらいのです。眼鏡をかけても、意味がないくらい、見えないらしく……ですから、言ってしまえば後宮から、追い出されると思って……、妃でいれば、母様にも父様にも、皆にも、お金がいくから……」

雨涵はうつむく。

「家族ですか……」

罗家は没落した。

一鈴は、若溪の言葉を思い出す。お金がないから他の妃を蹴落とそうとしたのではなく、雨涵はただただ、苦境に立たされてもなお前向きに生きていただけだ。

それが、歪められていただけで。

そんな雨涵に、なにかしてやれることはないのか。

「すぅ」

一鈴が何を考えているのか悟ったらしい小白が、呆れ顔をした後、すぐに『言っちゃえ言っちゃえ』と前足を動かす。

一鈴はしばらく悩み、ため息を吐いた。

「……南のほうに、硝子を金具にはめ、物を見やすくする商人がいます。本来は狩りを目的としたものを取り扱っていますが、いま出回ってる眼鏡より、ずっといいものです。今日捕らえた男に、頼めば、なんとかしてくれるはずです——なぁ？」

先程から椅子に座り、一鈴に怯えている陣正を見やると、陣正はぶんぶん頷いた。

「すぐ、すぐ連絡します。絶対、絶対……」

「しなかったらどうなるか分かってるな。両腕、両脚どころかその首とお別れの挨拶をしてもらうからな」

「ひぃっ」

「駄目です皇貴妃様！　脅すのは！」

親が子供を叱るような言い方で、雨涵(ユーハン)は口を挟む。家族への脅迫による緊張状態が解けたからか、やけに気安い。しかし不快には感じず、一鈴(イーリン)は陣正(ジェンジャン)の衿から手を離した。雨涵(ユーハン)は改めて一鈴(イーリン)に向き直る。

「ありがとうございます皇貴妃様。いっぱい、いっぱい、ありがとう」

「別に」

もう用は済んだ。

一鈴(イーリン)は立ち上がる。これから、雨涵(ユーハン)に嘘を吹き込んでいるらしい宮女たちに事情を聞かなければいけない。

「あのっ一鈴(イーリン)様って呼んでもいいですか？」

雨涵(ユーハン)が聞いてきた。

距離の詰め方が尋常ではない。視力だけが理由ではなかったのか。

一鈴(イーリン)は雨涵(ユーハン)を見返す。

「一鈴(イーリン)でいいです。それに、かしこまった話し方も出来たらやめてください。疲れるので」

一鈴(イーリン)様。

その呼び方が、一鈴(イーリン)は嫌いだ。

様付けされるような人間ではないことなんて——日向に立つべき人間ではないことは重々承知しているからだ。

亜梦(ヤーモン)は、あっけらかんとしていたから大丈夫だった。

雲嵐は、そもそも呼ばない。けれど感謝の声音をにじませて、「一鈴様」と呼ぶ声は、苦しく辛い。

「じゃあ、私はこれで」

一鈴は陣正を引きずり、部屋を出ようとする。

「うん！　これからよろしくね！　一鈴！」

自分で言っておきながら、雨涵の適応力の高さに、一鈴は目をむきそうになった。

これからよろしくも何も、恐水病の件が片付けば、すぐに晴龍帝を殺して後宮を出ていく。しかし振り返れば花を咲かせるように雨涵は笑みを浮かべていて、呆れながらも「また」と嘘を吐く。扉を閉じると、そのまま足音を立てずに、出入り口とは反対の廊下に向かった。若溪と交流があり――雨涵に嘘を教えていたらしい宮女の背中を視界に捉え、一鈴は口角を上げた。一鈴は、「まっすぐ宿舎に帰らなければ殺す」と、雨涵を脅した陣正を放し、ゆっくりと宮女に近づいていく。

「雨涵様の衣装に関して――お話があるのですが、お時間よろしいでしょうか」

背後から丁寧に問う。

宮女が息を呑む音が、闇に溶ける。

全てを済ませた一鈴が外に出ると、丸い月が浮かんでいた。

小白を肩に乗せ、蓮花宮へ戻っていく。

「小白、夜伽のとき私が合図したら、燭台を倒して火をつけてくれ。小火程度でいい。頼んだぞ」

「しぅ」

小白は、すまし顔で頷いている。さらに、首をころころ動かし、身振り手振りで、血が撒かれたことについて訊ねて来た。

「実は、犯人の目星はついていたんだ。あの血は、猪の血だからな」

「しゅ？」

「ただ、その場合、すごく困るというか……今も、困っているけど……とりあえず、お前がいっぱい砂糖を食べられるように、頑張るから」

「しゅしゅしゅう！」

小白の頭を撫で、一鈴は天龍宮を一瞥する。そのまま夜闇に紛れていった。


皇帝が夜伽に訪れる日、閨をともにする妃は、朝に野菜の粥を、昼は桃餡の餅を、夕に鸡蛋汤を飲み、祈神殿で子に恵まれるよう祈祷し、陽輪殿地下、清麗の間と呼ばれる地下全体が大きな温泉となっている場所で湯浴みをして身体を清める。そして自分の宮殿に戻ると、自分の宮殿の花の香りを纏い皇帝を待つ。

皇后、もしくは皇貴妃の場合は、湯浴みをしたあと、花の香りをまとわせ、寝台の上で待っていなくてはならない。

夜伽を命じられた一鈴は蓮花宮の寝所で、蓮花の香りをまとい、普段の衣よりずっと薄い、胸が開けた緋色の衣を着て寝台の上に座っていた。

一鈴は、燭台のそばに小白を潜ませる。部屋にはまだ誰もいないが、部屋の外には、記録要員として、先日一鈴(イーリン)が骨の髄まで脅した陣正(ジェンジャン)のほか、天龍宮(てんりゅうきゅう)の宦官(かんがん)たちが有事に備え待機しているらしい。特殊な環境だと、一鈴(イーリン)は思う。

一鈴(イーリン)には経験がない。ただ、極悪人の屋敷を襲撃するにあたって、そういったことを見たことはある。しかし、それが普通ではないことも理解している。一鈴(イーリン)にとって血を繋ぐということは、他人事のように、自分には馴染みのないもので、鳥や魚の番うさまを見ている感覚だった。そしてこうして、部屋の外で誰かが待っているというのは、さながら交配としか感じられない。

何をするでもなく、一鈴(イーリン)は廉龍(リーロン)がやってくるのを待つ。やがて、待っていた足音が、廊下の向こうから響いてきた。

「遅くなった」

廉龍(リーロン)は夜着に身を包んだ状態で現れた。髪を洗い、乾かしてすぐに来たのか、黒髪が——特に前髪がいつもより長く、幼く見えた。

組み敷かれたら、背中に腕を回すふりをして、小白(シャオパイ)に合図をしよう。一鈴(イーリン)の思惑に反して、廉龍(リーロン)は一鈴(イーリン)のとなりに座った。

「え」

廉龍(リーロン)はそのまま何も言わず、一度深い呼吸を行い、視線を落としている。

どうしてこんな、夫婦みたいな姿勢で居なければならないのか。

どうやって事を進めるのか、何を考えているか分からない。もう小白(シャオパイ)に合図を出して小火を起こしたほうがいいのか。戸惑っていると、廉龍(リーロン)は一鈴(イーリン)の肩に手を回し、顔を近づけてきた。

今まで見てきた悪人と異なり、その瞳は情欲に濡れていない。神経を研ぎ澄ませれば、部屋の扉がわずかに開いていた。

見知らぬ宦官が、こちらの様子を検めていた。廉龍が、一鈴をまっすぐ射貫く。

「愛い顔をしているな。もっと、その顔を見せてくれ」

「え」

鼻先が触れ合いそうになるまで見つめられ、一鈴は目を丸くした。

なんとなくだが廉龍は色事を好まない印象だった。ただ自分の血を残し、螺淵を──自分の代の螺淵を安定させるため、血を繋ぐことだけの為に夜伽をしている。勝手にそう思っていた。だからこそ、小白に明かりを消させ、絞め落とせばそれで済むと思っていた。

「もっと近くに来い……」

なのに低く甘く、廉龍が囁く。想定外のことで、あっけなく一鈴は寝台に押し倒された。両腕を縫い止められ、廉龍の豹変にどうしていいか分からず、背筋に汗が伝う。ぎゅっと目を閉じながらも思い浮かぶのは、かつて助けてくれた少年の姿だ。

今、自分はあの少年に助けを求めているのか──。

一鈴は目を開くが、不思議と廉龍は無表情で、どこか周囲をうかがう素振りを見せた。

宦官はまだ中の様子をうかがっている。廉龍はそのまま一鈴の首筋のそばに、自分の顔を近づけた。しかし、それから動こうとも夜伽を進めようともしない。

しばらくして、廉龍は一鈴から身体を離した。その表情からは、これまで一鈴が見た悪人のような欲は感じず。ただただ、風のない雪の夜のように冷え切って、凪いだ瞳をしている。

夜伽に呼んだのは、廉龍(リーロン)で間違いないはずなのに。

「……もしかして、宦官(かんがん)が見ているからですか」

一鈴(イーリン)は声を潜めて問う。

「気配を悟ったのか？」

「いえ……今、気付いて……」

怪しまれたか。

しくじってしまった。一鈴(イーリン)が口を引き結ぶと、廉龍(リーロン)はわずかに身体の力をゆるめ、呟いた。

「今日お前を抱く気はない」

「えっ」

「ただ、ある程度触れておかねば、外の者たちがうるさい」

廉龍(リーロン)が頬に触れてきて、一鈴(イーリン)は身じろいだ。顔を上げれば廉龍(リーロン)は思案顔で、一鈴(イーリン)を見つめている。

「それに、不安に揺れる女を襲う趣味はない」

感情が顔に出ていたのか。一鈴(イーリン)はすぐ自分の顔に触れた。自分は、表情に出にくい性質だと思っていたのに。

なぜなら、自分は刺客だ。任務をこなし、螺淵(らえん)を良くするためだけに生きている。

感情はない……に越したことはないし、淡々と仕事をこなす、それこそ、自分だって凍てついた人間なのだから。

「私は不安なんて――」

「そもそも、ここ最近は、新たな難事も重なった。螺淵（らえん）に立つ者として、考えるべきことがたくさんある。お前がどうであれ、何もしない。そんな時間はない」

王家にとって、その血を繋ぐことは最重要事項のはずだ。刺客の自分が思うことではないかもしれないが、廉龍（リーロン）が夜伽に前向きではないということは、それだけ不自然なことだった。自分だけ権力を手にしていたい。子供が好きではない。思い当たる理由は、想像の域を脱しない。

民を想うのなら、血を繋ぐことを考える。

民を思わぬ冷酷な王だから、夜伽に消極的なのか。

政務に意欲的な王は、良き王ではないのか。

そもそも廉龍（リーロン）は、恐水病の対策に取り組むようだった。

しかし、廉龍（リーロン）は――、

「もう、よいか」

悩む一鈴（イーリン）から、廉龍（リーロン）は手を離し、寝台の横に置いていた環首刀を引き抜いた。一鈴（イーリン）は咄嗟に身構えるが、刃は廉龍（リーロン）の指を斬る。血がぽたぽたと寝台の敷き布に落ち、赤い斑点を生み出した。

「どうして」

「夫がいたことのない者は、無ければ怪しまれる」

淡々と話をしているが、皇帝は民を思えど、そのために傷つくなんてありえないことだ。一鈴（イーリン）は衝撃を受けながら自分の衣を破る。しなやかな指に絹織を何度も重ねきつく縛り上げると、その様子を眺めていた廉龍（リーロン）が口を開いた。

「お前は、誰かの為に、躊躇いもなく衣を破る」

「え」

指摘されて、一鈴（イーリン）はようやく気づいた。自分がよりによって始末対象の手当てをしているということに。

「天天（テンテン）が、怪我をした時も、自分の衣を破っただろう。脚も露わにしながら」

いつもより声音が優しい気がして、一鈴（イーリン）は、廉龍（リーロン）の横顔を窺う。

何を考えているか、分からない。

ずっと。

「……どうして、私の部屋に血を撒いたのですか」

今日、廉龍（リーロン）に聞くかどうか、ずっと迷っていた。

雨涵（ユーハン）は、血なんて撒いていない。そもそも、手に入れることすら危うかっただろう。目が殆ど見えないも同然で、日々の暮らしすら難儀し、蓮花宮（れんげきゅう）の前を、宦官（かんがん）たちに見つかっているとも分からずうろついていたのだ。宮殿に侵入すら出来ない女が、部屋に血を撒いて、『脅迫文』を書くことなどできるはずもない。

そして、丞相の娘である若溪（ルォシー）ですら、雨涵（ユーハン）ごと葬るためとはいえ、回りくどい手段を使った。亜梦（ヤーモン）など、足音のしない稀有な人物（同業者）がいない以上、蓮花宮（れんげきゅう）の人間に犯人と繋がっている者がいると考えていい。

そしてあの日、明花園(めいかえん)から一鈴(イーリン)がそのまま蓮花宮(れんげきゅう)へ帰らないよう、仕向けることが出来た者がいる。

食事に誘ってきた、廉龍(リーロン)本人だ。

「命じたのですよね。蓮花宮(れんげきゅう)の人間に」

あの怒りようからして、雲嵐(ウンラン)は噛んでいない。それ以外の全員か、一部の者なのか判断はつかないが、内部に犯人がいて、皇帝が関わっていることだけは確かだ。

「撒かれた血は人のものではなく、猪(豚)の血です」

そして、おそらくあの血は、皇帝と共に食べた、猪(豚)の血だ。

「人と猪(豚)の血の区別もつくのだな」

廉龍(リーロン)は動揺を見せない。

「はい」

一鈴(イーリン)は、あえて堂々と頷いた。少しでも弱みを見せれば、たとえ証拠があっても意味を失う。痛い思いをしたばかりだ。

「あの血は、新鮮なものでした。後宮内の品物は、食、織物問わず定められた間隔で、例外なく入ってくると聞きますが、あの日の血は、花のように鮮烈な赤でした」

普通、日が経つと血は黒くなる。保管なんてことは出来ない。直近で肉料理は出なかった。宮女に聞いたところ肉の保管場所に問題が発生し、妃および王族から、宦官(かんがん)たちのまかないまで、肉が出せなかったようだ。

しかし魚の血を使えば、必ず独特の生臭さが混ざる。

初めて蓮花宮(れんげきゅう)で血のにおいを嗅いだ時から、おかしいと思っていた。血は日が経つと、悍(おぞ)ましい色合いに変わり、黒黒とする。本来誰かが殺されたのかと怪しむものだが、人の血のにおいではなかった。雲嵐(ウンラン)は「誰かが殺された」と喚いていたが、一鈴(イーリン)は人間というものが、どれほどの血を流せば死に至るのか、死んでいくにあたってそのにおい、色、これらがどんなふうに腐っていくのかをよく知っている。忘れることなんて、出来ない。

「何故、あの日そのまま猪(豚)を私に食べさせたのですか。血を撒くならば、猪(豚)の話をするのは、悪手ではありませんか」

一鈴(イーリン)は、それだけが分からなかった。一鈴(イーリン)が血臭いの区別が出来ることを知らなかったにせよ、獣が出たこと、しばらく魚料理が出なかったことさえ分かれば、廉龍(リーロン)に疑いが向く。わざわざ肉の出どころを話したのはなぜなのか。

一鈴(イーリン)の問いかけに、廉龍(リーロン)はしばらく黙った後、呟いた。

「疑っていたからだ」

廉龍(リーロン)の瞳は、凪いでいた。

思い出したくない過去を振り返るような、僅かだが苦しそうな顔をしている。

「疑う?」

「ああ。お前が私の道を邪魔するものではないかと疑った」

「私が天天(テンテン)が襲われた場に、居合わせたからですか」

「——お前が後宮に入る前に、私を狙う刺客が入るかもしれないという調査報告が入った」

遊侠についてのことが、一鈴（イーリン）が後宮に着く前から漏れていたという事か。一鈴（イーリン）が絶句している間に、廉龍（リーロン）は視線を徐々に上げ、一鈴（イーリン）と目を合わせると話を続ける。

「天天（テンテン）を襲った者が、調査報告にあった刺客なのか、お前なのか分からない。だから、お前を皇貴妃にした。お前に有利な状況を作り出し、泳がせるために」

わざわざ、自分を殺す可能性のある人間をどうしてそばに置くのか。そう考えてハッとした。暴力によりまいたが、一鈴（イーリン）はずっと雲嵐（ウンラン）に監視され、動きづらい思いをしていた。位のないほうが、ずっと動きやすかった。

狙いは、自分の身動きを取りづらくするためだったのか。

「蓮花宮（れんげきゅう）に血を撒いたのは、蓮花宮（れんげきゅう）の中を調べるためだ。縁延宮（えんえんきゅう）から蓮花宮（れんげきゅう）に荷物を運びだすにあたっても勝手に調べさせてもらったが、その時は裏切り者の宮女が入り込んでいた時期と一致した。調べ直す必要があった」

「そのために、猪（豚）を殺したのですか」

「いや、あの猪（豚）は本当に緋天城（ひてんじょう）に侵入してきたものだ」

食事の時、廉龍（リーロン）は「殺した以上、最低限の敬意は必要だ」と語っていた。あれは本当の気持ちなのか。

「疑いは、晴れましたか」

「全く」

きっぱりと言われ、一鈴（イーリン）は固まる。

「さようですか……」

「お前が何を考えているのか、分からない。ただ、天天（テンテン）も懐いているし、お前が刺客でなければ、いいとは思う」

それはこちらの言葉だ。

一鈴（イーリン）は思う。晴龍帝（せいりゅうてい）は恐ろしいが、天天（テンテン）の飼い主であることを考えると、殺しづらさがある。天（テン）天（テン）の飼い主でなければいいのに。

「……すまなかった」

「え」

皇帝が、他者に謝罪をするなんて。

一鈴（イーリン）は絶句した。

これも、なにか刺客と疑っての罠かなにかだろうか。しかし心からの謝罪であった場合、その心を疑うのはあまりに酷い。いや相手は心を凍らせた王で……。

思考が絡み合いどうにもならない一鈴（イーリン）へ、廉龍（リーロン）は続ける。

「怖い思いをさせたなら、謝罪をする」

「……怖くはありませんでしたが、蓮花宮（れんげきゅう）の出入りは、自由にしたいです」

でなければ、小白（シャオバイ）が飢えて死ぬ。

「分かった。犯人を捕らえたことにして、警備を緩和することにする。お前につけた護衛の宦官（かんがん）が、こちらの想定以上に働いたようだからな。最初のうちは私に天天（テンテン）の世話を命じられたとでも言え。実際、天天（テンテン）がずっとお前を気にしている」

「ありがとうございます」

一鈴（イーリン）につけた護衛というのは、雲嵐（ウンラン）のことだろう。実際、雲嵐（ウンラン）はずっと一鈴（イーリン）を監視していた。そのため手荒な真似をせざるをえなくなったが、対象から絶対目を離さないのは、護衛にとって大切なことだ。

廉龍（リーロン）の返答に、燭台でこっそり自分たちを観察している小白（シャオパイ）が喜びくるくる回り始めた。

——本当ですね？　お菓子いっぱい食べれるんですね！

小白（シャオパイ）は小躍りしているが、燭台の炎で影が揺らぐ。目だけで注意しながら、ふと思う。

ではあの、「出ていけ」という流麗な文字はなんだったのか。

雨涵（ユーハン）は、字も書けぬほど目が悪い。だから、犯人ではない。蓮花宮（れんげきゅう）に猪（豚）の血を撒くよう指示したのは、廉龍（リーロン）が自分だと認めた。

ならば『後宮から出ていけ』という書き物はどうだろう。廉龍（リーロン）の指示ではなく、血を撒けと命じられた者の手心だったということか。

——あの書き物も、陛下のご指示ですか。

問いかけようとするが、廉龍（リーロン）がふいに一鈴（イーリン）に顔を向け、ぴたりと動きを止めた。

「もう寝る。お前も寝ろ」

用は済んだというように廉龍（リーロン）は一鈴（イーリン）に背を向け、横になっている。こんな状態で、眠りにつけるわけがない。

——恐水病対策が終われば、殺す。

一鈴（イーリン）はその背中を見つめた後、皇帝に背を向け窓の外を眺めた。

初めての夜伽を済ませたとき、一鈴（イーリン）はこれでしばらくの間は、淡々と時間が過ぎていくと思っていた。

しかし、

「あああ……」

一鈴（イーリン）は蓮花宮（れんげきゅう）の中にある小さな庭園で、籐の椅子に座り頭を抱えていた。横では小白（シャオパイ）が、自分の身の丈に合わせた手製の籐の椅子に座り、呑気に月餅をかじっている。少し宮女が近づくと、サッと姿をくらますが、また人の目が離れると、優雅に葉っぱを扇いでいた。

「お前はどうしてそんなに楽しそうにしているんだ……」

「しゅぅう！　しゅす！」

——砂糖に困らなくなりましたからねぇ！　最高なものですよぉ！　とでも言いたげに、小白（シャオパイ）は菓子を食べて身体を揺らす。「食べ過ぎだぞ」と月餅を取り上げようとすれば、小白（シャオパイ）はサッと隠す。小白（シャオパイ）本体を掴もうとすれば、逆立ちされて避けられた。攻防を続けていると、忙しない足音が聞こえてきた。

「一鈴（イーリン）！　一鈴（イーリン）！　一鈴（イーリン）！」

その声を聞いて、一鈴（イーリン）はげんなりする。

一鈴（イーリン）の悩みの大部分は、皇帝を殺せないことだが、最近そこに、新たな悩みが加わった。

「大きい声を出すことは、はしたないことではないのですか——雨涵（ユーハン）」

一鈴が咎めると、駆けてきた雨涵がハッと口を押さえた。大げさな動作に、結い上げた三つ編みが揺れる。澄んだ瞳は特殊な硝子を隔て、きちんと一鈴を捉えていた。

雨涵は変わった。眼鏡をかけるようになったことはもちろん、一鈴が絞ったことであの宮女は蘭宮を去り、それに伴い矜持なき娼婦のようだと言われていた雨涵の装いも、落ち着いたものに変わった。髪も整え、開けた視界に喜びを感じるようになったらしく、書を読みふけり、詩どころか楽も驚異的な速度で習得していった。もう誰も雨涵のことを、「つかえない妃」と嘲ることは出来ないだろう。ただ――、

「今日は！　古来の倫理思想について！　教えてあげようと思って！」

「結構です」

雨涵は、雲嵐以上に、隠密任務遂行の障害となる存在になってしまった。一鈴が書物や二胡、詩、劇に興味を示さないことを、「前の自分と同じように知識がなくて困っている」と明後日の解釈をして、あれこれと勧めてくるようになったのだ。

蓮花宮の宮女や宦官たちは、血が撒かれた時、たしかに雨涵を犯人扱いしていたが、犯人が捕まったと表向き処理されたことから、雨涵を蓮花宮に簡単に入れてしまう。挙句の果てに、眼鏡をかけ始めたことで自然と、今まで睨んできたのは目が悪かったからと納得していったようで、雨涵が一鈴に飛び込んでいっても邪魔をしない。雲嵐がぎりぎり、「はしたないぞ」と注意をするくらいだ。

一鈴は籐の椅子にしがみつくが、雨涵は「さあさあ」と言わんばかりに目を輝かせ、一鈴を学びの道に誘ってくる。

「遠慮しなくていいのよ？　これは助けてくれたお礼でもあるし！」

「な、なら、私ではなく、明明（ミンミン）様に――明明（ミンミン）様が、その雨涵（ユーハン）さんが目が見えづらいことに気付いて、助けようとしていたようですし」

助けようとしていたのかは微妙なところだが、実際雨涵（ユーハン）について正しい情報を教えてくれたのは確かだ。一鈴（イーリン）のほうも、お礼を言わなければならない。

「この後、行くのよ！　だからまずは一鈴（イーリン）から！　貴女は目がいいのでしょう。もったいないわ」

「間に合ってます」

「間に合ってはいないわ！　一緒に頑張りましょう！　できるわ」

「できない……」

「大丈夫よ！　私は頭が悪いから、自分に自信がなかったけど、見えるようになって、頭が悪くても勉強すれば良くなることに気付いたの！　一鈴（イーリン）は頭がよいのだから、知識をつければもっと輝くわ！勉強の休憩にお菓子も持ってきているから！」

お菓子という言葉に反応してか、小白（シャオバイ）は跳び上がった。籐の椅子を掴む一鈴（イーリン）の指を、一本一本外そうとしてくる。雨涵（ユーハン）は「可愛い！」と、小白（シャオバイ）の登場に驚きもしなかった。味方はいない。

螺淵（らえん）では人を嘲り見誤ることは致命的で、愚かなこととされている。

雨涵（ユーハン）と出会った時、こんな隙だらけの娘に寝首をかかれることなど、ゆめゆめないと思っていた。

一鈴（イーリン）は見くびっていたのだ。雨涵（ユーハン）の何もかもを。

だから自分は今、こんな目に遭っているのか。

後悔する一鈴(刺客)はそのまま雨涵(ユーハン)に引きずられていった。

❀

皇貴妃が倫理思想について賢妃に説かれた日の晩のこと。

淑妃項明明(シァンミンミン)の住まう躑躅宮(つつじきゅう)に、皇帝が訪れた。

「どうでしたか、皇貴妃様との夜伽は」

寝台に廉龍(リーロン)を縫い止めながら、衣をはだけさせた明明(ミンミン)が問う。躑躅宮(つつじきゅう)の寝台は、天蓋からのびる蕾丝编织(レース織り)の窗帘(カーテン)に包まれている。ほかの宮殿より織物など布工芸による調度品が多く、派手さからは縁遠いが、儚さや独特な異国情緒を併せ持つ部屋は、月光に照らされながら霊妙な雰囲気を醸し出していた。

「相変わらず、底が知れない女だった」

廉龍(リーロン)は明明(ミンミン)に衣を乱されながらも動こうともせず、部屋の扉に視線を向けている。

「母后様は、一鈴(イーリン)様をお気に召されているのでしょう?」

「だからこそ、あの女は信用ができない。あの女の父親は、母后に近い学者だ。何か噛んでいるだろう」

「血を撒かれ後宮から出ていけと脅されてもなお、真実を見出そうとしていましたが……もしかすると、刺客だからこそ、嫌がらせに動じないということも、ありますものね……」

明明(ミンミン)は自分の髪を耳にかけながら、扉の隙間からこちらをのぞく宦官(かんがん)を見やる。皇帝の夜伽は、皇帝と妃二人だけの秘密にはならない。窓でも扉でも、必ず監視されている。妃がおかしな気を起こさないよう、警備のためだ。

廉龍は皇貴妃との夜伽を迎えるにあたって、内々に夜伽中、周りに配置する宦官を増やしたらしい。暗殺を疑ってだ。しかし廉龍は殺されることなく、今もなお明明の目の前にいる。

――皇貴妃は信用できない、刺客かもしれない。お前も気をつけろ。

好天殿で廉龍が皇貴妃を迎えたと発表した晩、廉龍が躑躅宮にやってきて囁いた言葉がそれだった。廉龍が突然皇貴妃を迎え入れたこと、その妃が後宮にやってきてまもない、平凡な娘であることが信じられなかったが、刺客と疑ってとのことで納得した。

妃は、よほどのことがないかぎり後宮で一生を過ごす。四花妃は祭事で重要な役割を持つことも多く、日々芸事や教養を深め切磋琢磨するなど、不自由が多い。予備とされている位無き妃は、支給金は少ないが、自由に動くことが出来る。四花妃が死ねば大騒ぎだが、位がなければ一人二人死んだところで、大した騒ぎにはならない。夜に抜け出すことだって、四花妃でいるよりはずっと簡単だろう。

しかし皇貴妃には専属の護衛がつき、宮殿に何人もの宮女と宦官がついて、向けられる視線が位のない妃より圧倒的に多くなる。

監視のために刺客と疑う者を自分の手元に置くとは、もはや狂気の沙汰だが、廉龍が色恋に目覚め妃を見初めるよりずっと、馴染みやすい真実だ。

そしてとうの皇貴妃は、血が撒かれしばらくすると、蓮花宮を抜け出し明明のもとに現れ、蓮花宮荒らしの犯人として疑われた雨涵について訊ねてきた。雨涵を疑うのではなく、真実を懸命に見つけ出そうとする力強い瞳は好ましいが、護りを固められた蓮花宮(れんげきゅう)を抜け出し、なおかつ血を撒かれ後宮から出て行けと記されてなお、真実を求めようとした姿勢こそが、一鈴(イーリン)が刺客である疑いを、より一層強めている。

「普通の女性では、ないのでしょうね……」

「それだけは確かだな」

廉龍(リーロン)は扉に向けていた視線を、明明(ミンミン)に向ける。明明(ミンミン)は、廉龍(リーロン)と視線を合わせた。

「貴方が殺されると、私の望みも叶わなくなってしまいます……」

静かに、艶やかに囁く。

廉龍(リーロン)には、皇帝として立っていてもらわなければいけない。皇貴妃に殺されては困る。

自分は、暴かなければならない真実がある。

そのためには、何だってできる。

何にだって、なれる。

明明(ミンミン)は舞うように、窓へと顔を向ける。気怠げな瞳の奥には、確かな決意が宿っていた。

❀

螺淵(らえん)の中心地、黎涅(リンイエ)には、選ばれた者しか立ち入れない妓楼(ぎろう)がある。紹介を受け、なおかつ年賦(ねんぷ)を払わねば水一つ飲めないが、女は皆美しく、歌も舞も徹底した教育が施されている。他の妓楼では末端の女だけが客欲しさに身体を売るが、ここでは違う。どんな女でも、金があれば買える。

しかし頂点の女の一夜を買おうものなら、金が埋まる鉱山を掘り当てるか、人の道を外れるか、覇権を握るほかない。

　そんな妓楼の最奥、選ばれた者をもてなす部屋の中でも、最も豪奢で華やかな座敷で、美貌の男が金杯に注がれた酒を飲み干していた。客はその男ただ一人。左右どころか前後にも女を侍らせ、王のように振る舞い、酒を飲んでは口移しで女に飲ませ笑っている。輪からあぶれた妓女は淫らに舞う。いつしか酒器では注ぐ時間が勿体ないと酒は大皿に注がれ、むせ返るような香りが漂うとともに、部屋の中央に盛られた飾り果物も相まって、男はまさに酒池肉林の王だった。

　そんな男の元へ、一人の妓女がしなだれかかる。

「瑞（ルイ）様、他所の国はいかがでしたか？」

「景色は綺麗だったけど、ここよりいい女はいなかったかなぁ。ここには、世界で一番の女が揃っているからね」

　瑞（ルイ）と呼ばれた男は甘く微笑み、紅をさした妓女の唇を指でなぞるとそのまま口づけを交わす。妓女たちは、私も私もと、瑞（ルイ）を求める。

「でも、後宮の妃様方のほうが、お綺麗でしょう？」

　瑞（ルイ）に他国について問うた妓女は、巧みに拗ねて見せた。

　瑞（ルイ）はその髪をひと束すくう。

「どうだろう。ひとりの男しか知らない女は、所詮それまでの美しさしか、獲得出来ないだろうからね――君らと違って」

　瑞（ルイ）は螺淵（らえん）の第二皇子であり、この妓楼の上客だった。先帝が殺され、腹違いの兄が即位した騒動から逃げるように、世情調査を理由として他国に身を寄せていた。

　しかし、いつまでも逃げてはいられない。腹違いの兄が何の後ろ盾もない学者の娘を皇貴妃にしたと聞き、その皇貴妃を利用するため、戻ってきた。

「ただ後宮の女は、教え甲斐もあるだろうけどね。僕は君たちに、教わってばかりだから。逆の立場も新鮮かもしれないし」

「意地悪ですわ」

「冗談だよ」

　瑞（ルイ）は享楽にふける。妓楼の花窓から、うっすらと緋天城（ひてんじょう）の城壁が見える。外敵を防ぐための、高い壁だ。しかし一度敵が入ってしまえば、出るに出られぬ罠となる。

「凍王（ドンワン）の選んだ妃か――」

　誑（たら）し込めば、絶対的な武器になる。弱みなき男が、わざわざ急所を晒したのだ。瑞（ルイ）は侍らす妓女に身を任せ、夢見に誘われていった。

第四章　月の舞姫

蓮花宮の客間の中心には、大きな正円の机がある。中心は硝子の円が、その周りをぐるりと黒漆の胡桃の木板が囲う。硝子と木材、それぞれの素材を正しく測り、塗装の厚みまで計算して作られた机は、客間の中で最も目立つひと品だ。

しかし、成り立ての皇貴妃に謁見を申し込む者はおらず、晴龍帝も蓮花宮に来ることはあれど長居することはないため、無用の長物と成り果てていた。

「後宮にはね、たくさんの祭祀があるのよ！」

そんな机を、蘭宮の妃である雨涵が、バンバンと音を立てて叩く。

皇貴妃であり、蓮花宮の主人でもある一鈴は、疲労をにじませながら、雨涵がはりきる様子を眺めていた。

事の起こりは、半刻前に遡る。

外出禁止令及び、蓮花宮の厳重警備が解かれた一鈴は、小白の餌を長期的に備蓄しておこうと、木の実採取のために後宮内を散策していた。やがて雨涵を見つけ隠れていると、『砂糖があるんですから、お菓子がいいですよぉ』と、小白の裏切りに遭い、雨涵に捕まった。「もうすぐ園遊会ね！」とはしゃぐ雨涵への反応が鈍かったことで、雨涵の「園遊会を知らないの!? 教えてあげるわっ！」が始まった。雨涵は走り去ったかと思えば、大きな筒を持って戻り、そのまま蓮花宮に押しかけてきた次第である。

自分はいったい、何をしているんだろう。一鈴ははしゃぐ雨涵を前に、漠然と思う。

一鈴は、晴龍帝抹殺のために来た。確かに、祭祀の知識は必要だ。

しかし、雨涵（ユーハン）との交流は、晴龍帝（せいりゅうてい）抹殺に必要あるかないかといえば、必要ないと思う。もちろん情報収集は大切だ。しかし、ただひたむきに自分の知識を相手に分け与えたいと願う雨涵（ユーハン）の勉強会を、人殺しに利用するのは、嫌な気持ちがする。

かといって、ただ教養を深める目的で話を聞くのも、领导（頭領）や遊侠を裏切っているようで、難しい。

そして、いずれ去る刺客の自分と交流していても、雨涵（ユーハン）に利点なんて一つもないのだ。

「ちゃんと表を持ってきたから！　分かりやすく書き込みをしたの！　説明が終わったらあげるわね！　陣正（ジェンジャン）！　お願い！」

雨涵（ユーハン）が声をかけると、陣正（ジェンジャン）が部屋に入ってきた。懐から折りたたんだ紙を取り出し、机に広げていく。勉強会と自分について悶々としていた一鈴（イーリン）の意識が、ぱっと現在に切り替わった。

「おい、待て。何故お前が出てくる」

一鈴（イーリン）はしれっと蓮花宮（れんげきゅう）に入りこんでいた陣正（ジェンジャン）に驚いた。足音で蓮花宮（れんげきゅう）にやってきていることは分かっていたが、それでもなお、なにかの間違いだと思っていた。陣正（ジェンジャン）は証拠にならないまでも、いずれ柳若溪（リウルオシー）が何かをしてきたとき、切り札になるかもしれない存在だ。雨涵（ユーハン）が陣正（ジェンジャン）を庇うことや、一鈴（イーリン）自身目立ちたくない立場であることから、双方不問としていたが、雨涵（ユーハン）と行動をともにしているのは納得がいかない。

「え、えっと俺、この度、立て続けに辞めた宮女の代わりに蘭宮（らんきゅう）で働くことになりまして……」

陣正（ジェンジャン）は冷や汗を流しながら言うが、ほかの下働きの宦官（かんがん）と異なり、陣正（ジェンジャン）は位が高い。

「夜伽の記録係はどうした」

「あっもちろん！　記録も行っています！　ただ、十日に一度の記録整理以外、皇帝が後宮に来ないと暇で……その間、蘭宮のお手伝いをしようかなって……」

「盗みに入ろうとしてるんじゃないだろうな」

一鈴は陣正を睨む。それまで机の上にのっていた小白が「どうなんだオイ、お菓子出せよ」と言いたげに身振り手振りを交えながら、陣正の肩に乗った。

「ち、違います……！」

「やめて一鈴！　私がお願いしたことなのよ！」

雨涵が一鈴の腕にしがみついてきた。邪悪でない者に、それも鍛えていない、貧弱そうな体格の者に暴力は振るえない。一鈴は仕方なく陣正を苦しめる手を離した。

「どうして、陣正を蘭宮で預かろうとしてるんですか。この男には利用価値があるからそのままにしているだけで、蘭宮に入れるべきではないでしょう」

「そうなのだけれど……盗み癖があるって聞いて……」

雨涵は陣正の肩を持つが、盗癖があるからこそ、蘭宮の使用人として引き入れるべきではない。

「雨涵が追い出せないのなら、私が代わりにしましょうか？」

一鈴は人殺しだ。

だからこそ、同族には厳しくしなければいけない。

仲間意識を持ち同情すれば、割りを食うのは善なる市民だ。自分が悪人だからこそ、悪人がそれ以上人を傷つけないよう止める義務がある。賢妃であるが、暴力では陣正に敵わないだろう雨涵のそばに、棍棒で襲いかかってくる人間を置いていくのは問題がある。陣正(ジェンジャン)の肩をつかめば、雨涵(ユーハン)が割って入ってきた。

「わっ、や、やめて一鈴(イーリン)！　陣正(ジェンジャン)は今、盗んだものを妃に返して、謝っている途中なの。いい人になろうと、頑張っている途中なの。それに私自身、一人で悩んで、一鈴(イーリン)を殺しかけたり、悪いことを言ってしまった。過去は変えられない。背負っていくつもり。まだ一鈴(イーリン)に対して償いが終わってない中で、人の心配をするのは間違っているのは分かっているわ。それでも、困っているならその手伝いをしたいの」

　雨涵(ユーハン)は純粋かつ懸命に一鈴(イーリン)へ訴える。

　一鈴(イーリン)は一度、雨涵(ユーハン)を手酷く脅しつけた。皇帝の護衛とふざけた誤解はしていても、一鈴(イーリン)が力を持っていることを雨涵(ユーハン)は知っている。それでもなお、家族を殺すと脅してきた陣正(ジェンジャン)を庇おうとする雨涵(ユーハン)の姿勢が理解できない。

　ただ、眩しくは感じて、目をそらす。

「あ、あの、俺も、その、雨涵(ユーハン)様に、お許しいただいて……その、手当てとかも、してもらって、なにか、昔よりましな人間になれたらって……あの、今はお化粧とか、髪結いとか、衣装の見立てとか、勉強していて……」

　陣正(ジェンジャン)が言う。

「償い……ということですか」

　一鈴(イーリン)はしばらく陣正(ジェンジャン)と雨涵(ユーハン)を見つめ、ため息を吐いた。

雨涵の身なりを操作していた、黒子の宮女は辞めた。怯えて逃げるように去っていったらしい。一鈴が脅したことや、若溪からの処罰を恐れたのだろうが、そのあまりの怯えように、雨涵の装いを好き勝手されていたのを見過ごしていた一部の宮女や宦官たちも思うところがあったのか、何人かやめてしまったようだった。

「賢妃が望まない、茶会や宴の席で批判されるような装いをさせたら、お前を一番苦しむ方法で殺してやるからな」

一鈴は陣正を睨みつけた。雨涵は「そんなこと言うのは……」と止めに入るが、陣正はまっすぐ一鈴を見た。

「はい。その時は、俺を殺してください」

陣正は、狂気の沙汰のような他殺志願をしてくるが、その瞳は夜に棍棒で襲いかかってきたときより、ずっと正気に見える。

「その言葉忘れるなよ」

なんとなく分が悪くなったと感じた一鈴は、机に広げられた紙面に視線を移した。

そこにははっきりと見やすい字で、行事について事細かに記されている。

「この紙は、雨涵が？」

「もちろんよ！　一鈴にいっぱい酷いことをしたぶん！　いいことが出来たらと思って！」

以前妃たちの陰口で、雨涵は蚯蚓のぬたくったような字しか書けず、絵に至っては子供の走り書きと酷い言われようだったが、今の雨涵の字を汚いなんて、誰も言うことが出来ないだろう。努力を感じ、一鈴はなんとも言えない気持ちになった。

「さて、早速、これからの後宮の行事について説明するわね。まず、もうすぐ行われる園遊会！　好天殿の奥の水蝶園で、皇族や高官が……なんて言えばいいのかしら、親睦を深め合うのだけれど、皇后が参加する行事だから、きっと皇貴妃である一鈴も参加することになると思うわ」

雨涵が言うが、一鈴は疑問を抱いた。

また自分は後宮から出されるのか。

雲嵐は、一鈴が皇帝の子を孕んでも、外に出すぎていれば腹の子の父親が誰なのか疑われると言っていた。万宗は疑われないために雲嵐がいると言っていたが、皇后の代理として止むをえない行事があるならば、そうでない時は、もう少し行動が制限されていてもおかしくないはずなのに。

いやむしろ、一鈴が子を孕んだ場合、信憑性を疑われるように、当初後宮を出されていたのでは。

一鈴がふと思い至っていると、雨涵がにこやかに話を続けた。

「その日はたぶん、後宮から出られると言っても、自由にできるのは広間の中でだけだと思うわ。お手洗いに行く時間は決まっていると書物に書いてあったから」

「なるほど……」

一鈴が相槌をうっていると、雨涵はまた新たに紙面を取り出した。そこには、なにやら棺と……花が燃える図が記されている。

「園遊会が終わって、季節が変わると、魂心捧華の儀式があるの」

「魂心捧華？」

「緋天城のなかで、誰が神様の華にふさわしいかを決めて——選ばれた人は神華、と呼ぶのだけれど、神華に選ばれた人は、魂心捧華当日、花の棺に入って、燃やされるの。そうすると神様がよろこんで、向こう一年、螺淵に安寧が齎され、日照りもなく過ごせるというの」

それを人は、生贄と呼ぶのではないのか。

自分より年下の雨涵が、けろっとした顔で生贄の儀式を語りだす。一鈴はぞっとした。この世界に神などいない。いるとしたら、少年の形をしているし、そんな儀式は絶対に行わないと、一鈴は確信している。

だというのに、雨涵は、燃やされた神華が、華になったと本気で思っているのか。疑っていれば、雨涵は「あぁっ」と声を上げた。

「一鈴もしかして、魂心捧華を怖い儀式だと思っているの？」

魂心捧華だけではなく、雨涵のことも怖い。

しかしそれを口にすることもできず、ただ黙って頷くと、雨涵は笑みを浮かべた。

「大丈夫！　知らなくても恥ずかしいことではないの！　あのね、全て模擬なの！　選ばれた人は花の棺に入って、儀式が終わるまで眠るだけって聞いたわ！」

「ああ……なるほど……」

雨涵の発言も行動も、予測がし辛い。若溪に騙された、愚かさ——および無垢さに加え、猪突猛進具合と、思い込みの激しいところ、物腰が柔らかいのに、押しが強いところ——自分があまり人と触れ合ったことがないから、雨涵の相手をすることが大変なのかと思ったこともあったが、雨涵だから接することが大変なのだと、一鈴(イーリン)は気づきつつある。

　雨涵(ユーハン)は、「でも……」と困り顔をした。

「こうした祭祀や儀式のときはお渡りが無くなってしまうから、困りものよね。お渡りの回数に応じて、支給されるお金も変わってきてしまうし……」

「夜伽って、お金が関わっているのですか」

「そうよ！　私はお渡りのお手当を、家に送っているの！　お渡りの分だけ、弟や妹の学びや、家の暮らしが楽になると思うと、頑張らなきゃって思うわね！」

　逞しい女だ。

　一鈴(イーリン)は雨涵(ユーハン)にただただ感動する。自分はお金をもらえたとしても、夜伽はしたくない。絶対に。

「あれ、一鈴(イーリン)、もしかして……」

　夜伽に前向きではない一鈴(イーリン)の気持ちを察してか、雨涵(ユーハン)は自分の口元を押さえる。

　雨涵(ユーハン)はしばらく思案顔をした果てに、今度は不安そうにして、口を開いた。

「一鈴(イーリン)もしかして……」

　もしや、刺客ではないか、怪しまれているのか。

　雨涵(ユーハン)は一鈴(イーリン)が皇帝の密偵だと勝手に納得していたが、やはりあの妄想には無理がある。偽ってでも「そうね、夜伽がんばらなきゃね！」と、雨涵(ユーハン)に便乗しておくべきだったのではないか。

　一鈴(イーリン)が顔をこわばらせていると――、

「夜伽、失敗してしまったのね？」

「え」

違う。失敗どころか、してない。

しかし雨涵は、「今まで国のために働いていたから、男女のあれこれを知らないのね」と、とんでもなく一鈴の立場が危ぶまれそうなことを口にしながら勝手に納得している。

「大変ね、国のために働きながらも妃としての務めまで……」

「いや……」

どうやら雨涵の中では、一鈴は密偵として活躍しながらも妃として夜伽もしっかりこなす……今度はそんな妄想が組み上がっているらしい。

やめてほしい。切実に思う。

「あの、国のためとか、大きな声ではあまり言わないでいただけますか……」

一鈴は言う。この場には蓮花宮の宮女や宦官はいないが、陣正がいるのだ。陣正もどうやら雨涵の妄想世界の住人となっており、一鈴を刺客とは疑わないが、妄想発言をきっかけにいつ刺客と知られるか分からない。恐水病の件が落ち着くまでは、一鈴は後宮に潜伏しなくてはいけない。故に、雨涵は脅威だ。

「でも、大丈夫よ！　一鈴！　私がしっかり！　閨の作法を教えてあげるわ！」

「え……」

雨涵の言葉に、一鈴は自分の耳を疑った。雨涵はいやらしさなど微塵も感じさせず顔に、『役に立ちたい』と書いてあるように見える笑みで、自分の胸をどんと叩いている。

しかし、ちょうどお茶を持って部屋に入ってきた雲嵐が、あまりの衝撃に噴き出し、運んできたお茶を汚いと感じたのか、そそくさと戻っていった。

「私、これまで十回くらい、それよりちょっと多いかしら……とにかく！　夜伽は結構しているのよ！　基本的に陛下は後宮にいらっしゃったとき、明明様と結華様のもとでお休みしているけれど、私は三番目に多いの！」

「三番目？」

全結華と明明は廉龍に選ばれる回数が最も多いとは聞いていた。

しかしそうなると、消去法で若溪が四番ということになる。

「……四番手は、若溪様ですか？」

「うん！　一番は明明様、二番目は結華様なの！　明明様は凍王の寵妃って呼ばれているわ！　凍王の意味はわからないのだけれど、陛下のあだ名らしいの！　多分強いとかそういう意味だと思うわ」

雨涵は得意げに説明を始める。雨涵が凍王の意味をやや誤解していることも気になるが、雨涵が若溪を抑え三番手に君臨していることも引っかかった。雨涵は一鈴を除いた後宮の序列は四番目。位持ちの妃でいえば、最下位だ。そして何より……幼い。

「不思議なのだけれど、陛下は若溪のもとへ一度も行っていないのよね……丞相を前に気後れしているのかしら」

「そうだったのですね……」

雨涵の元へは、両手で数えられないほど向かっている。更にその上の存在もいる。一鈴はずっと、何故若溪（ルォシー）が、最も自滅しそうな雨涵（ユーハン）を利用し、自分へけしかけてきたのか理由が分からなかった。雨涵（ユーハン）が一番騙しやすいと考えていたが、夜伽の回数もあったのかと納得する。

「それにね、一鈴（イーリン）。私、夜伽が始まる前に、いつも寝てしまうのよ？　後宮に来る前は日暮れとともに眠って、平旦（3時～5時）に起きる生活をしていたけれど。陛下がいらっしゃるのは人定の終（23時頃）で、もう眠たくて眠たくて……お顔を見たあとの記憶がないことも多いの。だから慣れなくて不安かもしれないけど陛下に任せていれば大丈夫！」

「記憶がない……？」

眠たがりとはいえ、そうやすやすと十回以上連続で眠り、その後の記憶がないというのは、流石におかしい。

　実際、脅された雨涵（ユーハン）が一鈴（イーリン）を殺そうとした時は、すでに日が暮れていた。あのあと話をした時だって、雨涵（ユーハン）は元気だった。

「雨涵（ユーハン）……眠る直前に見えた景色は、どんなものでしたか？」

「景色は、陛下を蘭宮（らんきゅう）の前までお迎えして、そのまま寝台のある部屋に一緒に行って……ああ、陛下は夜伽のときに、薫衣草（ラベンダー）と……檜かしら……いい香りがして、そのあと寝台にお招きをして……？　あとは覚えていないわ」

　寝かしつけられていないだろうか。

　一鈴（イーリン）は腹を膨らませた小白（シャオバイ）を菓子から引き剥がしながら考える。雨涵（ユーハン）が嘘をついているようには見えない。廉龍（リーロン）が雨涵（ユーハン）を煩わしく思い、寝かしつけて事に及んでいるか、それとも――雨涵（ユーハン）と血を繋ぐことを望んでいないかだ。一鈴のとき、皇帝は「今日は政務が多く疲れた」と言って、一鈴に何かをしてこなかった。

皇帝は、結華か明明との子供だけを欲しているのか。しかし、明明は――……。

緋天城の勢力図の観点から考えると、全家は螺淵の中で代々力を持っている家の娘。結華自身は夫を亡くした寡婦。明明は富豪の娘だ。歴史は全家に劣るが、資産だけで考えれば、项家に軍配が上がる。

ここで引っかかってくるのが、廉龍が夜伽に向かわないらしい水仙宮の徳妃――柳若溪が、丞相の娘であることだ。

廉龍は丞相と距離がある。確かに若溪とは契り難い。しかしその娘を陥落させ、自分のものとするほうが、後の政に有利な気がする。それとも、若溪との間に子供が出来ることで、柳丞相の力が強まることを恐れているのか――？

どちらにせよ、廉龍が若溪を扱いづらい相手と考えている可能性は高い。

「一鈴、そんなに考え込んでどうしたの？　夜伽、怖い？　一度目の夜伽で失敗してしまったから？」

長く考えすぎた為か、雨涵が心配そうに一鈴の顔を覗き込む。

「いや……」

一鈴が首を横にふると、雨涵は一鈴の背をぽんぽん叩いた。

「そう？　もし、失敗して殺されたらどうしようって思っているのなら安心して！　陛下は怒りっぽいと聞くけど、私の首はほら、繋がっているし、一鈴は陛下が選んだ妃なのだから、きっと寝台で寝てて陛下を蹴飛ばしてしまっても、大丈夫よ！」

それは厳しいんじゃないか。

蹴落として許されることより、そのまま二度と目覚めないようにされるほうが、ずっと想像し易い。

否定したくなるものの、こちらを元気づけようとする優しさは伝わってくる。脱力していると、お茶をいれなおしてきたらしい雲嵐が戻ってきた。

「ったく二度手間じゃねえか、そもそもなんで俺がお茶出しなんか……」

「あ、ありがとうございます、雲嵐」

盆を抱え部屋に入ってきた雲嵐へ、一鈴は礼を言う。

「おう、ありがたく思え……ってお前！　客の前で糖獣出すなよ。無礼だぞ」

雲嵐は机の上にのる小白を見て、露骨に嫌な顔をした。しかしすぐに雨涵が首を横にふる。

「私は大丈夫！　小白くんにも会いに来ているから！」

雨涵が小白を可愛がる。その姿が亜梦と重なり、一鈴は視線をそらす。

雨涵は、糖獣に対しての抵抗が驚くほどなかった。お菓子につられて現れた小白を「まぁ！　宠物？」としか言わず、かといって糖獣を知らないわけでもなく、「糖獣って嗅覚が鋭いから、事件の調査をお願いしている国もあるのよ」と、一鈴の知らない知識まで披露してみせた。

しかし、今日初めて小白と相対した陣正は、「糖獣……!?」と、恐恐としながら小白を観察し、小白は面白がって陣正を馬鹿にする。あの晩、意識のない時、顔をはたかれていたと聞いたら、陣正はどんな反応をするのか気になるが、それよりも知りたいことがある。一鈴は陣正に菓子を要求しているらしい小白を放置し、雲嵐に顔を向けた。

「あの……何故雲嵐がお茶出しをしているのですか」
雲嵐は、仕事に好き嫌いがある。宮女が一鈴の髪を整えたり、衣服を着せるとき、口は出すが、手は出さない。護衛でなければ出来ない仕事以外はしない。給仕作法に口は出しても、手は絶対出さないはずだった。

「宮女たちが零さないようのろのろ歩いていたから、湯が冷めると凄んだら、じゃあ貴方がやってくださいって言われたんだよ。あれこれ口ばっか出してきて、我慢の限界なんだと」

まさにそれが原因だったらしい。

「お前がちゃんと教育しないから、俺の仕事が増えてるんだからな」

雲嵐は一鈴をじろりと睨む。宮女の一人が反発したのかと茶を見つめるが、「宮女たち」と雲嵐がまとめて言っていたことに気付いた。

「雲嵐に反発する宮女は、一人ではないのですか」

「全員だよ。全員俺に歯向かう。どうなってるんだよこの蓮花宮は、狂ってるだろ。碌でもない。万宗野郎の味方しかいない伏魔殿だ」

「ああ……そういえば、蓮花宮の前で、万宗さんを罵倒していましたね」

一鈴が夜伽を終えた朝、蓮花宮に万宗がきたのだ。その時、蓮花宮の門で雲嵐とかち合い、雲嵐は万宗に憎まれ口を叩いていたが、それを蓮花宮の宮女たちが見ていた。

「なんであんな陰湿な万宗野郎が人気なんだ。おかしいだろ。俺のが強くてかしこいのに。俺のが人気で然るべきだろう」

雲嵐は不服そうに茶を並べ、雨涵は茶を受け取りながら礼を言い、美味しそうに飲んでいる。

一鈴はやれやれと思いながら、時計を見やる。もう日昳に入ろうとしている。

後宮の祭祀については気になるが、そろそろ迎えがくる時間だ。

「すみませんが、そろそろ私は、行くところがあるので」

「え、一鈴どこへ行くの？」

「ちょっと……天天のもとへ」


雨涵たちと別れた一鈴は、蓮花宮にやってきた馬車に乗り、明花園とは別の花園に向かった。

――天天に会いに行ってやってくれ。

蓮花宮を荒らした犯人が捕まったと架空の情報が流布されてから、一鈴は後宮内の花園で天天と会うようになった。迎えは天龍宮で仕えている宦官だが、雲嵐を蓮花宮に置いていける。蓮花宮での『一鈴を外に出してはならない』という監視体制が変わりつつあった。

一鈴は、自分への監視体制が緩められたことに安堵しながら、花園を進む。

天天との逢瀬の場は、天龍宮の中庭だ。中庭には噴水があり、東西南北に宝石の瞳を持った、龍、虎、雀、亀の石像が水を恵むような造りになっている。四神と呼ばれ、螺淵で親しまれている動物たちで、螺淵では龍が最高位とされているが、ほかの国では亀が最高位だと主張するなど、四神への信仰は多様だ。実際一鈴は、神は動物の形ではなく、少年の形をしていると考えている。

神から賜った小刀で、木彫りの神を彫り、根付にしたこともあった。しかし、職人でもない自分が、木に神を宿すことなど出来ないことも分かっている。それでもお守りにし、すがっていたが、最後は名も知らない青年に渡した。

自分と同じように、絶望で瞳を曇らせた、青年に。

過去にひきずられそうになりながら歩いていると、髪に隠していた小白（シャオバイ）が、肩で地団駄を踏み始めた。わかった、と、頭を撫でてやる。

歩いていると、あっという間に待ち合わせの亭に到着した。宦官（かんがん）たちは、一鈴（イーリン）からそっと離れ、それ以上進もうとはしない。天天（テンテン）を恐れてのことだ。一鈴（イーリン）にとっては従順な虎だが、ほかの宦官（かんがん）や宮女に吠える、噛みつくは当然のことらしく、一鈴（イーリン）が側に居ても、天天（テンテン）はほかの宦官（かんがん）が近寄ったりすると、攻撃しようとする。廉龍（リーロン）に対する威嚇は、ある種の甘えともとれなくはないが、他者に対しては殺意を向けていた。

そのため、宦官（かんがん）たちは、万が一を恐れて腕に防具をつけている。

一鈴（イーリン）がそこまで付き添ってくれた宦官（かんがん）に礼を伝えていると、「グウゥゥ！」と雄叫びとともに、木々の隙間から天天（テンテン）が飛び出てきた。気配は察知していたが勢いまでは計算していなかった一鈴（イーリン）は、慌てて天天（テンテン）を受け止めてそのまま原っぱに転がる。ふさふさとした毛並みが頬を撫で、くすぐったさに身をよじりながら、その顎を撫でた。

「もう、なんだ天天（テンテン）。私のことを待っていてくれたのか？」

「グォ、フス、スー」

天天（テンテン）は喉を鳴らし一鈴（イーリン）にじゃれ付く。一鈴（イーリン）はひとしきり天天（テンテン）を撫でた後、小白（シャオバイ）用の砂糖袋や、金を入れている巾着を落としていることに気付いた。砂糖袋は中身も出ていないが、金の方は紐の締め方が良くなかったのか、銀貨や中に入れていた紙が落ちている。

「あら、大変。お金が落ちているわ」

一鈴が銀貨を拾おうとすると、すっと隣に誰か——香栄がしゃがみこんだ。「駄目でしょ。お金の巾着はちゃんと紐を締めないと」と、親が子に諭すように優しくたしなめる。その後ろには、四人の護衛がいて、じっと一鈴を監視していた。

「あ、ありがとうございます」

「ふふふ。虎さんと一緒に来てみたら、虎さん急に走り出して、一鈴さんに激突してしまったんだもの。驚いたわ」

香栄は巾着に入っていた紙を戻し、「紙幣は七枚、銀貨は八枚で合ってるかしら？」と問う。一鈴が頷けば瞳に弧を描いた。

「それにしても一鈴さん。お久しぶりねぇ。廉龍、全然一鈴さんに会わせてくれないから……大切にしてもらっているのねぇ？」

「え、ええまぁ……」

親切にしてもらったが、同時に答えづらい質問をされてしまったことで、一鈴はついつい笑みを引きつらせる。香栄は気付いているのか、いないのか、ずいと距離を縮めた。

「でもこんなに華奢なお嬢さんに獰猛な虎の世話を任せるなんて——ねぇ」

「あはは」

廉龍は一鈴が刺客ではないかと疑っていたらしい。しかし、香栄はどう思っているのか。そもそも廉龍が香栄にその想いを伝えているのか。だらだらと背中に冷や汗をかく一鈴は、笑って言葉を濁す。

「あ、そうそう、もうすぐね、瑞が帰ってくるらしいの」

香栄が思い出したように言った。

「瑞……様？」

瑞、たしか以前、香栄の言っていた廉龍の異母弟だと、一鈴は思い返す。

廉龍が父を殺したことで、身の安全のためによその国に行っていた第二皇子だ。戻ってくるということは、身の安全が保証されたということか。

「ええ。瑞が戻ってきたら、廉龍のお嫁さんになるかもしれないって、一鈴さんのことを紹介しなくちゃね。もしかしたら、あの子、後宮に勝手に入り込んでしまうかもしれないけれど……」

後宮は、宦官でもない限り男は入れない。商人すら去勢を行うと聞いたばかりだ。王族とは言え、許されるのか。それとも瑞は去勢をしたのか、去勢をしたから、緋天城に戻ってきたのか。

「後宮に入り込む……？」

「ああ、先帝の直系の子供は、後宮に入ってもいいことになっているの。先帝の兄弟は、いけないのだけどね、子供はいいのよ」

驚愕で表情が固まった一鈴を見て、香栄が微笑む。

皇帝の血を――総龍帝の血を増やしていく目的だけ考えれば、王弟が後宮に入り込むことは咎められないだろう。しかし、血が増えれば増えるほど、争いも同じように増える。争いが増えるということは、そのぶん血も流れるということだ。

「もし、間違いが起きたらどうするのですか……」

「今は……あまり褒められたことではないけれど、昔はね、子供はいればいるほどいいって考えだったの。たくさん男児がいて争えば、より強い者が皇帝になる。今は一番最初に生まれた男児が皇帝になるけれど、昔はたくさん産んで、一番最後に残った者を皇帝にしていたらしいわ。蠱毒（こどく）みたいなものよ」

　蠱毒は、器に生き物を詰め、殺し合いや共食いをさせるというものだ。毒のある生き物にさせれば、共食いの過程で毒をより濃縮することが出来る。

　人間で行えば、どんなに血とはかけ離れた生活をしていた者でも、自然と殺しを身につけ、化け物として完成する。

　一鈴（イーリン）は、喉の奥がぎゅっと絞られた感覚がした。右腕がずきずきと痛み、首の後ろに隠れていた小白（シャオパイ）が、心配そうに動いている。

　天天（テンテン）も、一鈴（イーリン）の異変を感じ取ってか、尻尾を揺らすのをやめた。

「怖がらせてしまったみたいね。でも、安心して？　そういうのはもうないことだから。今は、廉龍（リーロン）の身体に問題がないかぎり、たとえ瑞（ルイ）が後宮の誰かと家族をつくっても、意味なんてないの」

　香栄（シャンロン）は、一鈴（イーリン）が廉龍（リーロン）を想って複雑な表情を浮かべたのだと勘違いしたらしい。励ますように、一鈴（イーリン）の背中をさする。

「それに、昔の人たちは、皇帝の子どもたちを後宮に入れて、闇雲に殺し合いをさせていたわけでもないの、皇帝に問題があるとき、皆には内緒で、先代の直系が代わりに血を繋ぐってこともしていて——秘密の話だけれどね。一鈴さんだから言うのよ？」

香栄が微笑む。

香栄は一鈴を未来の皇后として接してくるが、一鈴にその気もなければ、廉龍もその気はないだろう。一鈴を皇貴妃の座につかせたのは、監視のためだ。

「だから、皇帝の直系の子供は、入っても大丈夫。瑞もそれは知ってるし、入れてしまうだろうから、一鈴さんに会いにいくかもしれないわ。もしかしたら、瑞のほうがいいと思うかも。廉龍よりずっと愛想も良くて、明るい子だから。最初は、瑞のほうが皇帝になりたがっていたし、廉龍は位にまったく興味がなかったくらいだから」

「もしかして……陛下は、皇帝になることを望んでいなかったのですか？」

取り乱した一鈴に、香栄はあっさりと肯定する。

「そうよ。廉龍ね、初めて戦に出て——すぐあとの事かしら。お金や王権の象徴である品物を持って、逃げてしまったこともあったの。あの子が十三歳の時よ。あの子の誕生日を祝う祭祀の準備を利用して逃げてね、緋天城の中が大騒ぎになったわ。小さい頃から利口なところがあったから、こっそり宦官の服を盗んで、自分で縫って町民に変装して……やりたい放題よ。代々受け継がれていた王権の象徴は失くすわ、虎は拾ってくるわで……大変だったわ」

王権の象徴というのは、憶宝の間で見た、謎の空白の品物だろうか。

それにしても、廉龍が皇帝になることを望まないどころか、初陣を済ませたあとに緋天城から逃走をはかっていたなんて、思いもしなかった。

　どうして、廉龍は父親を殺して皇帝になったのだろう。瑞の存在があるとはいえ、廉龍が皇帝になるということは、皇子の段階から確定事項だったと聞く。それに、廉龍を皇帝にと望んだのは、殺された総龍帝本人だ。

　そもそも、総龍帝は廉龍に切り捨てられたらしいが、どこで、どのような経過を経て殺されたのか知らない。

　衝動的に、殺したのだろうか。

　どうして？

「あなたも、廉龍に自分勝手なことをされたり、言われたりしていない？」

　廉龍について思いを馳せていると、香栄が問う。

「何かされて嫌だったら、いつでも教えて？　それに、自分でなんとかできそうなら、叩いちゃってもいいから」

　一鈴は廉龍に部屋に血を撒かれた。さらには廉龍をいずれ殺す予定もあるが、叩こうとはとても思えない。

「いや……」

「ふふふ、そんなに緊張した顔しないで。からかっているわけではないのよ？　私、貴女と接するたびに、娘ってこういう感じなのかしらって、思っているのだから」

　返事に迷う一鈴に、香栄は手を伸ばした。「目が丸くて、子供みたいで可愛いし」なんて続けてきて、もっとどうしていいか分からなくなった。香栄(シャンロン)の護衛はずっと同じ、淡々とした表情で職務を全うしており、余計居心地の悪さが増す。

「廉龍(リーロン)のこと、よろしくね」

香栄(シャンロン)はそう言って、悠然と去っていく。

硝子のように澄んだ声音には、不穏な響きを纏っているように感じた。

花園で天天(テンテン)との逢瀬を終えた一鈴(イーリン)は、用意されていた馬車を断り、虹彩湖(こうさいこ)へ向かった。ここ最近は商いが多く賑わっていたり、夕餉前にもかかわらず雨涵(ユーハン)が飛び込んできたりして機会がなかったが、今日は商人の来ない日だ。明明(ミンミン)に雨涵(ユーハン)について教えてくれた礼をすべく、一鈴(イーリン)はここに来た。

いくぶん日が沈みかけているなか、いつもどおり舞を披露する明明(ミンミン)の姿がある。周囲には誰もいない。

明明(ミンミン)は薄紫の羽衣のような肩掛けを纏い、透ける素材をはためかせている。身体を構成するすべての部位が細く、儚く感じる。今日は化粧をしていないか、もしくは落としているらしい。元々血色や色素が薄いのか、月光に溶けてしまいそうだった。

以前、雨涵(ユーハン)は化粧が濃いことでよくやり玉に挙げられていた。宮女を入れ替えた今では、雨涵(ユーハン)の化粧は素材を生かす物に変わったが、明明(ミンミン)の化粧は美しさに干渉するものではなく、存在感を補強するものなのかもしれない。雲嵐(ウンラン)が白い紙の上なら何でも描けるといっていたが、人間もきっとそうなのだろう。

しばらく明明(ミンミン)の佇まいを眺めていると、ざくざくと、草木や花々を顧みないような、無粋な足音が響いてきた。反射的に物陰へ身を隠すと、やがて明明の元へ、曲線を描いた黒髪の男が近づいていった。高官とも大臣とも判断のつかない、鼠色の衣を纏っている。侵入者にしては上等な装いだ。宦官――ではない。歩き方で、一鈴は瞬時に悟る。

「君が廉龍のお気に入りかな。美しい舞だね。まるで天女のようだ」

男は甘い声音で、明明に近づいていく。

「どちら様でしょうか……」

「廉龍から聞いてない？　僕は――」

男は、明明の腕に手を伸ばす。その瞳は、獲物を捕らえようとする、獣のような瞳だ。これまで何人もの女を手籠めにしてきた悪人と寸分違わない。

――こちら側だ。この男は。

一鈴は飛ぶように駆けると、すぐさま男の手首を掴み、明明と男の間に割って入った。

「彼女は淑妃です。晴龍帝の妃であられます。それ以上の接近は、皇帝陛下の意にそぐわないどころか、不敬であることと存じます」

「あ……」

背を向けていても、明明が驚いているのがなんとなく分かった。自分でも、驚いている。一鈴が後宮に訪れた目的は、治安維持ではない。皇帝を殺すためだ。ある種後宮の和を乱すためにやってきた。なのに、どうして自分は晴龍帝の名のもとに口上まがいのことをして、淑妃の前に躍り出ているのだろうか。髪に隠している小白から、「シッ」とせせら笑う声が聞こえる。

「――あはは、怒らせちゃったかなぁ……あ、君……」

男は一鈴（イーリン）の着ている衣をじっと見つめる。「緋色……君がぁ」とつぶやくと、なにか金目の物を見つけたような、さきほど男が明明（ミンミン）に向けた瞳とは比べ物にならないほど、欲や心の深い闇をむき出しにした笑みを一瞬だけ浮かべ、すぐに穏やかに微笑んだ。

「なるほど、君が一鈴（イーリン）ちゃんか……会いたかったよ」

「会いたかった……？」

「もちろん！　廉龍（リーロン）がどんな子を選んだかって、気になっていたんだ」

廉龍（リーロン）。

皇帝を呼び捨てにするということは、敵国の者、もしくは身内しかいない。一鈴（イーリン）はもしかしてと、男の顔を見た。

目尻の下がった柔らかな瞳は、どことなく先帝の面影がある。思えば、香栄（シャンロン）から、廉龍（リーロン）の異母弟である瑞（ルイ）がもうすぐ帰ってくると聞いていた。

「……もしかして、貴方が、第二皇子の――」

言いかけて、瑞（ルイ）、明明（ミンミン）、そして宦官（かんがん）以外の足音が、こちらに近づいていることに気づき、一鈴（イーリン）は言葉を止める。やや殺気立ち、怒りすら滲ませながらも、俊敏に動くこの音は――、

「そう。瑞（ルイ）っていうんだ。宜しくね。一鈴（イーリン）ちゃん」

明明（ミンミン）を襲った怪しい男――瑞（ルイ）は微笑み、一鈴（イーリン）に顔を近づけてきた。しかしすぐに、一鈴（イーリン）は後ろから力強い手に腕を掴まれ、引っぱられた。

「何をしている」

廉龍（リーロン）の声が、すぐそばで響く。

——やっぱり。

足音で廉龍（リーロン）の接近に気付いていた一鈴（イーリン）は、おそるおそる振り返った。

異母弟を前にしている廉龍（リーロン）の表情は、母は違えど弟を前にしたとは思えないほど冷ややかで、心なしか、額には汗が滲んでいる。遠くには万宗（ワンゾン）が控えていた。

廉龍（リーロン）の威圧に対して、明明（ミンミン）も驚いて、様子をうかがっているようだ。しかし瑞（ルイ）だけが、「なに怒ってるの？」と、飄々としている。

「なにも夜這いしてるわけじゃないんだから、そんなに怒らないでよ」

「そういう問題ではない」

廉龍（リーロン）は即座に返す。

「瑞（ルイ）、お前は帰城に関して、報告をしろ。周辺国の調査報告はどうした」

「ああ、そんなのは後でするさ。それより、皇貴妃の一鈴（イーリン）ちゃんや、淑妃の明明（ミンミン）ちゃんと挨拶したいな。ふたりとも廉龍（リーロン）のお気に入りなのでしょう？　どっちかが皇后になって、俺の妹になるかもしれないんだからさ。ああ、明明（ミンミン）ちゃんはお姉ちゃんかな？」

お姉ちゃん。

瑞（ルイ）が言った瞬間、隣りにいた明明（ミンミン）から、背筋が凍るような殺気を感じ、一鈴（イーリン）は即座に振り向く。明明（ミンミン）は、人を殺したことがあるようには思えない。こちら側ではない。先程瑞（ルイ）に馴れ馴れしくされていたときも、迷惑そうな雰囲気はあったが、怒りまでは感じなかった。なのに今、明明からは憎悪を感じる。

「皇貴妃も淑妃も、皇后になるとは限らない。報告が出来ない使者はいらない。父親と同じ道を辿りたくなければ……」

「わかったよ」

瑞はどうやら、逃亡したのではなく、使者として他国に行っていたようだ。となると、瑞が殺されぬよう螺淵を離れたというのは、間違いだったのかもしれない。それか、逃亡のため使者として他国に行くことを、自ら志願したか、どちらかだろう。瑞は宦官に付き添われながら、その場を後にする。

「それで、皇貴妃はここで何をしていた」

廉龍の標的が、瑞から一鈴に代わった。「明明様に、お礼を」と口にすれば、廉龍はさらに不機嫌になった。

「礼？　礼をされるほどの接触があったのか。聞いていないが」

次に廉龍の標的が、明明に代わる。一鈴が明明に接触するのを、嫌がっているような態度だ。

「ただ、虹彩湖で話をしていただけです」

明明は首を横に振るが、廉龍は気がすまないようだった。

「……皇貴妃に構うなと言ったのを忘れたのか」

「しかし、私は彼女について知りたく存じます」

「必要ない——万宗」

「はいっ」

廉龍が呼ぶと、万宗はすぐに近づいてくる。

「皇貴妃を蓮花宮に連れて行け。きちんと部屋に戻るか確認しろ。私は瑞を追う」

万宗に命じた廉龍は、明明に顔を向ける。

「淑妃、お前は自分の宮殿に戻れ、余計な気を起こすな」

「承知いたしました——陛下」

明明は一人去っていった。刺客の疑いがある一鈴を万宗に任せ、廉龍は瑞を追い、明明は宦官をつけられることなく一人で帰される。

普通、心配しているのなら、宦官を呼ぶくらいはしないだろうか。

淡白ならまだしも、さきほど廉龍は明明に対して、一鈴と関わるなと注意していた。皇貴妃に構うなと廉龍は雨涵にも言っていたが、その時とは異なり、なにか深い意味があるように思う。

「行きましょう、一鈴様」

廉龍、そして明明が去ってもなおその場に留まっていると、万宗が優しく微笑む。先程まで夕焼けの残光に照らされていた周囲は、真っ暗になっていた。

「あ——はい」

一鈴は間抜けな返事をして、万宗の後に続く。夕餉の配膳が始まっているかもしれない。今日は明明に礼を伝え早々に立ち去るつもりだったが、雲嵐にどこをほっつき歩いていたと咎められるだろう。

「時間が読めない奴は～」なんて、小言も始まるに違いない。万宗は部屋まで送り届けるよう、廉龍から命じられていた。雲嵐の機嫌がより一層悪くなる……。

帰る前から疲労感を覚えながら、万宗に付き添われ歩いていると、ふいに万宗が一鈴に振り向いた。

「あの、陛下は一鈴様を心配なさってのことで、怒っているわけでは、ないのですよ」

気遣うようにして、万宗が微笑む。刺客を心配するはずがない。万宗は、廉龍が一鈴を刺客と疑っていることを、知らないのかもしれない。

「そうでしょうか……」

「はい。瑞様は……陛下の異母弟ではございますが、花遊びを好まれ、また女性を惹きつける方でもありますから」

どうやら万宗は、晴龍帝が怒っていた理由を、一鈴が瑞とおかしな関係にならないよう注意したととらえているらしい。

螺淵では、女遊びが激しいことを、花遊びを好むと言う。女遊びより柔らかい表現になるが、褒め言葉にはならない。「あの公子は花遊びを好む」とは、上位の存在に対して悪口を言う時に用いられる言葉だ。

万宗は、どうやら瑞をよく思っていないようだが、心配しすぎだと、一鈴は思う。

一鈴が後宮にやってきたのは、皇帝を殺すため。瑞とどうこうなるなんてありえない。しかしそれを伝えると、一鈴と瑞の関係の心配を解消すると同時に、皇帝暗殺の心配が万宗に襲いかかる。

悩んでいると万宗が頭を垂れた。

「なので、私からもお願いをさせてください。陛下は今大切な時期です。皇貴妃様と異母弟である瑞様の距離が近づくことは、たとえその時は何もなくとも、のちのち一鈴様が懐妊なさったときなど、不要な争いが生まれます。ですので、どうか瑞様とは、お二人にならないよう……」

一鈴が瑞と近づき、ありえはしないが懐妊したとする。そして、廉龍の子供が生まれなかった場合、瑞の子供が皇帝になる可能性が出てくる。瑞を皇帝にしたいと考える人間は、好機とばかりに廉龍を殺しにかかる危険性も高まる。そういうことを言いたいのだろうか。

しかし、香栄は瑞が血を繋いでも意味がないようなことを言っていたが……。

「……承知しました」

「ありがとうございます。どうか——陛下を、裏切らないでくださいね」

万宗の瞳は、真実を推し量るように一鈴を射貫いている。

一鈴は動揺を悟られないようにしながら、「当然です」と曖昧に首を動かした。

もしや今、自分は圧をかけられているのだろうか。

人殺しや悪人から圧をかけられても、闘争心がわくだけだが、どうも殺気を伴わない威圧を前にすると、戸惑ってしまう。

人を殺めるより、人と対話するほうがずっと恐ろしい。

元々自分は、後宮どころか——日の下で暮らすべきではないのだから。

「後宮にいらっしゃるまで、陛下のお噂を耳になさったかと存じますが、無粋な噂に惑わされず、陛下をよろしくお願い申し上げます」

万宗は改めて一鈴に頭を下げる。

廉龍は、異国人だからと遠巻きにされる万宗を秘書官までのし上がらせた。それゆえに、強い忠誠を誓っているのだろう。

ならば、万宗ならば廉龍が何故総龍帝を殺したのか、知っているのかもしれない。

「あの――」

「ったく、遅えなぁ！　って、万宗！　お前居たのかよ！」

一鈴の言葉を遮るように苛立ちを隠さない喚き声と、足音が響く。蓮花宮の前に立っていたらしい雲嵐が、一鈴の隣にいる万宗を見て、「うわぁ」と声を出して嫌がった。

「雲嵐、失礼ですよ。皇貴妃様をお迎えするときは、もっと行儀よくしてください」

「はっ、裏切り者に指図されたかねえよ」

万宗の注意に雲嵐は鼻で笑う。

裏切り者――？

先程、廉龍を裏切るなと一鈴に念押ししてきた万宗は、雲嵐を裏切った過去があるようだ。

なんだか、ややこしい。そして雲嵐の前で万宗と話すことも難しそうだ。

一鈴は、しばらく他者と関わることは控えようと心に誓いながら、蓮花宮に帰っていった。

瑞と遭遇した翌日。一鈴は、居留守を使うことにした。後宮の人間関係に疲れたからだ。雨涵が来ても、留守だと伝えるよう、門番に頼んだ。しかし――、

「今日は一緒に！　写経をしましょう！」

部屋に雨涵がいる。

机には、黄豆粉と黒蜜がたっぷりとかかった三大炮が盛り付けられている。そして裏切り者ならぬ裏切り鼠が、至福の表情で口の周りを黄豆粉で染めていた。護衛の雲嵐は、小白を嫌そうに避けながら、小白の触れていない三大炮を手に取り、香りを確かめてから食べている。

一鈴は、小白に裏切られた。

蓮花宮の門番には、雨涵が訪れても一鈴は不在だと言うよう伝えていたが、三大炮の香りを嗅ぎ取った小白が扉の隙間から出ていき、雨涵を招き入れてしまった。雨涵は、「忌避されがちな糖獣を主人の元へ帰すべく侵入した妃」となってしまい、一鈴はやむなく客間に招いた。

招いたが、今日は勉強会を断ろうと、心に決める。

小白に菓子まで貰って、断りづらいことこの上ないが、それでもだらだら勉強会を続けるより、今断る方がずっといい。もともと一鈴は、雨涵とここまで交流する気はなかった。呼び捨てでいいと言ったのも、雨涵が自分に向ける救世主扱いの瞳や、敬われることが苦しくて辛いからだ。これから仲良くしようねの意味合いなんてまったくなかった。

一鈴は心苦しくなりながらも、雨涵の前に立つ。

「あの」

「なあに」

「勉強会、やめ――」

「え、い、一鈴勉強会、嫌なの!?」

雨涵（ユーハン）の瞳が、ぶわりと花吹雪が舞うような勢いで、潤んだ。

一鈴（イーリン）の喉が、ぐっと詰まる。

嫌だと言えば良い。

泣かせて追い出せば良い。別に、殺すわけでもないのだから。

今更少女一人泣かせたところで、どうもしない。これまで、何百人と殺してきた。

「あ——あ、あ」

なのに声が出なかった。言葉にもならない、声ですら無い、断片的な音にしかならない。

もう、蓮花宮（れんげきゅう）には来ないでほしい。さようなら。

それだけでいいはずなのに、喉をおさえ、こすっても、言葉がでない。

「……嫌じゃない……」

ようやく絞り出たのは、言いたかった言葉とは真逆のものだ。

「そうなの！　良かったぁ！」

ぱあっと、雨涵（ユーハン）は幼く笑う。一鈴（イーリン）はひきつった笑みで返した。

苦しい。

なんで「やめる」の一言が言えないのか。一鈴（イーリン）は自分にうんざりしながら、視線を落とす。

「あれ、一鈴（イーリン）は三大炮（きなこもち）、食べないの？」

雨涵（ユーハン）が問いかけてくるが、お腹も空いてないし、おやつどころか食事をきちんと取る習慣も無かったために、常日頃からあまりお腹が空かない。後宮では人を殺しているときより、動くことが少ないからかもしれない。

「ああ、私は……」

「あ！　毒を警戒しているのね！　さすがね！」

「えぇ？」

雨涵（ユーハン）は勝手に納得して、三大炮（きなこもち）を一つ取ると、半分に引きちぎった。ひとつ食べて飲み込むと、もう片方を一鈴（イーリン）に差し出す。

「はい！　毒はないわ！　一鈴（イーリン）、こうしないと食べられないのでしょう？　仕事に差し支えたら問題だものね！」

「仕事？」

雲嵐（ウンラン）が首をかしげる。雨涵（ユーハン）は青ざめ、「あっ内緒なのよね！」と、大きな声で言った。

「雨涵（ユーハン）」

「ご、ごめんなさい一鈴（イーリン）！　気をつけるわ」

雨涵（ユーハン）は口を押さえ、くぐもった声で謝罪をする。雨涵（ユーハン）は本当に危ない。早く仕事を終えて後宮をでないと、絶対いつか一鈴（イーリン）の素性をばらされる。もしくは第三者に、一鈴（イーリン）が刺客だと気づくきっかけを与えてしまうだろう。

「あ、あれなの、一鈴（イーリン）、仕事――よ、夜伽に差し支えたら大変って、太ったりして、ね、だからはんぶんこしなきゃ、ね！」

雨涵（ユーハン）が目を泳がせながら説明する。嘘が下手だ。絶対に雲嵐（ウンラン）に追及される。なにか、いい嘘を考え

なければいけない。一鈴（イーリン）はなんとかこの状況を打開する策をねろうとする。しかし――、

「なんだよ。見た感じ十分細いだろ。あんまり痩せ過ぎだと未来の子供に毒だ。なんでもなぁ、ほどほどが一番なんだよ。食い物どうこうするんじゃなくて動け。動ける身体があるんなら」

雲嵐（ウンラン）は、「汚えなぁ」と小白（シャオパイ）の口の周りを手帕（ハンカチ）で拭いてやっている。一鈴（イーリン）は礼を言いつつも、雲嵐（ウンラン）が雨涵（ユーハン）の苦し紛れの誤魔化しを怪しんでいないことに衝撃を受けた。

「確かに、そうですね――」

一鈴（イーリン）は雨涵（ユーハン）から三大炮（きなこもち）の半分を受け取り、食べる。しかしその瞬間、雨涵（ユーハン）が「あああ！」と声を上げ、一鈴（イーリン）は跳び上がり、喉につまらせそうになった。

「なんなんですか貴女は……！」

一鈴（イーリン）はなんとか三大炮（きなこもち）を食べ、ばくばくと激しく鼓動する胸に手を当てながら、荒くなった呼吸を整える。

他の人間と全然違う。雨涵（ユーハン）の行動も言動も、恐ろしいくらいに脈絡がない。予測ができない。他人の一挙一動、重心の置き方、視線で一手先を読み、何百人と排除してきた一鈴（イーリン）だが、雨涵（ユーハン）の行動は全くつかめなかった。殺せはするが、何をするかされるか分かったものではなく、恐ろしくて仕方がない。

「ご、ごめんなさい一鈴（イーリン）！　驚かせるつもりはなかったの」

「本当に？　本当ですか？」

雨涵（ユーハン）の謝罪に、一鈴（イーリン）はつい疑ってしまう。己は肝が据っていると自負があったが、雨涵（ユーハン）の登場により、揺らいでいる。

「本当よ！　もう驚かさないわ！　安心して一鈴(イーリン)。ただちょっと、思い出しただけだから」

「何をです？」

「今日ここにね、点賛商会(てんさんしょうかい)の商人さんを呼んでるの」

けろっとした顔で言い放つ雨涵(ユーハン)に、一鈴(イーリン)はいよいよ気を失いそうになった。

皇帝を殺すどころか、一鈴(イーリン)の歩む人生の寂れた道を怒涛の勢いで捻じ曲げ、得体のしれぬ別の場所に向かわせようとするような、底の知れない強引な気(き)を感じる。

このまま雨涵(ユーハン)の侵入を許していたら、何をされるか分かったものではない。自分の運命が歪められる気さえした。

「な、なんで……？」

「実は私のかけている眼鏡がね、珍しいものだから知りたいって言われて。でも、一鈴(イーリン)、この眼鏡の商人さんについては深入りするなって言っていたでしょう？　だからどう説明していいか分からなくて、蓮花宮(れんげきゅう)に行くから一鈴(イーリン)に聞いてって言ったの。勝手にいろいろ話をするのは、良くないと思って」

一鈴(イーリン)は白目を剥きそうになる。

膝下に乗せていた小白(シャオパイ)が、「あーあ」と肩を落とした。

「そうですね……ありがとうございます」

勝手にぺらぺら話されるよりはいいだろう。一鈴(イーリン)は力なく笑う。ちょうど商人がやってきたのか、雲嵐(ウンラン)が窓の外を見て、他の宦官(かんがん)に指示を出してから、一鈴(イーリン)に振り返った。

「商人が来たみたいだぞ。どうするんだ」

「通してください……」

さて、どうやって説明したらいいものか。特殊な眼鏡を作り出す商人は、もともと弓や吹き矢など、遠距離での対象排除を得意とする刺客に商いをしている。一人二人程度ならいいだろうが、商人を相手に品物を卸すことは許さないだろう。

「どうもどうも、本日はお招きいただきありがとうございます！」

一鈴（イーリン）が悩む間に、点賛商会（てんさんしょうかい）の郭（クオ）がやってきた。

郭（クオ）は商品かなにかを包袱皮（ふろしき）に包んだものを背負い、揉み手をしながら一鈴（イーリン）に近づいてくる。

「皇貴妃様〜賢妃様から聞きましたよぉ〜この素晴らしい眼鏡をご紹介いただいたと！」

「はい……」

「この透鏡（レンズ）は、螺淵（らえん）に出回っていない特殊なもの！　ですよね？　ぜひ、この素晴らしい眼鏡を作り出した職人を、ご紹介いただきたく！」

「お断りします」

一鈴（イーリン）はすぐに拒否する。しかし、郭（クオ）は折れない。

「もし、職人が気難しい方でも、私めは諦めることなく、その御心に寄り添い、心を尽くしますのでどうかその職人のお名前、住まいを教えていただけませんか⁉」

「お断りします」

一鈴（イーリン）は断りの姿勢を貫くが、それでも郭（クオ）は折れない。

「ただでとは言いません。対価をお支払いします」

「いえ。元々決まった客としか商売をしない方なのです。それを前提として、雨涵様にも品物をお売りしていただきました。なので、お名前をお伝えすることは出来ません」

再度断ると、雨涵が瞳を潤ませた。

「一鈴……！」

その目はやめてほしい。辛くなる。

一鈴はゆっくりと顔を背けるが、雨涵に抱きつかれた。

「わっ」

「一鈴……！　私のために！　私のためにそこまでしてくれたのね……！　ありがとう、ありがとう……！　うあああっ、わ、わたし、ひ、酷いことしたのに！　殺そうとしたのに！　一鈴ありがとう！」

雨涵が抱きついてきた。一瞬、「一鈴お願い教えてあげて！」と縋ってくるのかと疑ってしまった自分を、一鈴は恥じた。そして殺そうとしたなんて物々しいことを言わないでほしかった。

「雨涵、泣き止まなくてもいいから、物騒なことは言わないでください」

「殺すとはどういうことです？」

すかさず郭が問いかけてくる。雨涵は嗚咽交じりに口を開いた。

「私、私ぃ、一鈴様を殺しかけたんです！　弟や妹が、父や母が殺されると――自分の家族を優先させ、一鈴を刃物で殺そうと……っうわああああああん」

「あああ……」

号泣する雨涵を、一鈴は慌ててなだめる。後ろで雲嵐が「どういうことだ」とわめき出すが、構ってはいられない。

雨涵(ユーハン)は正直なのだろう。無垢に生きている。そんな彼女が人を殺そうと覚悟することは、よほど苦しいものだったに違いない。そんな雨涵(ユーハン)に隠し事をさせるのは、無理かもしれない。そのうち「一鈴(イーリン)が助けてくれたの！　男を袋叩きにして！」なんて言われたら、たまったものではない。冷や汗をかきながら雨涵(ユーハン)を宥め、片手で膝下の小白(シャオパイ)に触れ、精神の安定を図る。小白(シャオパイ)は好きなだけ撫でろと自分の腹を叩いた。

「それはそれは。お二人には中々数奇な繋がりがあったのですね……分かります。私も、家族……いや弟のために商いをしていますからね」

郭(クオ)は甘く媚を売るように話をしながら、雨涵(ユーハン)、一鈴(イーリン)を交互に見た。

妃が皇帝の寵愛を得るのと同じように、自分の商品だけでなく、自分の店の名を売ることにも必死なのだろう。毎日毎日、妃でもないのに濃い化粧を行う苦労も感じるが、生憎一鈴(イーリン)は刺客だ。皇貴妃に近づくことは得だが、自分に媚を売られても困る。雨涵(ユーハン)に視線を向ければ、媚売りが全くと言っていいほど効いていなかった。

しかし雨涵(ユーハン)の意識が少しだけそれたらしい。「え？」と、子供のように丸い瞳を商人に向けた。

「弟さんがいらっしゃったのですか？」

「はい。かわいい弟を守るために、こうして商いをしているのです」

「も、もしかして病気だったり……？」

雨涵(ユーハン)は勝手に悲劇の弟を妄想しているらしい。他人の弟を勝手に病気にするな、と思うものの、雨(ユー)

涵(ハン)が泣き止んだため、一鈴(イーリン)は黙る。

「いえ、健康ですよ。健やかです。私がただ勝手に、守らなければとしているだけです」

雨涵(ユーハン)に向けて郭(クオ)が微笑む。

「あれ、どこだったかしら……明明(ミンミン)様が、確か弟さんを守るために後宮に来たと、おっしゃっていたような……最初の顔あわせの時に……」

雨涵(ユーハン)は首を捻ると、商人が「え」と眉間に皺を寄せた。

「最初の顔合わせ？」

一鈴(イーリン)も疑問を抱いた。雨涵(ユーハン)が後宮に来てすぐ、という意味だろうか。

「あ、一鈴(イーリン)は知らないわよね！　教えてあげる！　後宮ね、一鈴(イーリン)以外の位持ちの妃が、皆同じ日にそろったわけじゃないのよ！　確か若渓(ルオシー)が一番目で、二番目が明明(ミンミン)様で……あれ、でもたしか明明(ミンミン)様、位がなかったような……？　まぁとりあえず二番目が明明(ミンミン)様なの！　その後の三番目が私で——その時に！　あっ最後に結華(チュンファ)様が……喰京(サンジン)から来たのだけれど……確か一鈴(イーリン)って、他所の国に行く前は喰京(サンジン)にいたのよね？」

一鈴(イーリン)は自分に矛先が来てしまったと、心臓が縮み上がった。前ならまだしも、知識を蓄え、気になったことは何でも問いかけてくる雨涵(ユーハン)に、架空の生活の話をするのは非常にまずい。

「あ、あの、ちょっとよろしいですか。眼鏡の職人についてお教え出来ない分、お菓子があれば、欲しいです……」

一鈴(イーリン)は慌てて懐の巾着袋を取り出した。

苦しい話題の変え方だが、出身地のあれこれについて、どこに出入りしているか分からない商人と雨涵の前で語るわけにもいかない。

「本当に⁉　揃えておりますよ！　今日廻るのはここだけですので、お安くいたしましょう！　すべてお買い上げなら、こちらも誠意をお見せします」

一鈴の申し出に、郭は声を弾ませながら、そばに下ろしていた包袱皮に手を伸ばす。

「この菓子は小豆の餡に盐渍樱花を僅かに練り込んで、餅をくるんだものです。他には、ああ、松餅はいかがでしょう？　食べやすく、美味しいと評判ですよ」

「では、それで」

一鈴は巾着から金を取り出した。すると、横でそれを覗いていた雨涵と郭が震え上がった。

「一鈴⁉　どうしてそんなお金持ってるの⁉」

「何でそんなにお金持ってるんですか！　悪いことしてるんですか⁉」

「え」

一鈴は自分の巾着の中を見る。螺淵では金貨、銀貨、銅貨、鉄銭の四種の通貨が用いられている。露店で売られる豆沙包などは、農村部で鉄銭一枚で買え、開拓の進んだ場所では鉄銭が五枚必要など、物価はまちまちだった。

そして巾着にあるのは、銀貨四枚に、鉄銭が七枚ほどだ。螺淵を離れれば離れるほど、その価値とは対照的に鉄銭しか取り扱わない店が多くなる。銀貨を出されても、毎回おつりが出せるほど銭を保管する店が無いからだ。だから、一鈴は鉄銭を多めに持つよう心がけていた。

そのことを問われているのかと思えば、そばで話を聞いていた雲嵐が血相を変え巾着から一枚の紙を抜き取った。

「宝閃紙幣じゃねえかこれ……しかも、本物だろ！」

雲嵐は宝閃紙幣と呼んだ紙をまじまじと見つめると、そのまま乱暴に一鈴の巾着に詰め込む。商人は「鉄銭でいいんです。鉄銭で！」と、焦っていた。

「宝閃紙幣？　って、この、紙が？」

一鈴は、小白だけを食べさせればいいと、领导からの報酬は、生活費のみ受け取ることとしていた。雲嵐たちが宝閃紙幣と言った紙は、報酬の銀貨と共に渡されており、なにかも分からず保管していたものだった。

「分からないで持ってるんですか！　これ、金貨十枚以上の価値があるんですよ!?　国のそれもごく一部の要人しか持たないものです！　みだりに出しちゃいけません！」

郭は巾着を勝手に一鈴の胸元に詰め込む。

「そうよ！　とっても歴史的に価値があるものよ！　きっと、私達が死んで何百年、何千年と経過した後も受け継がれていくものだわ！」

雨涵は金銭的価値ではなく、歴史的な面で価値を見出しているようだ。

「これに、そんな価値が……」

「皇帝から頂いているのですよね……？　並皇后以上のご待遇……ぜひ、ぜひ点賛商会をご贔屓に……」

郭(クオ)は一鈴(イーリン)に恐れおののきながらも、商いを忘れない。だが一鈴(イーリン)はそれどころではなかった。

人殺しの自分に、そんな報酬が支払われていたとは。

そんな価値あるものを今まで「外国の紙幣だ」と、漠然とした気持ちで受け取っていたのだ。胃のあたりに違和感を覚え、平常心が消えていく。

「いやはや、今代は中々商いが厳しいと聞いていましたが、思わぬところに幸運が転がっておりました。何卒、何卒よろしくお願い申し上げます」

郭(クオ)は手揉みしながら一鈴(イーリン)を見た。

「どうして今代が厳しいんだ。丞相の娘がいるだろ。あれは派手好きで衣好きなんだから、羽振りがいいだろ。それに全結華(チァンチュンファ)だって、いいところの家の娘だろうが。ばんばん豪華なもの買ってるだろ」

雲嵐(ウンラン)が目を丸くする。

「いいえ。柳若溪(リウルォシー)様も、全結華(チァンチュンファ)様も粗暴な買い物の仕方はなさりません。若溪(ルォシー)様はそもそも買い物にあまり現れませんし、結華(チュンファ)様も肌に優しい綿織物や、刺繍糸の購入が多いのですよ。布も、小さく可愛らしいものをお作りになられます。楚々としたお方です。我々商人が厳しく感じているのは、どちらかといえば、陛下が——」

「陛下？」

一鈴(イーリン)が首をひねると、商人は肩を落とす。

「先帝は四花妃(しかひ)問わず、縁があれば位なき妃の方々にも、贈り物をなさっていたらしいのです。私は今年入ったばかりで、当時どういった状況だったかはわかりませんが……晴龍帝(せいりゅうてい)様は、贈り物の類いを一切なさらない御方で……前年度の売上と、大きな開きがあり……なので、贈り物をなさるときは、ぜひ点賛商会でお願いします！　お安くしますので！　では、私はここらで失礼致します」

郭は恭しく礼をすると、宦官に見張られながら蓮花宮を去っていく。

夜伽に通っている妃にも贈り物をしていないということは、明明と全結華にもだろうか。

一鈴は廉龍に対する疑念も増え、宝閃紙幣の問題も重なり、目が回る思いがした。

「俺は、あいつと趣味が合うかもしれない」

商人の姿が見えなくなったところで、雲嵐が呟いた。

「なんですか突然」

「きついくらい膠やほかの薬のにおいがした。きっと絵を描くんだ」

「膠？」

「一鈴！　私が教えてあげる！　膠はね、物をくっつけたりする素材のことよ！　家具や楽器作りにも使われているの！　なんでも、あっという間にくっついちゃうのよ。熱によって、外れてしまうこともあるけれど……」

雨涵が言う。相変わらず雲嵐は鼻がいいようだ。

感心していると、郭と入れ替わるように宮女がやってきた。

「一鈴様、文をお持ちしました」

「私宛の、文ですか？」

一鈴はおそるおそる文を受け取り、中を確認する。

「なんだよ、嫌がらせの文面なら貸せ、上に報告するから」

雲嵐が問うが——、

「違います、招待状です」

「なんの？」

雲嵐と雨涵が、声をそろえた。

『先日は、慌ただしくしてしまい、申し訳ございません。もしよろしければ、三日後躑躅宮でお茶をしませんか』

躑躅の香る、淡紫色の紙。淑やかさを感じる美しい文字で、茶会の招待が記されている。

項明明からの、誘い。

「なんだ？　宣戦布告か？」

雲嵐が眉間にしわを寄せる。

「宣戦布告？　どうして？」

雨涵は目を丸くした。

「だって、向こうは淑妃で、晴龍帝の寵愛を得てるって言われてるんだぞ。それなのに皇貴妃としてこいつが躍り出てきたら気に入らないし、話をしてみてどんなやつか顔見てやろうって思うだろ」

「でも、一鈴は明明様と話をしたこと、あるわよね？　明明様が宣戦布告だなんて……」

雨涵が振り向くが、一鈴は言葉を濁した。

「話をしたというか……貴女について教えてもらっただけで、後は……事故というか」

雨涵（ユーハン）について訊ねたことも、瑞（ルイ）との一件も、話をしたとは言えない気がする。

「お前なんかそこで粗相でもしたか弱みでも握られたのか？」

「いや、そういうわけでも……なくて」

恐水病についてのあれこれが片付くまで、潜伏していなくてはならない状況。

それまで刺客と知られてはならないこと。

皇貴妃の立場。

廉龍（リーロン）に明らかに疑われていること。

廉龍（リーロン）に近いであろう、項明明（シァンミンミン）からの茶の誘い。

それは完全に、これまで密かに刺客として生きていた一鈴（イーリン）の精神限度を越えるには、十分すぎる決定打だった。

項明明（シァンミンミン）からの文が届いた翌日のこと、どうにもじっとしていられず、一鈴（イーリン）は外出を願い出た。雲嵐（ウンラン）を伴い、蓮花宮（れんげきゅう）を出てあてもなく歩いた果てに、どこにも行き場がなく——結局、虹彩湖（こうさいこ）に向かった。

お茶をしませんか。

ただの誘いであっても、一鈴（イーリン）にとっては大きな負担だった。

刺客であることに加えそもそも天変地異のような雨涵（ユーハン）さえいなければ、一鈴（イーリン）を平和的な茶の催しに誘う者など一人も居ない。慣れぬことに一鈴（イーリン）は過剰に疲れる性質で、慣れぬことというのは人の営みだ。

自分に似合っているのは、血生臭い戦場。自覚はあるものの、不思議と水のそばに行きたいと、一（イー）

鈴(リン)は吸い寄せられるように足が向かっていた。

雲嵐(ウンラン)も同伴する形となったが、今日は商人たちもいなければ、雨涵(ユーハン)も、廉龍(リーロン)もいない。

深呼吸をして、湖を眺める。今日も今日とて、花が沈んでいる。皇帝が殺した分だけ浮かべられると言われる花は、色とりどり、種類の把握すらできないほど浮かんでいた。

——自分は、いったい何をしているんだろう。

一鈴(イーリン)は後宮へ、廉龍(リーロン)を殺すためにきた。なのに、天天(テンテン)を狙う刺客に手を出し、縁延宮(えんえんきゅう)の妃から皇貴妃になった。雨涵(ユーハン)と関わり、雨涵(ユーハン)が蓮花宮(れんげきゅう)に突撃してくる状況をつくり出した。

薄々、人間と関わると、ろくな事にならないのが分かってきている。天天(テンテン)は死んでほしくなかったし、雨涵(ユーハン)というただの女に殺しなんてさせたくなかった。それでも、この後宮で自分はいったい何をしているんだろうという気持ちが最近になって強まってきた。

恐水病の対策が終わるまで廉龍(リーロン)を殺さないと決めたが、その間、妃と交流をするのではなく、のちの晴龍帝(せいりゅうてい)暗殺に役立つようなことをすべきではないのか。

明明(ミンミン)からの文を手にして、一鈴(イーリン)はつくづく思ったのだ。

『元気だしてくださいよぉ。お呼ばれ初めてだから緊張してるんでしょう？　ホホホ』

懐に入れている小白(シャオバイ)が、身振り手振りで揶揄してくる。一鈴(イーリン)は襟から出そうになっている小白(シャオバイ)を、襟を正すふりをして隠し、改めて虹彩湖(こうさいこ)を眺める。

「お前、いつまでそうしている気だよ。何が目的なんだ」

それまで真後ろで棒立ちしていた雲嵐(ウンラン)が、隣りに座ってきた。

「色んなことが、起きるなぁ……と思いまして。皇貴妃になったり、明明(ミンミン)様に宮殿に誘われたり……今までの人生では思いもしなかったことが、連続して、人との関わりも、慣れなくて――前は、上手くいってたはずなのに」

前までは、领导(頭領)に言われた相手を、粛々と殺していくだけだったが、後宮に入ると自分の意思で行動することの連続だった。それも、悪人ではない、ただの人間と接しながら。

「生きてるんだから、色んなこと起きて当たり前だ。前と違うことが起きて当たり前だ。お前いっつも顔色悪いけど、そんなくだらねえこと考えてたのか」

「くだらないことって……」

すべてを話すことは、当然出来ない。ところどころぼかしはしたが、それでも、きちんと話をしたつもりだった。でも、くだらないと言われるくらいなら口に出さなければ良かった。後悔を覚えていると、雲嵐(ウンラン)がバン、と自分の腿を叩く。

「そんなうだうだ考えたって、答えなんて絶対でねえぞ。生きてる以上同じ状況がずーっと続くなんて不可能なんだよ。いいときも悪いときもだ。水の流れも時の流れも同じなんだよ、この瞬間だけは、絶対取り戻せない。もっと有効に使えよ」

雲嵐(ウンラン)は地面に落ちていた小石を拾い、湖に放り投げた。

石は水面を跳ねるようにして飛んでいく。

「それに、お前が项明明(シアンミンミン)を嫌いだとしても」

「嫌いではないです」

「宮殿に誘われた次の日にそうなるって、嫌いってことだろ」

雲嵐はさも当然のように決めつけてくる。否定をしても膠着状態が続くだけだと、一鈴は黙った。

「誘われた茶会が憂鬱なのか知らねえが、誘われちまったものは行くしかねえんだよ。項明明が嫌いかもしれねえが、お前は後宮に入って間もないだろ？　好きになれる好機だと思えばいいし、そもそもこんなところでぼーっとしてないで、項明明について調べたらどうだ。相手のことよく知りもしないで、宮殿に入り込むなんて不敬だろ」

「相手を調べる……」

「ああ。刺客ですら、入念に相手のこと調べるんだぞ。毒殺用にだが相手の好みとか調べたり、行動の規則性を考えたりして……皇貴妃のお前がそれを怠ってどうするんだよ」

「……刺客も、で、ですか」

刺客。

その単語が出たことで一鈴は言葉を止める。しかし雲嵐は気にすること無く、「あのなぁ」と呆れた顔をした。

「あと、復唱するな。お前ちゃんと社交やってきてなかったのか？　やりすぎるとこいつ適当な社交術でこっちのこと籠絡しようとしてるって思われるぞ。ちゃんと考えて、噛み砕いてから答えろよ」

雲嵐の指摘は鋭い。一鈴は社交なんてしたことがない。返事ができず黙っていると、「相槌くらいうて」と促され、言うとおりにうなずいた。

「人間な、今できることとするしかないんだよ。休むしかできないなら休む。動けるなら動く。そうしたら大成する。実際に俺は、そうやって生きてきた。困ったことは一度もない」

今、出来ることをする。

今、廉龍（リーロン）を殺すことは出来ない。

今、螺淵（らえん）の為になることをする。

「それに、俺は万宗（ワンゾン）だけが嫌いだ。つうか最初から嫌いってわけでもねえ。最初は好きだった。そのあとあいつをよく知って嫌いになったんだよ。だからお前も、よく知ってから、好きか嫌いか決めろ」

雲嵐（ウンラン）はどこまでも一鈴（イーリン）が明明（ミンミン）を嫌っている前提で話をして、石を投げる。石は水の上を跳ねて、また飛んでいく。

「あの、先程から行っているそれは、なんなのでしょう」

「水切だよ。放り投げて、どこまできちんと跳ねて飛ぶか競争するんだ」

「水切……」

一鈴（イーリン）はそばにあった石を拾った。

「待て、投げようとするな。水切には練習が必要なんだ。色んな技術の集大成なんだからな」

雲嵐（ウンラン）はまた石を飛ばす。一鈴（イーリン）もなんとなく真似てみると、一鈴（イーリン）の飛ばした石は、雲嵐（ウンラン）より速く、何度も跳ねながら、雲嵐（ウンラン）が投げた石よりずっと遠くに飛んで行った。

「……お前も万宗（ワンゾン）と同じ口か」

犬が唸るようにしながら雲嵐（ウンラン）は一鈴（イーリン）を睨んだ。

「え」

「初心者ぶって人を騙す裏切りやろうってことだよ。いいか、そういう真似は今すぐやめろ。信用に関わるぞ。誰にも信じてもらえなくなるからな」

雲嵐は大きな石を掴み、そのまま湖に放り投げた。どぼん、と鈍い音がして、石はそのまま湖の底へ沈んでいく。

もしや、前に雲嵐が万宗を「裏切り者」と罵っていたのは、前に万宗が、雲嵐の前で水切を成功させ、雲嵐の矜持を傷つけたことによるのかもしれない。

次々と石を放り投げ、湖に沈める雲嵐に怪訝な目を向けながらも、一鈴は自分の心が幾分軽くなったのを感じた。

「ありがとうございます、雲嵐」

「おう、感謝しろ。お前が出世できれば、俺も出世できて、万宗野郎に頭下げずに済むんだからな」

雲嵐は万宗に頭を下げていないのでは。

むしろ、上である万宗に対して、頭が高すぎるくらいなのではないか。

そう思いつつも、一鈴は立ち上がり、虹彩湖を後にした。


一鈴が、今できること。

それは项明明について調べることだ。そのため、夜伽の記録係をしている陣正から話を聞くべく、蘭宮に向かうことにした。

陣正に会いたいと伝えると、雲嵐も――そして蘭宮の門番も怪訝な顔をしたが、無事蘭宮に入ることは出来た。陣正は中庭にいるらしい。蘭が咲く庭を進むと、熱心に箒を掃いて掃除している陣正の姿があった。

顔や首に薄い引っかき傷がある。綿布を首にかけ、時折周囲の宮女や宦官に指示を出しながら、せっせと働いている。

蘭宮を管理していた宮女は、一鈴が脅していなくなった。陣正はその代わりをきちんと務めているようで、改心はないと決めつけた末に責めたことを、申し訳なく思う。

「陣正」

声をかけると、陣正は一鈴を見るなり顔を真っ青にした。ガタガタと箒を持つ手を震わせ、滝汗を流していく。

「ちょっと、雨涵がいないところで、話をしたいのですが」

雨涵を巻き込みたくないことや、雨涵の情報漏洩力を考えると、陣正とは場所をうつして話す必要がある。しかし、陣正はぶるぶると震えだした。

「こここ皇貴妃様、俺を殺すんですかぁっ⁉　確かに俺はお願いしましたが、まだ……俺は……」

「ち、違います！」

雨涵も声が大きいと思っていたが、陣正も声が大きい。なんとか落ち着いてもらおうと近づけば、雲嵐に「お前陣正に何してんだよ」と窘められる。

「陣正はな、幽津の英雄なんだぞ。少しは敬えよ。……すみません、うちの皇貴妃が……」

雲嵐は陣正に謝罪する。

「幽津の英雄？」

幽津は、以前一鈴が、他国の黒幇たちを一掃したところだ。治安が悪いところだが、その場所の英雄とは、どういうことだろうか。

「ああ。戦の時に、皇帝の危機を救ったんだよ。絶対死ぬようなところで、生き残った人だ」

皇帝とは、どちらのことだろう。夜伽係として働いて長いような言い方をしていた。夜伽係が戦に駆り出されるような激しい戦いは、ここ数年起きていない。となると総龍帝を救ったのだろうか。

「英雄なんかじゃない。俺はただの死にぞこないですよ」

しかし、総龍帝を救ったかもしれないであろう陣正は暗い顔で俯いた。

「えっと……今日は、物騒なことをしに来たのではなく、項明明様について、おうかがいしに来たのです。何もしませんので、落ち着いてください」

「あ、項明明様について……？　あの方、何かあったんですか？」

「いや、何も……ただ、二日後の下午、茶会に招待されることになったので、相手のことをよく知りたいだけなのです。お時間、よろしいでしょうか」

一鈴は、蘭宮の外へ陣正を促した。

後宮で静かに話が出来る場所は、宮殿をのぞくと、意外と少ない。位なき妃たちが外で情報交換をしたり、あわよくば皇帝と相まみえることができないかと、いたる所にいるからだ。

ゆっくりと話が出来る場所を探した一鈴は、雲嵐を先頭にして、明花園の外縁の、最奥に向かった。

「ここは……」

明花園が竹や林に囲まれているのは、花陽の宴の時に見ていた。しかし、今一鈴が訪れている場所には、視界いっぱい、野草や根をはる芋の茎がはり巡らされ、ところどころ手が加えられた名残のある畑が広がっていた。

「これは、後宮で育てているのですか」

雲嵐が言う。

「まぁ、隠して育てていた、って感じだな」

「隠して……」

一鈴は、畑から自分の背後、そして前へと視線を移す。この場所は、竹林の影となり見えず、明花園を出た外側からは、石塀によって遮られているようだった。

「俺はお前の護衛になる前、後宮の警備をしていた。ただ後宮内を巡回して、異変が起きたら上に相談する、新人が任される仕事だ。そのときに見つけた。どうやら、前の――そのまた前の代だったかの役人たちが、育てて食ってたらしい。後宮内の……特に昔の役人の食事は限られていたからな。大食らいなんかは困って、ここに何か植えて食ってたんだろう。そのうち食うに困らなくなって、放置して――勝手に育ってる。もう、忘れられたような場所だな」

雲嵐は、隠れるように咲く花を、指の腹で揺らした。

「やっぱり、俺のこと消すおつもりで……」

ぼそりと陣正が呟く。

「違うんです。本当に……項明明（シァンミンミン）について聞きたくて。印象とか、何を好んでいるとか、普段の様子とか……あと、陛下とどんなふうに接しているか、とか」

「ええ」

陣正（ジェンジャン）はうろたえる。一鈴（イーリン）に怯えている以外にも、なにか言いづらいことがありそうだ。

「お願いします」

「……皇貴妃様に、申し上げるのは……こう、気が引けるのですが、明明（ミンミン）様は陛下に大切にされており、誰にも見られたくないと、着替えに宮女や宦官（かんがん）はつけられないほどなのです。湯浴みも、お一人でなさっているようで……たまに陛下も一緒に沐浴なさります」

「そのときに、陣正（ジェンジャン）はどこにいるのですか」

陣正（ジェンジャン）は夜伽の記録係だ。二人の逢瀬の場を監視するだろう。項明明（シァンミンミン）のことを見ているはずだ。

「皇貴妃様も知っての通り、妃が夜伽の前に沐浴をするのは地下です。入り口以外は岩場のようなものですし、空気を取り込む穴が開いていますが、その大きさは拳が入るかどうか……室内と違って……音も響きますからね……陛下は明明（ミンミン）様にはかなり執着なさって、宮女の入れ替えも何度か行っているので、正直耳でも削がれたらと思うと怖くて……」

夜伽の日に沐浴をするのは、陽輪殿（ようりんでん）の地下にある清麗（せいれい）の間（ま）。確かに暑く、ずっとはいられない。沐浴をする人間と異なり、役人は服を着ている。耐えられないというのもあるかもしれない。

一鈴（イーリン）はしばらく廉龍（リーロン）と項明明（シァンミンミン）の沐浴について思案した後、陣正（ジェンジャン）に一歩近づいた。

「陣正（ジェンジャン）、一つ教えてほしいのですが」

「な、なんですか⁉　俺はもう盗みからは手を引きましたよ！」

陣正が動揺すると、雲嵐が「盗み？」と怪訝な顔をした。「なんでもないです」と一鈴は誤魔化し、陣正に問う。

「私が夜伽に向かった日、部屋のそばで陣正以外の宦官の気配がしました。夜伽を見張る宦官もいるのですか」

「俺以外そばにはいませんでしたが……う～ん……万宗様ではありませんか？」

「いや、違うと思います。もっと別の方だったと思います」

「万が一の襲撃がないよう、周囲を警備していますが、「夜伽を見る」という役割は、今はないのです。護衛が間違って覗いてしまったのではないでしょうか……？　昔は当然、皇帝の御身体をお守りするために、部屋の離れたところで役人が待機していたり、隣の部屋で宦官や女官が待機し様子を拝見していましたが、総龍帝の代で撤廃されましたので」

「撤廃……？」

「はい。先帝は後宮の妃は皆妻であり、自分とは夫婦と考えておいででした。なので、夫婦の秘事というのは、二人だけのものにしておきたい、妃の中に、悪しき人間などいない……と。なので総龍帝の代で、記録のみとなりました」

　妃の人間に、悪しき者などいない。総龍帝は優しく、民思いの皇帝だったが、その優しさは危険ではないだろうか。

　そして、廉龍が警戒していた、宦官らしき者の気配は、一体――。

「そろそろ昼餉だ。戻るぞ」

雲嵐が、高く伸びる木々の影の位置を見て、今の時刻を推し測る。

「すみませんが、陣正と内々にしたい話があるのですが……」

「あ？」

「お願いします」

一鈴の申し出に、雲嵐は怪訝な顔をした。じっと一鈴を睨むように見つめると、「仕方ねえな。さっさとしろよ。蘭宮にも迷惑がかかるんだからな」と念押しして、一鈴と陣正から距離を取る。

雲嵐との距離が十分開くと、陣正はこわごわと一鈴を見た。

「な、なんですか、内々にしたい話って……」

「脅したことを、謝りたかったんです」

「え？」

陣正は邪悪なことをしたが、なんとか、善に近づこうとしているように思う。

正しい一歩を踏み出そうとするものを、阻害するところだった。

一鈴には自分と同じ、悪に染まったものに対して、憎悪がある。悪人はその罪を、自分の命を以て償うべきという、自分なりの戒律も定めている。

人を殺したものには、死を。

人を悪に導いたものには、罰を。

この国の邪悪すべてを、失くす。

自分が最後の邪悪になった暁に――一鈴(イーリン)の本懐が叶う。

しかし、善になんて到底なり得ぬ自分の歪みにより、陣正(ジエンジャン)に過剰な攻撃をした。

「申し訳ございませんでした」

一鈴(イーリン)は謝罪した。陣正(ジエンジャン)は「皇貴妃様がそんな……駄目ですよ！」と慌てた。

「あ、え――お、俺は殺さないでくれたら、大丈夫です。はい」

「殺さない。陣正(ジエンジャン)が悪いことを、しなければ」

「はは、なんだか夜菊(よぎく)みたいじゃないですか」

「それは断じて無い！」

一鈴(イーリン)は顔を上げ、すぐに否定する。「絶対に」と駄目押しをして、これでは逆に怪しまれると、肩に隠れる小白(シャオバイ)につつかれた。

「嫌だな、そんなこと思ってませんよ。一鈴(イーリン)さんが夜菊(よぎく)だったら、俺はもう、殺されているでしょうし」

「あ……あぁ」

実際のところ、一鈴(イーリン)は夜菊(よぎく)なため、陣正(ジエンジャン)の軽口にどう返事をしていいかためらい、さらに陣正(ジエンジャン)に対して罪悪感があることで、より一層挙動不審な反応になった。陣正(ジエンジャン)は一鈴(イーリン)の様子に苦笑したあと、改まった表情になる。

「でもどうしてあんなに、強いんですか。皇帝直属で仕えてる……だけで、そこまで強くなれるものなのですか」

「強くない」

「そんなわけないじゃないですか。俺、結構強いつもりだったんですよ。宦官（かんがん）になる前は、軍人でしたし……」

「……よその国に行く関係で、少しだけ、覚えました」

「なるほど、他国ですか」

納得は、していないだろう。

しかし、誤魔化す他にすべがない。

「幽津（ヨウチン）遠征に貴女がいたら、何か変わっていたのかな」

陣正（ジェンジャン）はなにか遠いものを見るようにして、目の前の一鈴（イーリン）を見る。

「じゃあ、これで」

このままだと、自分の素性が陣正（ジェンジャン）に勘付かれる。不安に思った一鈴（イーリン）は陣正（ジェンジャン）に背を向けた。

「でもなんか、あの、止めてくれてありがとうございます」

にわかに切羽詰まった声色に振り返る。陣正（ジェンジャン）と、目があった。

「盗みをした、妃に、謝罪して、返してきたんです。盗んできたもの、全部。総龍帝（そうりゅうてい）の代の妃の方々にも」

「え」

先代まで遡れば、大変なことだっただろう。一鈴（イーリン）は陣正（ジェンジャン）をまじまじと見て、その首や頬に引っかき傷の理由に気付いた。もしかしたら、殴られたり、打たれたりと、制裁を加えられたのかもしれない。

「あのとき、一鈴（イーリン）さんに止めてもらわなかったら、何も知らない妃に、人殺しさせて、俺はそれでも、盗みを続けてたと思うので……ありがとうございました」

「……」

陣正(ジェンジャン)の言葉に、一鈴(イーリン)は返事に悩む。

礼を言われることではない。ただ、代理の殺しを止められて良かったと安堵すると同時に、陣正(ジェンジャン)が正しい道に戻れたら良いと思う。

「殺されるようなまねはするなよ」

「はい、償うためにこれからは生きていきます」

力強い宣言を聞いた一鈴(イーリン)は、遠くで待っていた雲嵐(ウンラン)を伴い明花園(めいかえん)を去る。陣正(ジェンジャン)は、深々と礼を続けていた。


「誰にも見せたくないほどの寵妃……」

明花園(めいかえん)から帰える道すがら、一鈴(イーリン)は歩きながら呟く。

「なんだよ、嫉妬か？　明明(ミンミン)が皇后になるとしても、しばらく先だ。お前が皇后を狙う時間はあるぞ」

「どういう意味ですか」

「どういう意味もなにも、皇后の絶対条件は皇帝の子供を産むことだろう。お前が先に皇帝の子供を産めばいい」

「それはそうですが……？」

一鈴(イーリン)は物陰に振り返る。今、誰かがこちらの話を聞いている気がした。去っていく足音に耳をすますが、雲嵐が「うわっ」と声を荒らげた。

「どうしましたか」

「いや、今、子供の幽鬼が見えた気がして……」

「怖いのですか、士官なら、人を殺したこともあるでしょう」

「そんなの関係ないだろ。今、後宮に子供なんていない、いないものが見えたら、怖いだろう」

雲嵐は薄気味悪いものを見たと言わんばかりに、唇を引く。

「子供はどこに？」

「あっちだ」

指を差す方向には自然の力強さを感じる竹林と、その隙間から、わずかに牡丹宮が垣間見れた。牡丹宮は明花園に近い場所に位置しており、三層からは、明花園を一望できるだろう。

しかし、今一鈴の歩いている通りは、木々が生い茂り、おそらく牡丹宮からは見えない。

足音は、誰か判別する前に、遠ざかってしまった。

一体誰が、聞いていたのだろう。

一鈴はしばしば足音のしていた方向、そして雲嵐が「子供の幽鬼」を見たという方向をそれぞれ見てから、また歩み始める。

陣正の話だけを考えれば、廉龍は明明を寵愛していると言っていいだろう。

一緒に沐浴をして、明明の裸を誰にも見られたくないと皆を遠ざける。

商人の話を思い返せば、廉龍は妃たちに……明明にも、贈り物をしない。

そして、花遊びを好む瑞（ルイ）が現れた時、自分の腹心であろう万宗（ワンゾン）を、それも刺客と疑っている一鈴（イーリン）につけ、明明（ミンミン）は一人で帰らせた。

そんな歪な愛で方を何故するのか、心当たりがある。

ただ、一鈴（イーリン）の心当たりが肯定された場合、少々ややこしいことになる。

廉龍（リーロン）には、恐水病の件を解決してもらわなくてはならないのだから。

しかしそれを確かめる機会がない。夜伽の指名はないし、廉龍（リーロン）は神出鬼没で、動向すら探れない。

どうしたものか考え黙っていれば、雲嵐（ウンラン）が「おい、なにぼーっとしてるんだ。日が暮れるぞ」と、呆れ声を発した。

「あ……陛下とお話しができるのは、いつになるかと思って」

「明日でいいだろ。宴のときで」

「宴？」

一鈴（イーリン）は思わずそのまま聞き返す。

「瑞（ルイ）皇子が帰ってきた。だから帰城の宴が開かれるんだ。明日、後宮で」

「そんなの、知らないです」

「急遽決まったことだし、言ってなかったからな。お前、今日一日上の空だったし」

雲嵐（ウンラン）は、どうやら精神的に限界を迎えていたらしい一鈴（イーリン）に配慮していたらしい。

その気遣いに感謝をするものの、突然降って湧いた確認の機会に、心はかき乱されていた。

项明明についてばかり考えていた一鈴は、率直に言えば瑞の存在が頭になかった。

本来、後宮内および緋天城内では、なにかあるたびに宴が開かれる。先帝は祝い事が好きで、位があろうとなかろうと、妃の誕生日を祝い、盛大な宴を開いていたと、後宮に来る前読み込んでいた調査書にあったにもかかわらずだ。そのため、陣正と話をした翌日、なんの気構えもすることなく瑞の帰城の宴を迎えてしまった。

宴のとき、皇貴妃はある種皇后の代理として皇帝のそばに立ち、補佐をし、支え、皇帝がいいように計らうのが役目だ。廉龍を殺す絶好の機会であるが、恐水病の一件で不可能も同然。なにより、宴は普通に座って行うのではなく、瑞たっての希望により、螺淵より遥か西の海を越えた国で用いられている、「西洋式」と呼ばれる立食により行われた。慣れぬ形式にも戸惑い、一鈴はさりげなく衣の下に隠した小白を撫で、精神の安定を図りながら過ごしていた。

「宴はもう終わる。少しは好きに過ごしてもいい」

死んだような顔をする一鈴を見かねてか、廉龍が言う。

豪華な食事も、華やかな舞も、一鈴にとっては別世界のことのように感じられ、感動が出来なかった。素晴らしいもの、との認識はあれど、どうしてもやっと終わるという安堵が勝る。そうして、一鈴がぼんやりと席を立とうとしたその時だった。

「廉龍、今日は僕の我儘を聞いてくれて、ありがとう」

「ああ」

瑞がこちらに近づいてくる。気安い声かけに、廉龍はすげなく返している。和解があったのか。二人の関係について考えあぐねていれば、瑞(ルイ)が一鈴(イーリン)に興味を示した。

「ああ、美しい髪飾りですね。鋯石(ジルコン)……いや金剛石(ダイアモンド)かな？」

瑞(ルイ)はいとも容易く一鈴(イーリン)がつけていた髪飾りに触れた。その瞬間、一鈴(イーリン)の身が傾く。

今自分は廉龍(リーロン)に肩を抱かれたのかと理解する頃には、すでに一鈴(イーリン)の背中は廉龍(リーロン)の肩にぴったりと密着していた。

「これに構うなと言ったはずだが」

廉龍(リーロン)は冷たく、刺すような声で言う。周囲はざわめき、一鈴(イーリン)は廉龍(リーロン)が一瞬にして恐怖により会場内を支配したと悟った。しかし、瑞(ルイ)だけは「怖いなぁ」と自分の調子を崩さない。

「髪飾りに触っただけなのに――そんなに触られたくないほど大切なの？」

「皇貴妃は皇帝の管理下に置かれているものだ。みだりに触れるな」

「そんな決まりあったっけ？　一緒に寝なきゃいいだけじゃない？　今日の、僕のための宴だってさ、こうして後宮内の宮殿で開かれてるわけだし」

――それに、先帝の血を引いているのは廉龍(リーロン)だけではないでしょう？

廉龍(リーロン)にしか聞こえないような声で、瑞(ルイ)は囁く。

「瑞(ルイ)……」

「冗談だよ。あ、でももし皇后が別に決まって、下賜するって言うなら、頂戴？　可愛いし、俺はまだ独り身だから」

どこまでも悠々としながら、瑞(ルイ)は一鈴(イーリン)を見つめる。

「俺はしばらく螺淵に滞在するので、仲良くしてくださいね？　皇貴妃様」

瑞はまた、一鈴に顔を近づけようとした。

「……我が皇貴妃は、人酔いをしたようだ。しばし空ける」

しかし廉龍はすぐ一鈴の手首を掴み、瑞を置いて人波を抜けると、露台に出た。

すぐ、一鈴に鋭い眼差しを向ける。

「あれから瑞とは会っていないだろうな」

「明明様のことはわかりかねますが……」

「何を言っている。お前のことだ」

廉龍にとって明明は大切な妃だ。しかしその重要性は、一鈴の考えている『重要性』とは、別のところにあるのだろう。

今が、あのことを確かめる好機だ。

一鈴は遠くの瑞を警戒する廉龍の横顔を見る。

妃に……いや明明に、贈り物をしない。

明明を庇わない。

なのにあの夜、廉龍は明明と接した一鈴に怒りを示した。不自然な独り歩きを注意する廉龍の意図は、一体どこにあるのか。

廉龍を前に、一鈴は確信した。

「陛下は、私と、瑞様を会わせたくないのですか」

瑞は皇帝になることに乗り気だったと香栄が言っていた。廉龍が強引に即位してから姿を晦まし、他所の国に流れたにもかかわらず姿を現した理由は、皇帝の座を狙ってだと考えれば、自然だ。そしてあの廉龍の殺気立ちようは、敵に——敵国や反逆者に対するものだ。瑞を敵として見ていることに間違いはない。

「当然だろう。自分の妃に、手は出されたくない」

「刺客と疑っている妃も、ですか」

一鈴の指摘に、廉龍は目を眇める。

「何が言いたい」

「瑞様がお戻りになられた理由は、皇帝の座を我がものとするため。妃を孕ませ、先帝の血を引く新たな者を生み出し、父の仇と陛下を殺せば、ある程度の放蕩も許され、皇帝の座に就くことができる。そう、廉龍様は疑っていらっしゃるのではないですか」

返事がなかった。しかし一鈴は続ける。

「気になることはもうひとつあります。自分の妃と言いながら、先日も、先ほども廉龍様は明明様よりも私のことを気にされていた。しかし、明明様と私が話をしていた夜のこと、陛下は明明様を私から遠ざけようとしておりました。私が刺客だと陛下が仮定しているのならば、正しいです。しかし、先程瑞様の被害状況をお尋ねになったときは、まるで明明様を除外するそぶりでした」

「……」

「明明様は、男だから瑞様の企みには利用されない。しかし私は女だから、利用される可能性がある

――ということではないですか」

ずっと一鈴は疑問を抱いていた。

淑妃である明明が、男の身体を持っていることに。

どう見ても、明明の重心の置き方は男だ。それも宦官と異なり去勢もされていない。

花陽の宴で会った時も、ずっと疑問を抱いていた。思わず雲嵐にあれが妃かと問いかけたが、雲嵐は平然と肯定し、明明が男であることに気付いていない様子だった。雨涵も同じだ。だからずっと、一鈴は明明を女とも男とも思えず、男の身体を持ち去勢もせず後宮に現れ、雨涵について教えてくれた謎の者と捉えていた。

「何故、明明が男だと?」

「佇まい、重心、骨格――衣に隠れようと、身体すべてにその人の生き方が表れます。呪いと同じです。証拠をそのまま提示して歩いているのと同じです」

そして、明明を寵愛しているという廉龍が、明明を男だと気付いていないのか、それとも明明を男だから寵愛しているのか分かっていなかった。しかし、先程の瑞とのやり取りからしても、雨涵の言っていた「夜伽のたびに眠くなる」という言葉や、若溪の元へは夜伽に行きもしないこと――廉龍は、妃に子供ができることを、望んでいないことを示していた。

「私を皇貴妃にあてがったのは、刺客として疑ったことだけではなく、都合が良かったからではないのですか。夜伽をせずに済む、妃として」

結華の子供だけがほしいのなら、そもそも結華を寵愛するだけでいいのだ。実際結華が次の皇后と言われていた。しかし、皇帝は雨涵（ユーハン）を眠らせ、男である明明（ミンミン）のもとにも通う。

一鈴（イーリン）は、じっと廉龍（リーロン）を見つめ答えを待った。

やがて廉龍（リーロン）は口を開く。

「お前は……血を撒かれても平然とし、怪我をした天天（テンテン）の前で惑い、一日ほどしか見（まみ）えていない宮女に心を砕き、私に追及し――忙しない女だな」

やがて廉龍（リーロン）は、一鈴（イーリン）についている、瑞（ルイ）が触れた髪飾りを外し、取った。

「確かに、私は瑞（ルイ）を疑っている。あいつには野心がある。私と同じ、呪われた血を持つ者だ。信用ができない。奴以外にも緋天城（ひてんじょう）の中を掻き回し、腐らせ、螺淵（らえん）を滅びに導こうというものは多い。その中で、瑞（ルイ）の存在は危険だ」

廉龍（リーロン）は、领导（頭領）や民が認識している独裁を、行えていないのだろうか。一鈴（イーリン）は廉龍（リーロン）の話を聞きながら、露台の扉の向こうの会場内を見る。

「……皇貴妃は設けようと思っていたが、中々適任がいなかった。四花妃（しかひ）の誰かを皇貴妃にする手もあれど、妃の後ろに立つ者たちの心は、蜘蛛の巣を絡めるように、複雑に干渉しあっている。お前が刺客ならば、私の子を望みはしない。そこが利点として作用する面もあった」

――しかし、それは間違いだったか。

廉龍（リーロン）は続ける。

「え」

「お前が刺客ならば、わざわざ私に確認してきたりはしないだろう。黙って瑞（ルイ）に協力するはずだ」

あ。

一鈴はハッとした。仕事は一人でするもので、協力は小白のみ。刺客としてのすべては、自分だけが責任を持つべき。

一鈴は確かにそう考えていたが、その手もあったと今気付いた。自分の疑念を確かめることに頭がいっぱいになって、自分の目的も何もかも見失っていた。

「あ、えっと、あ、そうですね……」

刺客としての意識が戻った一鈴は、曖昧に頷く。ひとまず、廉龍の信頼を獲得した。訪れる好機の布石だと自分に言い聞かせる。しかし中々動揺が収まらず冷や汗をかいていると、廉龍は露台の手すりに触れた。

「お前はかつて、此の国が良き国であることを望むと言ったな」

「……はい」

「それは誠か。螺淵に尽くし、死ぬ覚悟があると言えるか?」

廉龍は、静かに一鈴を見据えた。

螺淵に尽くす覚悟。この命を良き国にするためだけに使う覚悟。

もう、八年前に決まっている。神様に出会い、救われて、このどこまでも残酷で邪悪な世界を、あの神様が存在すべき場所にするために、今の自分は生きている。

「もちろん」

一鈴は、廉龍を見返した。

「……そうか。ならばお前が今暴いた真実は、お前だけのものにしておけ。本当に、お前が刺客でもなんでもなく、螺淵を思っているのなら……」

廉龍が一鈴の髪飾りを取り、露台の手すりの外へ、腕を伸ばす。

そのまま廉龍は、一鈴の髪飾りから手を離す。華奢なそれは地面に叩きつけられるように落下して、ばらばらに砕け散る。

今自分は脅迫されているのか。一鈴はどんな表情をしていいかわからなくなる。

「今日は疲れただろう。ゆっくり休め」

廉龍は、「戻るぞ」と一鈴に手を差し出す。おそるおそる手を重ねると、しっかりと握られた。そうして回廊を歩いていく。

このまま手を握りつぶされたらどうしよう。潰し返すべきか。一鈴は戸惑うままに、廉龍と会場に戻っていった。

❀

宴にどれほどの贅を尽くすかは、皇帝がその権威や、国がいかに栄えているかを周囲に示す指針となる。きらびやかな調度品に、並の人生なら目に入れることすらかなわない美術品。皇帝の箱庭の中は美しい桃源郷のようだと称されているが、その中にいる人間の内側は、醜くて仕方がない。

万宗は野心ある宮女や宦官たちが自分の心を隠し、宴の中で策謀を繰り広げていくのを冷ややかに見つめていた。

螺淵（らえん）で、異国人の血を引き生まれる。女であれば枷にならない。青い瞳は神秘的で、黒髪以外の髪色を持つことも問題視されず、知的で才ある証拠として立派な追い風となる。

しかし、男として生まれた場合、常に毒風にさらされることと同じだ。万宗（ワンゾン）はこれまで何度も侮辱されてきた。だというのに、万宗（ワンゾン）が廉龍（リーロン）の秘書官となった途端、我が物顔で自分はお前を裏で助けてやった、優しくしてやった、自分は万宗（ワンゾン）ができる男だと思っていたなどと、ありもしないことを言い近づいてくる。

とはいえ、主人である皇帝の望みのためには、ある程度愚か者のふりをしなくてはならない。

異国人であっても、頑張って認められて嬉しい。

悪口を言われていたけど、これから仲良くしてもらえるなら嬉しいです。

反吐が出そうな自分を被り、万宗（ワンゾン）は世を渡っていく。

しかしながら、疲れないわけがない。頃合いを見て観察や状況把握に切り替えていると、「おい」と不遜な声がかかった。どうやら万宗（ワンゾン）が一人になるのを待っていたらしい。

当然のように隣に立ってきたのは雲嵐（ウンラン）だ。

気安く呼びかけてくるが、雲嵐（ウンラン）は万宗（ワンゾン）にとって部下に当たる。だというのに、雲嵐（ウンラン）は誰を敬うかは俺が決めることだと言って、万宗（ワンゾン）に媚びへつらうこともなければ、嫌いはしても異国人であることを理由に見下しもしない。

同じ場所に立ち、その上で——無粋な態度で挑んでくる。

「俺を蓮花宮（れんげきゅう）じゃなく水仙宮（すいせんきゅう）勤めにしろ」

雲嵐(ウンラン)は、万宗(ワンゾン)と顔を合わせるたびに言う。今日で通算三百回目だと、めまいがした。

「無理です。貴方は優秀なので、後宮内で最も護りを固めなければいけない蓮花宮(れんげきゅう)に勤めていただくほかありません」

雲嵐(ウンラン)が宦官(かんがん)になった理由。それは水仙宮(すいせんきゅう)の妃——徳妃柳若溪(リウルォシー)のもとで働きたいかららしい。同郷であり幼馴染、年もそう変わらないことで、色恋による動機とすぐに予想がついたが、好きな女を追うなんて理由で自分の生殖器を切り落とす馬鹿だった。

だが、馬鹿でも腕は確かなのが難儀なところである。

「俺は、後宮の秘密を知っているんだぞ」

雲嵐(ウンラン)は勝ち誇った様子で口角を上げる。馬鹿なことを言うんだろうなと、訊く前から万宗(ワンゾン)は疲れた。

「なんです」

「晴龍帝(せいりゅうてい)は、男が好きなんだろう」

「何を言うかと思いきや、馬鹿なことを」

万宗(ワンゾン)は返事をするのも嫌になった。実際、皇帝が当初後宮へ向かうのに前向きではなかったことから、男色趣味があるのではと疑惑が起きた。その真意を知る万宗(ワンゾン)は沈静化に動こうとしたが、所詮暇人の戯れでしかなく万宗(ワンゾン)が手を出す前に沈静化した。

雲嵐(ウンラン)には情報が遅れて届くよう出来ているのだろうか。

護衛としては使えるが、諜報員には使えない。万宗(ワンゾン)は適当にあしらい場所を移動しようと考えていると、雲嵐(ウンラン)がやけに自信満々なことに気付いた。

「……根拠がある話なんですか」

「ああ。項明明、あいつ男だろ」

その言葉に、万宗は思わず表情を変えそうになり、ぐっとこらえた。

明明が、男。それは万宗、廉龍、そして明明の護衛としてつくとある宦官と——三人しか知り得ぬ事実だった。

「晴龍帝はそれを知って隠している。これが皆に知られたら、都合が悪いんじゃないのか?」

確かに都合が悪い。廉龍が男である明明を見過ごしている理由はただひとつ。廉龍の思惑の助けになるからだ。廉龍は子供を望んでいない。

いわば廉龍と明明は共犯関係であり、同志だ。

しかし何故その秘密を雲嵐が知っているのか。皇帝が言ったのか。それとも明明が伝えたのか。

「妄想の挙げ句、それをもとに脅しですか。明明様が男だという証拠はなんです? まさか一夜を共にされ、君が切り落としたものと同じものを見た——とでも言いたいのですか」

「お前そんな下品なこと言うなよ。人前だぞ。それでも秘書官かよ」

雲嵐は顔をしかめた。人前と言うが、周りには自分と雲嵐しかいない。

「人前?」

「俺がいるだろ。俺が不快な思いをした。俺に非礼だ」

本当に、どうして、こんな愚か者に明明の正体が知られたのか。万宗は「どうして明明様が男だと思うんです?」と言い換える。

「あいつには女の臭いがしない」

「わけのわからないことを」

「障りの臭いがしないんだよ。女には毎月あるだろ。どいつもこいつも、終わりかけだろうが始まる前だろうが臭う」

「は……？」

万宗はぞっとした。二の腕から肩の辺りまで鳥肌が立ち、思わず自分の肩を撫でた。

「君は後宮で女性を嗅いでいるのですか」

「嗅ぐも何も分かるだろ普通に……もしかしてわからないのか？」

雲嵐は信じられないとでもいうようにぽかんと口を開けるが、分かるわけもない。

「はい。それに臭いなんて君の気のせいでは」

「気の所為なわけないだろ。始まって五日は臭うし、十日前、十日後あたりも臭う。終わる前、始まった時の臭いも違う。だが明明はその臭いがしない」

「それ以上話したら君を追い出してもらいますよ」

万宗は頭が痛くなった。躾のなっていない犬どころか、これでは気味の悪い野犬以下だ。殺処分すべきだろうと、嫌な気持ちになる。

「今回のことは、晴龍帝には報告しません。出来ませんしね。ですが次に同様の発言……いや、女性の繊細な部分に触れる発言をしたら、宦官としての任もときます。今後水仙宮の人材が不足した場合、貴方を優先的に入れることも考えましたが、やめます。脅しのような交渉も、大変不愉快でしたし」

「う、嘘だろ！　え、お、お前俺のこと水仙宮（すいせんきゅう）に入れる気で――？　わ、わかった。もう言わない。わ、悪かった！」

「もう遅いです」

水仙宮（すいせんきゅう）の人材不足なんて起きない。ただでさえ丞相が口を出しているのだから。それでも交渉の材料としてにおわせるのが、万宗（ワンゾン）のやり方だ。ありもしない事実をつくるのではなく、きちんと交渉材料を持ってくる雲嵐（ウンラン）との違いでもある。

――私が、あれを皇貴妃にした理由は、刺客ではないか疑っているからだ。それ以外にない。

国を良くするため、疑いのある女を皇貴妃にしてしまう廉龍（リーロン）のように、大胆に、時には人を騙し強かに生きていかなければ。

万宗（ワンゾン）は気持ちを引き締めて、雲嵐（ウンラン）のもとを去る。

先程まで自分と雲嵐（ウンラン）の話を、物陰から聞いていたもうひとりの人物に、気付くこともなく。

❀

どいつもこいつも、自分の邪魔をする。

柳若渓（リウルオシー）が、思ってきたことだ。

私は絶対に皇后になる。

強い覚悟のもと、緋天城（ひてんじょう）に入り深華門（しんかもん）をくぐった。だというのに、与えられた地位は皇后ではなく、徳妃という位持ちの中で下から二番目という不名誉な称号だった。

丞相の娘だからと本当に欲しいものを奪われ、丞相の娘という立場によって得られたものは、あともう一つのところで奪われていく。さらに皇帝は、若溪の父親——丞相をよく思っていないのか、触れすらしない。

父親が汚職に手を染めた雨涵のもとでは、夜伽をするのに。

大して後ろ盾がぱっとしない女を、皇貴妃に指名するのに。

そして、男である明明を、寵愛しているなんて許せるものか。

雨涵を使って、一鈴を殺そうとしたのは失敗した。脅した陣正も、もう使えない。

世界全てが自分を不幸にすべく回っているように感じていたが、そんな若溪にもようやく、幸運が巡ってきた。

——障りのにおいがしない。

幼馴染である雲嵐の嗅覚の鋭さを、若溪はよく知っている。雲嵐がそう言うということは、そうなのだろう。障りが来ず、懐妊もない場合、後宮では医官から薬をもらう。若溪は、もらったことがある。様々な薬草を混ぜたもので、酷く苦く、臭い薬だ。雲嵐が嗅いでわからないはずがない。その薬のにおいもせず、出会ったときから障りのにおいがしていなかったということは、おそらく明明は子が孕めぬ身体でもなく完全な男だ。

それに、調べによると项明明は、養子であり、弟と共に项家に養子として入ったらしい。ただ弟は現在失踪し、行方はわからないと聞く。

後宮にいるのは弟のほうだろう。若溪は口角を上げる。

やがて、医官の管理をしている役人が歩いているのが見えた。

——ああ、いい手がある。単純に男だとばらすより、ずっといい手が。

若溪（ルオシー）は口角を上げ、医官へ近づいていった。

「あの、ひとつご相談があるのです、明明（ミンミン）様のことで」

自分は、絶対に皇后になる。

あの約束を、果たすために。

✿

宴の翌日のこと。お茶をしたいという明明（ミンミン）とどう接するか、予定の時間の前に一鈴（イーリン）がひとまず作戦をねろうとしていると——

「一鈴（イーリン）！　大変よ！」

部屋の窓を突然ばんばん叩かれ、一鈴（イーリン）は跳び上がった。物思いにふけりすぎたことと、予測出来ない雨涵（ユーハン）の乱入は最悪の組み合わせだ。一瞬呼吸が止まり、ぜえぜえと息を整えながら窓を開く。

「あの、お願いなので今度から、もう少しおだやかにお願いします。窓も割れたら、危ないので……」

「分かってるわ！　でも大変なのよ一鈴（イーリン）！　明明（ミンミン）様が妊娠したらしいの！　昨日、そんな素振りなんてなかったのに！」

「え」

雨涵（ユーハン）の言葉に耳を疑った。

明明は男だ。妊娠させることは出来るだろうが妊娠は出来ない。

「ど、どういうことですか。本人がそう言ったのですか」

「医官――えっと、螺淵の後宮にはお医者さんが常駐しているのだけれど、それは病や怪我の手当てをするためのお医者さんなの。でも、妃を見る専門の、妊婦や幼子専門の医官や助産師が外にいて、普段は腕が鈍らないように、後宮以外の助産もしていて――誰かが妊娠したり、その兆しがある人が出たりすると後宮に戻ってくるのだけれど、その人が、明明様のもとへ行くことが決まったの！」

一体、何が起きているのか。明明は妊娠しないはずなのに大事になっている。それとも妊娠できる男なのか？　一鈴は混乱した。

「助産師たちはいつ来るのですか」

「明日よ！　明明様、妊娠を隠していたらしいし、心配だわ。何か不安があるのかしら。相談に乗ってあげたいけれど、宮殿にいなくて」

「妊娠を隠していた？」

「ええ。若溪が相談を受けたらしくて、でも、体調が不安定になっていたから医官に伝えたと他の妃の人たちが言っていたわ。明明様、皇后になるのかしら……私、妊娠していたなんて知らなくて、躑躅宮に行くときにお菓子を持っていったのだけれど――妊婦が食べても大丈夫なものかまで、気が回っていなくて……」

若溪。

その名を聞いた一鈴は、無言で雨涵の頬をつねった。

「いひゃい」

雨涵は、どうして自分がつねられたか分からない顔をしている。

「若溪に騙されたのを忘れたのですか」

「？　覚えているわ！　酷いことをされてしまった。でも、きっと若溪は反省して、人のために心を改めて、新しい命の芽生えを祝福できるようになったのよ」

「違いますよ、絶対に」

陣正のときは、本能的に悪人の更生はないと決めつけてしまったが、今回は根拠がある。若溪が明明に相談を受けていたというが、そもそも明明は男。若溪は嘘をついている。

おそらく妊娠については若溪の罠だ。明明が男だと知った若溪が策を講じたに違いない。自分が男だと一方的に明明を糾弾すれば、明明を蹴落とした印象が出てしまう。しかし、友愛のふりをして明明が妊娠したと医官に伝えれば、あくまで自然な形で明明を陥れることが出来る。やがて、「おい、陣正から聞いたぞ、どうなってんだよ淑妃が妊娠だなんて、ありえねえだろ」と、廊下で待機していたらしい雲嵐が、陣正を伴い部屋に入ってきた。

「たぶん、若溪様の虚言だと思われます」

一鈴は言った。

「ったく、あの馬鹿……」

雲嵐は、若溪と何らかの因縁がある様子だった。若溪の虚言について信じないかと思ったが、すんなり受け止めている。

「きっとあいつ、丞相から――父親に言われてるんだ。ほかの妃蹴落として皇后になれって。そういう奴だからな、丞相は。で、全結華は守りが堅い。皇貴妃はまだ情報を仕入れられてない。だから、淑妃を潰しにかかったのかもしれない」

雲嵐は若溪が、一鈴と雨涵ともども消そうとしたことを知らない。ただ、訂正する必要もないかとそのままに、一鈴は明明のこれからについて考えていると、雲嵐が暗い顔をした。

「下手すると処刑されるんじゃねえか」

「処刑される？」

雨涵は顔を青くした。

「あいつは障りがきてない。でも、そういう時に飲む薬湯があるんだよ。すごい臭い薬がな。でもそのにおいもしない。医官にも診てもらってないはずだ。血を繋ぐ後宮で、子を産めない妃はいらないし、嘘つきも嫌がられる。医官の見立てで身体に異常があることが見つかったら、嘘つきと子供が産めないってことで追い出される……でも、あいつの場合……」

雲嵐はどことなく言いづらそうだ。もしかして、雲嵐は明明が男だと気付いていたのかもしれない。前に小白を隠していた一鈴に獣臭いと言っていたし、臭いについては、一鈴よりも察知能力が高いように思う。何か思うところがあり、明明の身を案じ……黙っていたのだろうか。

「そ、そんなぁ！　明明様は薬が苦くて嫌なのかもしれないけれど、飲めばなんとかなるかもしれないのに！」

雨涵が目に涙を浮かべる。明明は男だ。しかし、今雨涵の誤解を否定するのもまた、面倒だ。

「専門の医官がやってくるのは、明日よ！　どうしよう一鈴（イーリン）！　ううう。わ、私が明明（ミンミン）様の代わりに医官に診てもらうってどうかな」

雨涵（ユーハン）は訴えてくるが、明明（ミンミン）と、顔も声も違うのだ。体形も違う。顔も違う。身長も違う。

雲嵐（ウンラン）も同じことを思ったのか、即座に否定した。

「そんなん無理に決まってるだろ」

「でも化粧でなんとか！　化粧をこう、厚く塗って、ごまかせたりしないかしら！　ほら、頬のところをきゅって、きゅってして！」

「お前な、ずっと頬を指でおさえたまま医官に診てもらうつもりか？」

雲嵐（ウンラン）はとうとう雨涵（ユーハン）のことまでお前呼ばわりしだした。雨涵（ユーハン）は「うう」と意気消沈し、あれこれ考えている。

「そもそも双子でも無い限り、身代わりなんて無理だ」

雲嵐（ウンラン）が言う。

一鈴（イーリン）は、雨涵（ユーハン）が頬を押さえる所作を見た。

「……雲嵐（ウンラン）、膠って、肌にも使えますか」

「絶対に不可能ってわけではないな」

项明明（シァンミンミン）は晴龍帝（せいりゅうてい）に近い存在だ。いわば、凍王（ドンワン）の秘密を握る存在。

明明（ミンミン）を助けるということは、凍王（ドンワン）を助けることに直結する。

恐水病の件がある。亚梦（ヤーモン）の想いを繋げなければいけない。

助ければ廉龍の信頼を得る可能性が出てしまう。信頼させ殺すなんてあまりに卑怯じゃないか。
ぐるぐると、一鈴の頭の中で思いが巡る。手元では、小白がじっとこちらを見ていた。やがて小白は、一鈴の服の中へ潜り込むと、かつて少年からもらったお守りを動かした。

——待て。

そう、強張った声音を発しながら、一鈴に近づいてきた神様の姿を思い出す。

神様は一鈴が何者であるかも知らずに助けてくれた。死のうとしているんじゃないかと、心配をして。あんなふうになりたいと、一鈴は確かに思ったのだ。

人殺しの自分は到底なれないけれど、憧れた。

明明は男と偽り後宮に入っている。凍王に協力している。

けれど、明明が処刑されて当然とも思えない。

まだ明明が何を思い後宮に来たのか、知らぬうちは。

「それなら、なんとか、出来るかもしれません」

「本当か？　おおっぴらに妊娠騒動になった以上、取り消しも出来ないはずだ。項明明が変に拒めば、それはそれで問題になるし、助産師たちには護衛がつく。足止めも無理だ」

「足止めもしません。医官たちにはきちんと明明を診てもらいます」

「えっ！　で、でも明明様は見られたら問題が在るお身体なのでしょう？　そうしたら……」

雨涵は泣きそうな声で言う。一鈴は迷いを断ち切るように、宣言した。

「これから交渉する、相手の出方次第です。その相手がこちらの要求さえ呑めば、完璧な項明明を、医官に診せることが出来ますから」

❀

医官が後宮入りする当日の朝、躑躅宮にて。

庭園の花を眺めていた项明明は、自室にもどると、文机の前に座った。

自分はこれまでなのだろうか。

文机の木目をじっと眺める。

とある目的を果たす為に、明明はここにやってきた。総龍帝の代では、下級妃のもとへ皇帝が向かうのは、一生に一度あるかないかとされている。皇帝の目にとまらなければ、そこに存在していないのと同じ。男であることも知られない。なのに、

『お前は男だろう』

後宮に来て、すぐのこと。晴龍帝と出会い、明明はそう耳打ちされた。

『何をしに来たかは知らないが、お前の望みを叶えてやっても良い。お前が私の淑妃になるのなら』

廉龍は自分の子を望んでいない様子で、協力するならば黙ってくれると明明に約束してくれた。

恐ろしくなるほどに、明明の後宮生活は、廉龍によって安定していた。廉龍の命令によって、沐浴や着替えなど、明明が裸になるときは、宮女は近寄ってこない。夜伽をする際の特別な沐浴も、免除されていた。明明が不審がられないように、表向きは廉龍が明明を沐浴に誘うということにしてくれて、宮女も宦官も、怪しむことすらしない。

どうしてここまでしてくれるのか。何度も訊ねたが、煙に巻かれて、確固たる答えは得られなかった。

「明明様、陛下がお見えになられました」

扉の向こうから宦官が声をかけてきた。声に感情をまるでのせないこの従僕は、男と知ってもなお明明を静かに支え、淑妃を補佐する役目を全うしてくれた。「通してください」と返事をすれば、すぐに万宗を伴い廉龍がやってくる。

「やはり丞相の娘が、勘付いて動いたらしい。楊雲嵐がお前について万宗に話をしたのを聞いたかもしれないと、万宗が言っていた。すまない。今、助産師の足を遅らせることが出来ないか、動いている。変な気は起こすな」

来てそうそう、自死の心配をされた。

どうやら廉龍は、人が死に向かうことに、強い忌避感があるらしい。心ある反応だが、どこか病的だ。そういえば、以前に、幼少期、虎を抱え死に行く娘を見てから、その横顔が心から離れなくなってしまったと言っていた。虎なんて抱えられるか。冗談かとも思ったが、幼い虎は猫のように小さいらしい。

「貴方にご迷惑をかけるわけにはいきません。散々協力していただいた身の上です。それにこの国を良くしたいのでしょう？　こんなところで、足をすくわれるべきではありませんよ」

恐水病の対策から、螺淵から離れた土地の格差対策まで、廉龍はよくやっている。凍王なんて呼ばれながらも、廉龍の仕事ぶりは正しい。

それに、明明が何故後宮に来たのか、親身になって聞いてくれた。そんな人間に、ひとつだけ隠し事をしていることは申し訳ないが、それでも、感謝は尽きない。

「しかし」

廉龍（リーロン）は渋い顔をするが、明明（ミンミン）は微笑む。廉龍（リーロン）は、次の会議を控えているらしい。万宗（ワンゾン）が時計を確認している。

「廉龍（リーロン）様、お時間が」

「分かっている」

廉龍（リーロン）は「変な気は起こすな」と、明明（ミンミン）に念押しをして去っていく。その背中を見届けてから、明明（ミンミン）は文机に向き直り、引き戸にしまっていた、一枚の拙い絵を取り出す。

明明（ミンミン）には、隠し事がある。後宮に女のふりをしてやってきたこと、そして――、

「大変申し訳ないのですが、少しの間、不自由してもらいますよ」

後ろから生えてきた手に、口元を塞がれる。振り返る間もなく、呼吸を圧迫され、意識が遠のく。

菊の香りが立ち上り、声の主に聞き覚えがあると思い至る。

この声は、皇貴妃の――、

「い――」

声にすらならない音が、口からもれる。

そのまま項明明（シァンミンミン）と呼ばれている男は、意識を手放した。

❀

「一鈴いいの!? 話し合えば良かったんじゃないの？」

明明を絞め落とした一鈴が、ひとまず明明を布で包み肩に担いでいると、雨涵に怒られた。

「でも、訳を話すより、こちらのほうが楽ですし、それに、この件を知る人間が少ないほど、若溪たちに勘ぐられずに済みますよ」

今日は昼から、躑躅宮で医官による明明の検査が行われる。その前に、男の项明明を、蓮花宮へ連れ出す必要があった。本来ならば雲嵐と自分で明明を攫うはずだったが、雨涵が「私も行く！」と言い出し、やむなく雨涵と中へ入ることにしたが――同行を許可したことを、一鈴は少しだけ後悔している。

「でも、さっき陛下がいらしてたし、陛下の助力を仰いだほうが――」

「私は、目立つことをしたくないです」

「あっそうよね！　一鈴密偵だものね！　分かったわ！」

なにひとつ、分かってない。本当に自分が密偵ならば、雨涵は口封じに殺されている。一鈴は切実に思った。「教えてあげる！」と度々蓮花宮に現れ、ある種間接的に皇帝暗殺を阻止している雨涵は、実は手練の護衛なのではと疑いたくなる時がある。そして、こうして雨涵に振り回されるたびに、最初雨涵に対して、取るに足らない存在だと見くびったことに申し訳無さと後悔を覚える。

「それにしても、こうしてあどけない寝顔を見ていると、あの人に似ているかも……」

雨涵は、布にくるまれた明明をまじまじと見る。

「まぁ、あとは化粧があれば医官であろうと騙せるでしょう。それに、元々あっちの项明明が正しいのですからね」

一鈴（イーリン）は、明明（ミンミン）を抱えながら躑躅宮（つつじきゅう）の窓へ近づく。

「では、よろしくお願いします」

そして、窓の外で雲嵐（ウンラン）と共に待機していた、ある人物に声をかけた。

❀

勝った。

医官が続々と後宮入りし、躑躅宮（つつじきゅう）へ入っていくのを眺めながら、若溪（ルオシー）は笑みを浮かべていた。周りの妃たちは、「安心ね」「良かったわね」と、躑躅宮（つつじきゅう）を見て微笑んでいるが、内心穏やかでないことを知っている。

先を越された。出遅れた。

皇后は皇貴妃ではなく、明明（ミンミン）がなるのか。ならば自分は新しく入った皇貴妃に媚びを売らず、明明（ミンミン）に近づこう。妃たちの真意を想像する。しかしもう少しすれば、医官たちはばたばたと騒がしい様子で躑躅宮（つつじきゅう）を出て、宦官（かんがん）たちを呼びに行き、衛尉が群れをなして躑躅宮（つつじきゅう）に入り、捕縛された明明（ミンミン）が現れるのだ。父には明明（ミンミン）が男である可能性について、文を送ってある。今日正式に明明（ミンミン）が男であると暴かれれば、皇帝にどういうことか追及し、若溪（ルオシー）を皇后にせよと迫るだろう。

雲嵐（ウンラン）もたまには役に立つ。自分を呪った身の上で、のうのうと皇貴妃の隣に立っているのを見た時は殺してやろうかと思ったが、生かしておいた甲斐があった。

しかし不思議と、待っても待っても、躑躅宮（つつじきゅう）から医官、そして宦官（かんがん）や宮女が出てくるそぶりがない。おかしい。今頃明明（ミンミン）は裸にされて、躑躅宮（つつじきゅう）は騒ぎになっているはずなのに。

まさか逃げたのか。

異変を感じた若溪（ルオシー）は、妃たちから離れ、躑躅宮（つつじきゅう）へ向かっていく。胸騒ぎを感じながら、無理やり押し入った。友人が心配なのと言い、善意をよそおう。父親が丞相である身分も手伝って、診察が行われる部屋へ簡単に入ることが出来た。ざっと、医官たちが一斉に若溪（ルオシー）に向かって振り向く。ちょうど明明（ミンミン）が服を脱ぐところだ。時間が押していただけか。若溪（ルオシー）は内心安堵の息を吐いた。

「若溪（ルオシー）様、今は診断の途中でございます」と、宦官（かんがん）が注意をしてくるが、「いいのですよ」と、涼やかな声が響く。

「若溪（ルオシー）様は、私が障りが遅れたことを、妊娠と心配してくださったお方ですから」

男のお前に、障りが来るわけない。

若溪（ルオシー）が眉間に皺を寄せる間に、明明（ミンミン）は自分の衣をサッと取り去ってしまった。しなやかで、美しい裸体が――女の裸体が現れた。医官たちはその美しさに目を奪われ、診察も忘れてその身体に見惚れている。

「……は？」

若溪（ルオシー）は、ありえないと頭を振った。雲嵐（ウンラン）の嗅覚は、いつだって正しい。間違えるはずがない。明明（ミンミン）は男のはずだ。雲嵐（ウンラン）がそう言ったのだから。

それに、雲嵐（ウンラン）の話を聞いていた万宗（ワンゾン）の様子だって、明明（ミンミン）が男だと示していた。

「そ、そんなはずない」

しかし、目の前の明明（ミンミン）の身体は女のものだ。胸もある。男にあるものなども無く、美しい女の身体だ。取り乱す若溪（ルオシー）に宦官（かんがん）が手を伸ばしてきて、若溪（ルオシー）はその手を振り払い、後ずさりながら部屋を出る。

父親に、明明（ミンミン）が男だと文を出してしまった。ただでさえ、自分は皇帝のお渡りが無いことを、父に責められているのに。

覚束ない足取りで躑躅宮（つつじきゅう）の廊下を逃げるように駆けていく。転びそうになると、若溪（ルオシー）の前に、何者かが立った。

「ただの障りの遅れを、妊娠したと触れ回るなんて——確証を重んじる貴女にしては、らしくないのではないですか」

涼やかな顔で若溪（ルオシー）の前に立ったのは、湧いて出てきたように現れた若溪（ルオシー）の障害、一鈴（イーリン）だ。大した後ろ盾もない分際で、皇貴妃という後宮最上位に立ち、挙句の果てに雲嵐（ウンラン）を護衛に据え置いた、憎んでも憎みきれぬ怨敵だ。馬鹿で目障りな雲嵐（ウンラン）ごと消してやろうとしたのに、泥棒（陣正）宦官が役に立たなかったせいで、殺しそこねた害虫だ。

「貴女の仕業なのね……！」

「さぁ、何が私の仕業というのでしょうか。此度のことは、貴女がただ、勘違いをしただけでしょう？」

「よくもぬけぬけと……！」

若溪（ルオシー）は歯を食いしばり、一鈴（イーリン）の首を絞めようと掴みかかる。しかし、簡単に躱され、つまずいてころんだ。立ち上がろうとすると一鈴（イーリン）は近づいてきて、手を差し出してくる。

「人を蹴落とさねば、生きていけない。そんな生き方もあるだろうが、たとえ生き残れたとしても、行けるのは地獄しかない。お前はまだ誰も殺していない。線を越えてない。馬鹿みたいな真似は金輪際やめろ」

伸ばされた手は、女の肌とは思えぬ、硬そうで、細かな傷のついた手だった。若溪（ルォシー）は差し出された手を睨みつけると、思い切り弾いた。

「私に勝った気でいるつもり？　馬鹿にしないで！」

若溪（ルォシー）は力任せに立ち上がり、一鈴（イーリン）を睨みつける。

「そうしていられるのも今のうちよ。私は絶対、皇后になる。そのためなら、どんな線も越える。地獄なんて、承知の上だわ！」

怒鳴りつけるように宣言をして、若溪（ルォシー）は一鈴（イーリン）の前を去る。

「おい、若溪（ルォシー）」

ずんずんと力任せに若溪（ルォシー）が躑躅宮（つつじきゅう）を出ていこうとすると、聞きたくなかった声が背中にかかった。

振り返ると、厳しい顔をした雲嵐（ウンラン）が立っている。

「项明明（シァンミンミン）を陥れようとしたって、本当なのか。なにかの間違いじゃないのか」

雲嵐（ウンラン）は、後宮に入る遥か前——幼い頃のような声音で話しかけてくる。でも話し方は、もうあの頃と違う。苛立ちが頂点に達した若溪（ルォシー）は、有無を言わさず雲嵐（ウンラン）に平手打ちした。

「うるさいっ！　裏切り者ッ！」

喉が裂けそうなくらいに力を込めてそう言い放つと、若溪（ルォシー）は雲嵐（ウンラン）のもとを走り去る。皇貴妃の護衛だからか、雲嵐は若溪を追いかけない。

雨涵も消えてくれない。

一鈴も消えてくれない。

明明も消えてくれない。

結華は手が出せない。

若溪は鬱屈を抱えながら、ただただ駆ける。振り返ることもできずに。

❀

「本日はご協力頂き、ありがとうございます——点賛商会の郭様——いや、本当の项明明さん」

明明の調べがおわり、蓮花宮に戻ってきた一鈴は、今日の協力者に声をかけた。

一鈴の前に立ち、どうみても项明明にしか見えない郭は、首を横に振ってから頭を下げた。

「こちらこそ、私の弟の為に尽力賜り、ありがとうございます」

その顔も、声も、明明にそっくりだ。周りに居た雨涵、雲嵐も、一鈴が商人に協力をお願いする場に付き添っていたのに、明明と商人の素顔があまりに似ていることで、改めて驚いている。

一鈴は、ずっと不思議だった。

明明が、どう見ても男であるのに、妃のふりをしていたこと。

次に、男であるはずの明明と、足音も、呼吸の仕方も、動き方も、『性別による差異』以外、ぴったりとほぼ一致している人間がそばにいたことだ。

当初は、明明とその人物が同一人物じゃないかと疑うこともあった。二人の差異は性別しかない。男が妃として後宮入りし、のうのうと暮らしていけるとは到底信じられず、男である明明に似た『ある人物』が、一鈴の知るもう一つの顔と、明明の顔を使い分けていると考えたこともあった。

二人についてどうにも触れづらく、静観する気でいたが妊娠騒動により、この状況を打開できるのは商人だけだと、一鈴は助けを求めに行った。

その結果、明明の診察は無事終わった。

「でも、まさか性別も、本当の顔もばれてるなんて思いませんでした。声の作り方も、佇まいも、目の感じは膠で変えていたし、化粧だって完璧だったと思っていたのですが……」

はははは。と、郭は笑う。しかし、膠で目元を変え、どんなに化粧をしても、声や佇まいを変えようと、骨格も何もかも、変えられない部分はある。でも、分からないことはまだある。

「どうして、わざわざ性別を偽って後宮へ？」

一鈴は、星星というらしい郭に問いかける。

女の商人がいないわけではない。なのに商人として性別まで偽る必要はどこにあったのか。むしろ、去勢しているところを見せなくてはいけないわけで、そのため、不必要に自分の身体を傷つけたということになる。そうまでして、後宮入りした理由が、一鈴には分からなかった。

「あの子は、私が後宮入りを命じられた時、勝手に私のふりをして、緋天城の門をくぐったのです。姉さんは、後宮なんか似合わない。だから、僕が行くって……書き置きを残して。私はあの子を助けたかった。でも、私が後宮に来たことを知ったら、絶対にあの子はまた、私を助けようとするからです。後宮から、追い出そうとする。だから陰から助けなければいけなかった。それに……女商人の数は少ない。そして私は……項家から、逃亡した身の上なのです。弟を追うために。なので、男として、いえ、本当の私を、捨てなくてはならなかったのです」

郭は俯く。亜梦は、後宮に入って逃げようとする者がいると言っていた。それは皇帝が恐ろしいからと考えていたが、そもそも後宮の暮らし自体を幸せと考えない者もいる。そのことにどうして今まで気付かなかったのかと、一鈴は相槌すらうてなかった。

「一緒に逃げればよかっただろ、二人で、お互い後宮に行くのは良くないって思ってたなら……そもそも、こんな危ないことになるより、ずっといいだろ」

雲嵐が問う。

「後宮に出発する前夜、後宮なんて行かずに、逃げようと言われました。二人で。私はそれを断ってしまった。後宮に行けば給金が貰えるし、そもそも逃げるなんてこと、不可能だからです。国の命令は絶対ですから。そもそも、私たちが項家の養子に入ったのは、私が項家の愛娘の代わりに後宮に入るためです。でも、後宮に向かう朝、弟はいなかった。迎えの馬車も来なくて――父親から、弟が私のふりをして、後宮にいると聞かされた時は驚きました。生きた心地がしなかった――なので、私は後悔していません……」

姉が後宮への招集を受けたこと。つまり家族を守るため明明は死罪覚悟で後宮に入り、淑妃として君臨していた。

「姉さん？」

一鈴（イーリン）が俯いていると、扉のそばに明明（ミンミン）が立った。雲嵐（ウンラン）が人払いをしてくれたことで、事情を知らぬ他人に見られることはない。しかし、明明（ミンミン）が布袋から勝手に出ることを想定していなかった一鈴（イーリン）は、彼を縛るとき、雨涵（ユーハン）に言われて腕や口を縛ってはいなかった。

「星星（シンシン）──」

明明（ミンミン）を見て郭（クオ）がつぶやく。

「では、どうぞ姉弟で、ごゆっくり」

一鈴（イーリン）は、別室で待つ雨涵（ユーハン）たちの元へ戻ろうとする。

「待ってください」

しかし、弟の明明（ミンミン）に呼び止められた。

「ありがとう。助けてくれて……」

頭を下げられ、一鈴（イーリン）は戸惑った。一鈴（イーリン）は刺客だ。なのに謝られたり、礼を伝えられたり、後宮に入って慣れないことばかりが起きている。

自分は感謝される立場ではないのに──。

「礼を言われることではないです」

一鈴（イーリン）の心が、静かに沈む。

「ありがとうございます。一鈴（イーリン）様」

男女、折り重なるような声が、夕焼けに染まりつつある部屋に響く。顔も、瞳も、何もかもがそっくりの双子だ。立ち並ぶ姿は鏡映しのようだが、こうして並んでいる姿を見ると、姉の方は繊細さが、弟の方は涼やかさが際立って見えた。

「……蓮花宮（れんげきゅう）、好きに来てください。外で会っていたら、怪しまれるでしょうし」

お互いがお互いを想って行動していた二人だ。今日だけでは話し足りないだろう。

それに、打算的だが、雨涵（ユーハン）だけと仲良くしているように思われると、一鈴（イーリン）が廉龍（リーロン）を殺した時、雨涵（ユーハン）は「一鈴（イーリン）の協力者だった」と疑われるだろう。しかし、明明（ミンミン）と交流があるような印象を強めれば、刺客だと知られた時、一鈴（イーリン）は色んな人間を懐柔しようとしていたと考えられ、個々の妃への疑いが晴れるかもしれない。

「では」

一鈴（イーリン）は、二人に会釈をしたあと、部屋を出た。


一鈴（イーリン）は赤い夕日に染まる回廊を歩く。

殺さず、人を生かそうとすることは、なんて大変なんだろう。任務を終えたときとは全く異なる、疲労感に、一鈴（イーリン）は大きく息を吐いた。疲れた。今日はもう何もしたくない。

なのに不思議と、簡単な——殺しの任務を果たしたときより、心は軽かった。むしろ、なにか満たされるような感慨がして、自分の胸にそっと触れる。しかし、自分のもとへ近づいてきた足音に、すぐ振り返った。

「なんですか、明明（ミンミン）様」

いつ宮女や宦官（かんがん）がやってくるか分からないため、明明（ミンミン）様、と呼ぶほかなく、一鈴（イーリン）は後宮に潜む男へ声をかける。明明は、「そんな刺客みたいな目つきしないでください」と、淑やかに目を細めた。

「お礼をお伝えしたくて」

「先程お伺いしました」

一鈴はすげなく返すが、明明は近づいてきた。

「……貴女にとっては、仕事かもしれませんが、それでも、助けていただきましたからね」

「任務？」

「賢妃様から聞きました。貴女は、後宮の妃を見守るために、頑張っているのだと……晴龍帝のために」

「え……」

一鈴はぞっとした。雨涵は隠し事が出来ないどころじゃない。下手に明明にそんなことを言われれば、廉龍と明明により、「答え合わせ」が起きてしまう。

「賢妃様は、どうやら嘘や隠し事が苦手なご様子ですね。自らの正体を明かしてしまったのは悪手だったのでは？　貴女の存在に悪人が勘付いたら、対策が練られてしまうでしょうし」

明明は言う。自らの正体を明かしてなんかいない。さらに誤解が生まれている。

「陛下ですら、厳重に秘匿されているご様子でしたから。貴女を刺客かもしれないなんて、疑う嘘まで私についていたのですよ。すっかり騙されてしまいました。なにかしっぽをつかめないかと、茶会までさそってしまって」

廉龍は、明明に一鈴を刺客かもしれないと明明に言っていたらしい。そして明明は一鈴を調べるため……茶会に誘ったようだ。

でも今、明明（ミンミン）は……雨涵（ユーハン）の妄想劇場の、住人となってしまっている。

これは、雨涵（ユーハン）に助けられたかたちなのか。

窮地に陥れられているのか。分からぬままに、一鈴（イーリン）は顔を引き攣らせた。

「これからは、私も――いや、僕も陰ながらだけど、協力させてもらうからね」

明明（ミンミン）――いや、おそらく本物の項星星（シアンシンシン）が言う。

「本当に、ありがとう。皇貴妃様。君のおかげで助かったよ」

そう言って、彼はひらりと踵を返し去っていく。

人を助ける。この、呪われた身体を使わずに。それが、今日自分は出来たのか。

一鈴（イーリン）は自分の掌を見つめる。

するとふいに、陽炎のような、蜃気楼のような幻影とすれ違った気がして、足を止めた。

最後に会った亜梦（ヤーモン）の声が、すぐ近くで響く。

――人と触れ合うたびに、刺客として死んでいく。

一体、亜梦（ヤーモン）はどんな気持ちで、あの言葉を言ったのだろう
一鈴（イーリン）はしばらく回廊の先を眺めていた。

❁

明明（ミンミン）の妊娠騒動は、若溪（ルォシー）の早とちりということで片付けられた。

若溪がどう思っているかは分からないが、周囲の妃は、皇貴妃が登場し、自分ではない人間――明明を使って代理戦争をしようとしただとか、明明に先を越されたとの焦りで騒いだなど、若溪に対して否定的な声が多くでた。さらに若溪へ注目も集まってしまったため、しばらく派手な妨害行動は出来そうもなく、しばらくはあれこれ悩まずに済みそうだと、一鈴は安堵した。

しかし、騒動から十日が過ぎた今――一鈴は、気が狂いそうになっていた。

「御機嫌よう、お言葉に甘えて、今日もお邪魔しに参りました……」

そう言って、堂々と蓮花宮の一鈴の部屋に入ってきたのは、先日男だと暴かれかけた明明だ。

舞を踊っていたのは、情報収集のため。

舞を踊り続けていれば、誰にも話しかけられず済むという理由かららしい。

ただ、話をするのは好きだったということで、蓮花宮にやってきて、一鈴に喋りかけてくる。まるで今までの鬱屈を、晴らすように。

しかし、何より頭が混乱するのは――、

「どうしたんだい？　機嫌が悪いのかい？　僕の美しい顔を見て、元気を出すと良いよ。きっと元気が出る」

男である明明の性格が、一鈴の想像を遥かに超えるものだったことだ。

明明は明るく、それでいて――どうしようもなく――気取りやの自由人だった。ついでに、自分の顔への自信が強い。宦官を伴い歩く姿は、表面上絶世の美姫だが、声は低く、話し方は気立ての良い商人や青年としか思えない。視覚と聴覚の情報が一致しないことで、脳が混乱してくる。

「声、どうやって変えていたんですか」

「簡単だよ？　喉の奥をね、ぎゅっと絞めて、声を舌の上で転がすように話す」

「元の声のほうは」

「喉の奥で、下へ下へって話すと、自然に」

　そんなわけあるか。一鈴は思わず否定したくなる。

「あの、本日はどのようなご用件で――」

「暇だから。あと、自分の部屋だと喋れないんだよ。声が出せないと疲れちゃうから」

　そう言って、明明は我が物顔で長椅子に座り、「お茶を入れよう」などと言い、勝手に蓮花宮にある茶壺をいじりはじめる。確かに、蓮花宮の部屋は密談を想定しているのか、防音性に優れている。また、雲嵐が嫌われていることで、宦官や宮女が雲嵐のいる場所――一鈴の部屋に近付かず、より声が届きにくい。一鈴は姉弟の密談の場所にしていいと言ったが、だいたい十五日に一回程度のつもりだった。だから気軽に来ても良いような言い方をしていたが、最近明明は、三日とあけずにやってくる。

「一鈴！　二胡の演奏しましょ！　まぁ、明明！　来てたのね！」

　そして、当然雨涵もやってくるのだ。一鈴は頬をひくつかせ小白に助けを求める。

「こんにちはー点賛商会です！　お菓子をお届けに参りましたー！」

　しかし小白は、あっさりと一鈴のもとを飛び出し、やってきた商人――郭の背負う包袱皮の荷物へ飛び乗った。

　郭のほうも、明明の騒動以降、呼びもしていないのに、蓮花宮に姿を見せるようになった。弟と会いたいという事情もあるのだろうが、それはそれとして厳しいものがある。

「人数増えたな。茶出すのも一苦労だぜ。ほらそこの、手伝え」

雲嵐がうんざりした様子で自分、一鈴、雨涵、明明、郭に茶を出す。

雲嵐と雨涵は、明明が男であること——後宮に男が存在していることをあっさりと受け入れた。どうやら雲嵐に効くのは理論より、情熱らしい。明明が「身体の弱い姉が後宮に入らなくてすむように……」とおいおい泣けば、姉が商人として後宮に来ているにも拘わらず、「産むにも体力いるだろうからなぁ」と、同情していた。雨涵は言わずもがなである。

なんだこれは——。

一鈴は皇帝に血を撒かれ、監視が厳しいながらも静かに過ごせていた頃を思い出す。

それに比べて今はどうだろうか。雨涵は二胡を弾き始め、明明と郭は鑑賞し、盛り上がっている。

家族団らんのためなら、少しくらい部屋を貸してもいいと思っていた。そもそも、蓮花宮は一鈴の持ち物ではない。だから、人のためになるならと思ったのだ。

けれどこの状況は、望んでいない。そもそもこの調子なら、廉龍を殺しに行くことも難しいのではないか。

一鈴は試しに部屋を出ようとする。しかし、雨涵がすぐ「一鈴どうしたの⁉」と二胡の演奏を止めて声を掛けてきた。明明と郭は、「お菓子どうぞ！」と一鈴に勧めてくる。

刺客として死ぬどころじゃない。殺されるんじゃないか。

一鈴は迫りくる三人の脅威に辟易しながらも、抗えること無く、呑み込まれていった。

✿

淑妃、明明が医官により検められた翌日の上午、廉龍は躑躅宮へ向かった。

「迷惑をかけた。ごめん」

通された客間には人払いがなされ、部屋の外では万宗が見張りをしているためか、明明は声を作らず、謝罪を行ってきた。

明明の素性が明らかになるということは、すなわち、廉龍の立場が危うくなることを示している。

廉龍が瑞の動向を探り、なおかつ丞相の妨害にあっている最中に起きたことで、全てが後手後手に回っていた。

「何が起きた」

「万宗から報告が上がっている通りのことだと思う。皇貴妃が、僕の姉を引っ張り出してきてね、姉を診てもらうことで、難を逃れた」

「姉？」

「商人として、出入りしているらしい。僕に知られないように、補佐をしてくれていたみたいだ。郭家に、金を払って……」

「後宮の警備を、さらに見直さなくてはいけないな」

廉龍は呟く。

「そう……なってしまうかな。そうなると、僕も姉も困るけど」

明明（ミンミン）は目を細め、改まった様子で廉龍（リーロン）に向き直った。

「ありがとう。今回……いや、ずっと君には助けてもらいっぱなしで……」

「……別に、礼を言われることはしてない」

「はは、揃って同じことを言う。君は演技が上手いと思っていたが……」

廉龍（リーロン）と誰かを重ねた様子で、明明（ミンミン）は笑う。

いったい何なのかと思えど、今はそれよりも気になることがある。

「皇貴妃の様子は」

「普通だよ。何の問題もない。むしろ、賢妃のほうが問題じゃないかな？　彼女、正直すぎるところがあるし、悪気なく問題を起こす気質でしょう」

どうやら明明（ミンミン）は、皇貴妃に懐柔された様子だ。

人間に、正直さなんて期待できない。皇貴妃はなおさらだ。

一鈴（イーリン）が入った初日、後宮内に侵入した刺客たちは、皆血に伏していた。側に居たのは、一鈴（イーリン）だ。

天天（テンテン）が攻撃していたのなら、爪の痕や噛み痕がつく。天天（テンテン）が襲われた時、刺客には打撃痕があった。

虎にはつけられず、人からの攻撃によって出来たものだ。

一鈴（イーリン）は何かを隠している。後宮内で、人間と関わり合い、人の心を繋いで、何かを起こそうとしているのかもしれない。

ただ、一つだけ疑念が浮かぶ。一鈴（イーリン）が刺客であるならば、夜伽は暗殺の絶好の機会だ。だが、一鈴（イーリン）は廉龍（リーロン）を殺そうとしなかった。不安そうに、どうしていいかわからない顔で、ただただ、そばにいた。

――恐水病については、いかがですか。

ふと夜伽のときの一鈴（イーリン）の声が蘇る。

夜伽の、色事に怯えるような表情。そして、環首刀を突きつけられてもひるまない、勇敢な瞳。

ああ、と、納得がいった。

「恐水病についての、進みを待っているのか」

廉龍（リーロン）は呟く。小さな声は、明明（ミンミン）には聞こえない。


淑妃との騒動から、数日が経ち、緋天城（ひてんじょう）にて園遊会が開かれることとなった。

懐妊前の皇后――ではなく皇貴妃が参加するということで、皇貴妃の周りは宦官（かんがん）たちにより、厳重に護られる。とはいえ、園遊会で最も皇貴妃の近くにいるのは、皇帝だ。

緋色の織物がいくつも折り重なり、花辺（レース）や雪紡材质（シフォン素材）が複雑に組み合わされた礼服には、金糸により繊細な螺淵（らえん）の伝統刺繍があしらわれ、立体的な蓮花が輝いている。

一鈴（イーリン）の礼服は、まるで緋色の菊と蓮花を組み合わせ、爛漫と咲かせたような、美しいものだった。

そんな礼服に身を包み、園遊会当日、一鈴（イーリン）は廉龍（リーロン）と共に、来賓のもてなしをしていた。

「ははは。動物には詳しい気でおりましたが、まさかこんなところで、同じ志を持つ、それもこんなお美しいお方にお会いできるとは、催しもたまには良いものですね。皇貴妃様というのが、惜しいところですが」

「いえいえ……」

一鈴は、片目に眼帯をつけた老爺に向かって微笑む。やがて老爺は他の来賓に呼ばれ、一鈴はその姿が見えなくなると、そっと胸をなでおろす。

園遊会の開かれる水蝶園の内装は、螺淵の文様とはまた異なった、花や木々を組み合わせた絨毯、燭台を連ねた吊り照明のほか、螺淵の伝統提灯が吊るされ、螺淵の西に広がる海洋を越えた異国文化――西洋趣味が色濃く反映されている。

「一鈴さん、どう、愉しんでいる？」

先程まで、来賓と歓談していた香栄が一鈴に近づいてくる。今日は武官を一人横に置き、いつものような絶対的な守備の中にはいないが、壁伝いにほか四名が香栄、そしてその周りに危険な人間がいないか、警戒していた。

「なんとか、失礼のないように努めてはおりますが……」

「ええ、謙遜なんてしなくていいのよ、私達、頼りにしてるんだから。さっき貴女が話をしていた方だって、西刺出身の楽の奏者なのだけれど、西刺って訛りと言語が一部違うところがあって、他の妃の方では難しいから、是非ご案内してもらおうと思って、私から一鈴さんとお話してって勧めたのよ？」

「え」

一鈴が、香栄に、後宮の人間に西刺に行ったことを伝えたことは、一度もない。暗殺者としての自分が「夜菊」として市井に認識されているらしいと知ってからは、直近の仕事の場所についての話は伏せていた。

「西刺は、私もいつか行きたいと思ってるのよね」

そう言って、香栄(シャンロン)は来賓を眺める。

「では、愉しんで」

香栄(シャンロン)は微笑み去っていく。廉龍(リーロン)は、先程一鈴(イーリン)が話をしていた、眼帯の老爺のもとで歓談に興じていた。自分も皇貴妃の仕事を全うするかと周囲を見渡していると、「やあやあ皇貴妃様」と、やけに馴れ馴れしく酒臭い男が近づいてきた。四十半ばほどの男は、妊婦のように膨れた腹を叩きながら、下卑た笑みを浮かべている。

「嫌だわ。先帝に気に入られただけの成金のくせに、よく来れるわね」

「晴龍帝(せいりゅうてい)に斬られてしまえばいいのに」

ひそひそと、周囲の来賓は男を見て顔をしかめている。一鈴(イーリン)は、問題の起きぬよう、笑顔で礼をした。男は盃を片手に、一鈴(イーリン)の礼服を舐め回すように眺めてくる。

「皇貴妃様、お初にお目にかかります。わたくし総龍帝(そうりゅうてい)様に大変良くしていただきました。岩准(ガオシュン)と申します。どうぞよろしく」

岩准(ガオシュン)。その名を訊いて、一鈴(イーリン)は大きく目を見開いた。

東抉(ドンジュエ)に居を構える豪商で、女好きの卑劣漢だ。娼婦ではなく、自分の身体を売ることの判断がつかない少女を攫い、買い、思うままにする男。

晴龍帝(せいりゅうてい)暗殺の命令が出る前、次の任務で殺すはずの男だった。

「岩准(ガオシュン)様……」

「はい。以後お見知りおきを……」

岩准は荒く呼吸を繰り返し、舌なめずりをする。こんなにも下品な男がいるものか。本当に、総龍帝と親交があったのか、泳がされ、破滅する準備をされていただけではないのか。一鈴が愛想笑いを浮かべていると、岩准は額の汗を手帕で拭いながら、一鈴の腰に触れた。それまで呆れた様子だった雲嵐が、顔つきを変えるが、一鈴は岩准に気付かれないよう首を横にふり、そっと岩准の手から逃れる。社交の場でなければ、指を引きちぎっているが、園遊会は政務の場でもあるという。国益の阻害をしたくない。しかし、一鈴に避けられたことが不満だったのか、岩准は眉間に皺を寄せた。

「おかしいですなぁ。皇貴妃様のお父様は教養があり、他所の国の文化を嗜んでいると伺ったのですが」

「どういうことでしょう？」

「こういう場では、男は立てるものですよ？　そんな風に拒絶しては、晴龍帝にも愛想を尽かされてしまいます。ただでさえ、お世継ぎがまだなのですから」

一鈴にさりげなく拒否をされたことが、よほど悔しかったらしい。

こんなにも堂々と、他人の身体に触れられぬことを不満だと表明してくるなんて。どうしてこうも肉欲に溺れる人間は、図々しいのか。一鈴は呆れながら、「それは困りますね……」と流す。実際は、愛想を尽かされても困らない。世継ぎを産むことのほうが困る。人殺しの自分が、人を産む行為なんて、したくもない。

「ただでさえ一鈴様は、汚い血が混ざっているかもしれない、なんて言われていることもあるのですし、ああ、私が言ったわけではありませんよ。ただ、他所の国に居た時間が長いぶん、なにか悪い血が混ざって、ねぇ、出来た子かもしれないなんて、酷いことを言う人間だって、いないわけではないのですから」

罵倒に妙に具体性があるのは。事実思っていることだからだろう。周囲の宦官は一鈴に心配そうな視線を送ってくるが、特に思うことはなかった。言葉でどんなに馬鹿にされようと、命までは脅かされない。たとえ一鈴がどんなに優しく、気立てがよく、育ちがいいように見えたところで、人殺しを生業にしているのと変わらないように、こうして貶された程度で、何も起きない。

それにこの血が汚れているのは真実だ。親は知らないが、この生き方を選んだことで血やその身を汚しているし、そうした選択を取ったことに、悲観も気後れもない。善で生まれたものが善として生きるため、血に染まる覚悟をした。

ただ、ここで明るく朗らかに対応をしても、それはそれで嫌みったらしく感じさせる可能性がある。香栄や明明の人との接し方を思い出し、失礼のないよう、「申し訳ございません」「努めてまいります」と、覚えたての愛想で対応していく。

「なにをしている」

しかし、人間味を感じさせない表情の廉龍が向かってきた。岩准は、「これはこれは」と、顔をほころばせる。

「廉龍様、本日はお招きいただきありがとうございます。今ちょうど、皇貴妃様とお話をさせていただいたところで、ははは、楽しく話をね、ええ」

岩准は、どうやら一鈴を貶した自覚があったらしい。ただ廉龍が近づいてくることが予想外で、どうにか一鈴に黙っていろと伝えたいらしかった。そんなに必死にならずとも、自分は何もしない。一鈴（リン）が微笑み、「はい」と頷けば、廉龍（リーロン）は一鈴（イーリン）を睨んだ。

「嘘を吐くのか。お前は」

静かに咎める口調に、岩准（ガオシュン）は焦った様子で首をひねった。護衛たちが、ただ黙って様子を窺ってきている。

「汚い血が混ざっているかもしれない。よその国で、何か悪いものをもらってきているかもしれない。そんな言葉を投げかけられることが、楽しいことではないだろう」

廉龍（リーロン）は一鈴（イーリン）を睨んだ後、同じ瞳を岩准（ガオシュン）に向けた。

「卿にも問おう。果たして、他人の過去を抉る行為が、楽しいということなのか」

「いや、その、えっと、ははは。えっと……私は、これにて失礼致します」

岩准（ガオシュン）はばつが悪そうに去ってしまった。

岩准（ガオシュン）は、先帝と関わりが深いと言っていたはずなのに。

「いいのですか」

「別に構わない。ただ、切り時なく惰性で繋がっていた縁だ。それに、お前は信用できないが、血は関係ないからな」

廉龍（リーロン）は、一鈴（イーリン）を冷ややかに見下ろした。邪悪に見えていても、手を差し出しはする。一鈴（イーリン）はまたひとつ、廉龍（リーロン）がわからなくなった。

廉龍（リーロン）の基準は、いったいなんなのだろう。

「ありがとうございました」

「礼を言われる筋合いはない」

「なら、申し訳ございませんでした」

「謝るのなら、偽ることはよせ。そして、言い返せるくらいには気丈になれ、お前は賢妃に言われたときも言い返さなかった。いい加減覚えろ、人は、嘲られてしまえば、終わりだ」

嘲られれば、終わり。

そんなふうに、一国の皇帝が、皇子だった人間が、考えるのか。

一鈴は、廉龍に疑念を抱く。しかし、その疑念をぶつけることまでは、しなかった。


園遊会が終わり、一鈴はまた後宮に戻されることとなった。

いつものように、天龍宮仕えの宦官とともに、馬車で蓮花宮へ戻る。

そう、一鈴は思っていたが……、

……どうして、晴龍帝が隣に。

一鈴は、深華門をくぐってもなお、隣にいる廉龍を見やる。蓮花宮に戻るにあたり、宦官ではなく廉龍がつくことになった。それ故に現在、一鈴は廉龍と蓮花宮への橋を渡ることとなっている。

しかし、ふいに廉龍が足を止めた。

「……助かった」

突然の言葉に、一鈴は振り返る。

廉龍は、能面のような表情で佇んでいた。殺気は感じないが、幽鬼と相対していると錯覚するような、凪いだ佇まいだ。目の前にいるのに、気配が悟れない。これからどう動くのか掴めず、無意識に身構える。

そして、助けた覚えもない。混乱で震える一鈴（イーリン）を、廉龍（リーロン）は感情がまるで感じられない瞳で見下ろしている。

「明明（ミンミン）を助けたのはお前だろう」

売られた。暗黙の了解として、明明（ミンミン）の女性証明に誰が協力をしたかなんて、話さないと思っていた。なのに一番、話をしてほしくない人間に話をされてしまった。首を絞められているわけではないのに、一鈴（イーリン）はじわじわと真綿で首を絞められているような錯覚に陥る。

「お前が何者かの窮地に居合わせたのは、二度目だ。天天（テンテン）しかり、明明（ミンミン）しかり。どうしてだ」

今日は礼を言いに来たのではないのか。

何故いま、自分は廉龍（リーロン）に圧をかけられているのか。

鋭い眼差しで射貫かれ、一鈴（イーリン）はそらすことも出来ず、口を中途半端に開く。

「そ、それは、わかりません……」

「あえて、窮地を起こし、それを救ってみせる。救われた人間は、その者の為に動くようになるだろう。私はそんなふうにして、人を操る人間を、よく知っている。お前も同じか」

「ち、違います。私は、そんなつもりは——」

「ではどんなつもりなんだ」

廉龍（リーロン）は、一鈴（イーリン）の手首を掴むと、自分に向かって寄せてきた。一気に距離が近づき、間近で見つめられる。

「お前が求めているのは、この命ではないのか」

廉龍（リーロン）は、一鈴（イーリン）の手を、自分の胸にあてた。

「それとも、何者かに——父親に言われて、皇帝の心を欲しているのか」

夜伽のときの、演技とは違う。廉龍（リーロン）は、見極めようとしているのだと、一鈴（イーリン）は本能で分かった。

目の前の人間が、刺客なのか、そうではないのか。

一鈴（イーリン）は、無意識のうちに後ずさろうとした。

「一鈴（イーリン）おかえりなさい！　ねぇ見て、一鈴（イーリン）！　猫！　後宮に入ってきたのよ！　可愛い！　あっ、陛下……」

明るい声が響く。振り返ると、黒猫を抱いた雨涵（ユーハン）が笑っていた。猫の首には鈴がついている。

りん、りん。

鈴の音が響く。記憶を思い返しての音ではない。過去に一鈴（イーリン）がつけていた鈴と全く同じ鈴の音が、一鈴（イーリン）を追いかけてくる。

最悪の組み合わせだと一鈴（イーリン）は視線を逸した。こめかみが疼いて、脳裏に地獄（過去）が蘇る。一鈴（イーリン）が拾った猫は無事だ。少年が救ってくれた。もう自分は石の囲いの中にはいない。だから、大丈夫。大丈夫になった。なのに。

「一鈴（イーリン）？　どうし——」

雨涵（ユーハン）の声が、ごぼごぼと、水を挟んだように聞こえる。歪んで、ねじれて、理解すらままならない。

ただ鈴の音が、鮮明に一鈴（イーリン）を追い、責めて、抉る。

「雨涵（ユーハン）、ちょっと……」

もう取り繕うことすら出来ない。吐く。倒れる。脂汗を滲ませた一鈴（イーリン）が、一歩あとずさったその時だった。

「どうした」

逞しい腕に、両肩を支えられた。振り返ると、かつての少年がそのまま大きくなったような、胡乱な光景に揺れる。視界全体が左右に振れて、頭が重い。立っていられない。

「おい、しっかりしろ、おい！」

「ごめんなさい……ごめんなさい……ごめんなさい」

助けてあげられなくて。

「私は、あなたに名前を呼んでもらう資格なんてないんです。この名前は――」

他ならぬ、罪の証明だから。

一鈴（イーリン）は遠のく意識をつかめずに、そのまま闇へ身を委ねた。

特別書き下ろし番外編

小白（シャオパイ）追想記

小白は主人に対して、常々不満を募らせていた。

「美味しいか。でも、あまり贅沢を覚えるなよ。いつかここを出ていくんだからな」

小白が朝食にありついていると、主人である一鈴が、呆れ顔で背をつついてきた。

朝餉には質素な粥に、少しばかりの菜が並んでいる。どれも山小屋での食事よりは滋養になりそうだが、修行僧の食事ではないかと訴えたくなった。

主人も少しは贅沢を覚えればいい。小白は胡麻餡をつつみ蒸し上げた水晶餅を貪りながら一鈴を見やる。

「なんだ。おかわりしたいのか？　食べ過ぎも太るぞ。氷砂糖と違って、ある程度油も入ってるんだからな」

一鈴は心配した様子で、小白が今食べている水晶餅を取り上げようとしてきた。慌てて水晶餅にぶら下がり阻止をして、一息つく。

おかわりはしたい。緋天城で用意される菓子は豪華で、この機会を逃せば、次はいつ食べられるか分からないからだ。しかしながら、訴えの根幹はそこではない。

主人の食生活。

お前はもっと良いものを食えと、小白は声を大にして言いたい。

今まで山小屋で暮らしていた一鈴は、小白の餌づくりのついでとして食べるような食生活を送っていた。山は山菜が豊富に採れるし、そもそも主人は金に困っていないはずだった。街に繰り出すとき、小白は周囲の人間が財布を開くと、ついついのぞいてしまう。故に、人間がどの程度金を必要とし、買い物のときにいくらほど使うかなど、物の価値が分かる糖獣だった。

主人は金を持っている。

なのに持っているだけで使おうとしない。

小白の餌は買えど、自分の為にいい魚や肉を買うことは絶対にしないし、全裸が赦される小白と異なり服を着る義務を強いられているにもかかわらず、質素な服を夏冬問わず着ていた。

小白の主人は、「普通の営み」に忌避感を抱いている。

それではなんのために生きてるのか。

生きることは食べること、食べることは生きることのはずなのだ。それなのに死んだように生きる主人を見ていると、やるせない気持ちでいっぱいになる。

「そう拗ねるなよ小白。ほら、もう食事の邪魔しないからさ。ただ、食べすぎには気をつけろ」

呆れたように一鈴が話しかけてきて、小白はがっくりと肩を落とす。

話が通じない。

それどころか、自分を卑しいだけの獣だと思っている。ついでに、勝手に気持ちを推し量ってきて、なんだかとても、底意地の悪い糖獣だと思われている気がする……。

それが、小白に対する主人への、大きな、大きな、この螺淵にそびえる緋天城よりも大きな不満だった。

「小白、自然は良いな」

朝餉を終えると、一鈴が自分を背に乗せながら話しかけてきた。一鈴は、よく蓮花宮の中庭を散歩する。山で暮らし、人里に慣れていないせいで、自然を欲するらしい。もしくは、水に惹かれているのかもしれない。盗み聞きによれば、緋天城の中は、他にももっと、庭園や美しい花の小道があるらしい。なのに虹彩湖ばかり出向いているのも、そういう理由なんじゃないかと疑いがある。

「お前、糖獣に話しかけるんじゃなくて、虹彩湖とかで妃とかに話しかけろよ。情報収集も大事な仕事だぞ」

その散歩には雲嵐という、馬鹿っぽい下僕もついてくる。雲嵐は小白を菜刀で切ろうとしてきた野蛮人だが、おそらく自分を恐れているのでは――とも、小白は見当をつけていた。初手は菜刀を向けられ恐れおののいたが、次はない。小馬鹿にした視線を雲嵐に送るが、雲嵐の背丈は一鈴よりずっと高く、目線が合わなかった。

簡単な散歩で人の目もないため、小白は一鈴の肩にのっているが、普段は一鈴の服の裾や、織物の重なった部分にくっついて、人の目を逃れている。

小白は良い手触りだと、一鈴の肩の布に触れた。

主人は、後宮に入る前、掴まれるところなんてどこにもない、服ではなく鉄鍋の汚れでもこそげ落とすほうが有用そうなぼろきれを着ていた。今は生地が柔らかく、主人の肌を傷めなさそうで、安心がある。

「いつか、木の実とか……」

そう言って、一鈴は口をつぐんだ。その頃に自分は晴龍帝を殺し、後宮を出ていると思っているのだろうが、小白（シャオパイ）は「ずっといなさい」と念を送る。「人里に慣れなさい」とも。
だって、今の生活は、主人の心情を無視すれば、ずっと人らしいものなのだから。

主人が人殺しを生業としている。

理解するのに時間はかからなかった。糖獣（とうじゅう）の世界は弱肉強食、共食いでもなんでもある世界だ。糖獣（とうじゅう）は何でも食べられる代償なのか、常に飢饉に晒されている。たくさん食べても、それ以上に身体が食を欲するのだ。人ならば肥え太って死に至るだろうが、糖獣（とうじゅう）は象より食わねば飢えて死ぬ。故に、子を食らう親も珍しくない。

小白（シャオパイ）の親だってそうだった。

自分の親は、食べるために子を産んでいた。繁殖し、食べる機会を厳密に定めてしまえば、わざわざ危険を冒し狩りに向かう必要がない。同じような顔をした兄弟姉妹に囲まれ、かといって絆を紡ぐことなく毎回毎回顔ぶれが異なるなか、小さく、そして一番弱かった小白（シャオパイ）は、親に食われる前にまわりの兄弟たちに食べられかけ、必死の思いで逃亡し——飢えて死にかけていたところを、一鈴（イーリン）に拾われたのだ。

思えば当時から話が通じてなかったな、と小白（シャオパイ）は思う。

小白（シャオパイ）は命からがら家族のもとから逃亡した果てに、飢えにやられて動けず、最悪なことに豪雨にまで見舞われていたとき、一鈴（イーリン）が目の前を通りかかったのだ。

最初は小白（シャオパイ）を、泥に塗れた石かなにかだと思っていたのだろう。実際飢えにやられていた小白（シャオパイ）は、呼吸もやっとで、毛並みも泥で固まり、とても生き物の様相ではなかった。

一鈴は小白を見て、一度は通り過ぎた。しかし、また戻ってきて、今度は近づいて観察してきたのだ。生き物だと気付くと、泣きそうな顔になっていた。

哀れに思っているのか、悲しんでいるのか。見当をつけたが、どうも違う。自分の急所をえぐられたような顔をしたかと思えば、呻いていた。当時の主人は何かを思い出し苦しんでいて、死を待つさなか、自分よりも死にそうになっている人間を前に、自分は妙に冷静になっていたと、小白は思う。

「あ〜……うちに、くるか」

たしか、初めて投げかけられた言葉は、それだ。絶対に「あ〜……」とか、そういう言葉にならない声が最初に出ていた。

「怪我の、手当てするから……でも仕事が、あって、待ってて」

小白は兄弟たちと暮らしながらも、共に狩りは行っていた。そのため、子供はもう少し流れるように、むしろ早口くらいな印象で喋るものと思っていたのに、あのときの一鈴の話し方は、たどたどしかった。まるで言葉を覚えて間もないような、獣として育てられたような話し方だった。

怪我なんてしてない。飢えています。

そう伝えられたら良かったが、残念なことに一鈴は、「お腹が痛い？」と、全く通じなかった。

通じなかったし、仕事があると言っていたけど、一鈴は助けてくれた。

怪我はまったくしてない小白を、せっせと手当てした。

飢えて苦しむ小白に、身体の内側が怪我してるかもしれない……と、僅かな重湯を、少しずつ、少しずつ、生殺しにする如く飲ませてくれた。

ああもう無理だ、もう死ぬ――と思ったが、一鈴（イーリン）が「仕事しなきゃだから、ごめんな。ごめんな」と何度も謝った果てに連れて行かれた仕事――殺しの仕事の場で、奇跡がおきたのだ。

一鈴（イーリン）はそこで、宴会中だった数多の大男たちを前に、大立ち回りをした。その際、小白（シャオパイ）はどさくさに紛れて宴会の食事をつまみ食いし、復活を果たした。あれほど身の危険を感じた瞬間は、一度だって無い。

その後小白（シャオパイ）は、人殺しをし山小屋暮らしをする一鈴（イーリン）のもとに、自然な形で身を寄せた。兄弟が自分を追ってきていないか不安だったこと、行き場もなかったため親切に甘えようと思った。糖獣（とうじゅう）は害獣とされているが、どうやら一鈴（イーリン）はそのことを知らないらしく、端的に言えば、降ってわいた上げ膳据え膳に与（あずか）ろうという利己的な考えだった。

恩返しも考えたが、相手は人の子。糖獣（とうじゅう）に出来ることもない。

何より、話が通じない。

与えられるものなどなにもないと、思っていた。

でも、

「なんで私、生きてるんだろう」

月夜の晩、一鈴（イーリン）が住処にしているらしい小屋で、寂しそうな声が響いたのだ。

「いや、殺して回ったからだ……」

自問自答するように、山小屋の套廊（縁側）に座っていた一鈴（イーリン）が言う。

「お前には言ってなかったけど、私は屍の山の上に、いつも立っているんだ」

もし、自分が主人と言葉が通じないことで、得られる恩恵が存在するのなら。

一鈴（イーリン）の心の内をそのまま聞くことが出来る、ということなのかもしれない。そう感じた小白（シャオパイ）はその夜を思い出すたび、呪われた恩恵に、苦悩する。

一鈴（イーリン）から語られた彼女の罪と罰。

その贖罪のためでしか生きていけないこと。

螺淵（らえん）をよい国にするために生きていること。

迷い、どうしようもなくなったときに、思い出す唯一の存在があること。

一鈴（イーリン）は包み隠さず、小白（シャオパイ）に語った。

助けてほしかったのだろうと、小白（シャオパイ）は思う。

自分は言葉が通じないばかりに、助けられない。しかし、言葉が通じないからこそ、自発的に主人は己の苦しみをつまびらかにした。

助けてやりたい。

助けてやれないが、思った。

助けたいと思うことくらい自由にさせてくれよとも。

だから今も、小白（シャオパイ）は一鈴（イーリン）と共にある。

一鈴（イーリン）を助けてくれる誰かを、一緒に待っている。その間、主人が一人にならないように。

「小白（シャオパイ）、おまえ、さっき食べたばかりでまたお腹すいたのか？」

じーっと一鈴（イーリン）を見つめていると、呆れられた。お腹は空いている。しかし、食べ物のことばかり考えているわけではないのだ。なのに一鈴（イーリン）は仕方ないなぁと氷砂糖を取り出そうとして、ありがたい半面、悔しさも覚えた。

「しょぅ」

「何だよ。もっとか？」

違う。幸せになる呪いをかけている。

言っても通じないので、鳴かない。かわりに周囲の匂いを嗅ぐ。一鈴（イーリン）は耳もよく気配を察することに長けているが、小白（シャオパイ）だって負けていない。特に嗅覚は、一鈴（イーリン）の危機察知能力に勝る。あの辺りに、人がいるだろう。最近一鈴（イーリン）のもとへ押しかける眼鏡の妃が。

一鈴（イーリン）に突撃させて、ひと悶着起こしてしまえば良い。晴龍帝（せいりゅうてい）暗殺は、遅れれば遅れるほど良いのだから。いっそ皇貴妃ではなく皇后になってしまえとも思う。

だってそのほうがずっといい。

主人が人里から離れ、安楽を遠ざけた生活をして、なんだかとても偉そうな、いけ好かない「领导（頭領）」なる者から仕事を貰い、人を殺して帰ってきて、息を潜めるように暮らすより、今の生活のほうがよほど生きていることだから。

それに、残酷で凍王（ドンワン）と呼ばれている廉龍（リーロン）は、少なくとも話が通じそうな雰囲気があった。だって、本当に凍王（ドンワン）なら、なんだか主人に懐く小憎たらしい虎が、「お前はそんなやつじゃないだろ」なんて、廉龍（リーロン）を怒ることもないだろうから。

小白（シャオパイ）は、一鈴（イーリン）と話が通じない。でも、似たような獣同士なら、ぼんやりと考えていることが分かる。天天（テンテン）とかいう、他人の主人に媚を売り、猫のように鳴くあの無作法者は、自分の主人に怒りを示していた。それも、親が子を叱るような、そんな怒りを。

同じような悩みを抱えているらしい。そうは思えど、あまり好きではないし、関わろうとも思わない。

「何だお前、舌が肥えちゃったのか？　木の実のほうが、栄養があるって聞いたぞ」

こんなにも想っているのに、一鈴（イーリン）は自分を意地汚い御調子者だと思っている。

自分の主人のことで、手一杯なのに。

小白（シャオパイ）はすねてしまいたくなるが、主人が自死などと変な気を起こさないように見張って、人里に慣れるのを見守り、幸せになるのを見届けなければいけないのだ。

「しぅ」

どうか幸せになれ。

すこし憎らしく感じながらも、また鳴いた。

【参考図書・サイト】

『随園食単』(袁枚/岩波書店)
『大奥と後宮愛と憎悪の世界』(石井美樹子/実業之日本社)
『宦官側近政治の構造』(三田村泰助/中央公論新社)
『皇帝と皇后から見る中国の歴史　中国時代劇がさらに楽しくなる!』(菊池昌彦/辰巳出版)
『史上最強図解仏教入門』(保坂俊司/ナツメ社)
『中華生活文化誌』(中国モダニズム研究会/関西学院大学出版会)
『中華料理の文化史』(張競/筑摩書房)
『中国絵画入門』(宇佐美文理/岩波書店)
『集英社版学習漫画　中国の歴史1中国文明のあけぼの』(春日井明・岩井渓/集英社)
『集英社版学習漫画　中国の歴史2秦の始皇帝と漢の武帝』(春日井明・岩井渓/集英社)
『集英社版学習漫画　中国の歴史3三国志と群雄の興亡』(春日井明・岩井渓/集英社)
『集英社版学習漫画　中国の歴史4隋・唐帝国と長安の繁栄』(春日井明・群山誉世夫/集英社)
『集英社版学習漫画　中国の歴史5宋王朝と北方民族の興隆』(春日井明・阿部高明/集英社)
『集英社版学習漫画　中国の歴史7明帝国と東アジア』(川勝守・井上大助/集英社)
『集英社版学習漫画　中国の歴史8清帝国とアヘン戦争』(川勝守・井上大助/集英社)
『中国料理の世界史　美食のナショナリズムをこえて』(岩間一弘/慶應義塾大学出版会)
『化粧の日本史　美意識の移りかわり』(山村博美/吉川弘文館)
『古代人の化粧と装身具』(原田淑人/刀水書房)
『古代中国の24時間－秦漢時代の衣食住から性愛まで』(柿沼陽平/中央公論新社)
『古代中国の日常生活　24の仕事と生活でたどる1日』(荘奕傑/原書房)
『伝統×現代　深化する中国料理』(國安英二・古谷哲也・荻野亮平/旭屋出版)
『新しい中国点心　生地からわかる基本とバリエーション』(吉岡勝美/柴田書店)
『地球の歩き方　世界の中華料理図鑑』(地球の歩き方編集室/学研プラス)
『中国茶&台湾茶　遥かなる銘茶の旅』(今野純子/秀明大学出版会)
CHINA HIGHLIGHTS
https://www.arachina.com/culture/crafts/gendiao.htm
昆虫エクスプローラ
https://www.insects.jp/index.htm
NHK 読む子ども科学電話相談質問まとめ NHK　らじる★らじる
https://www.nhk.or.jp/radio/kodomoqmagazine/detail/20180823_03.html
日本緑茶センター
https://www.jp-greentea.co.jp/
NGK サイエンスサイト　日本ガイシ株式会社
https://site.ngk.co.jp/lab/no28/

＊作中には、一部安全性の保証できない薬品の使用方法が含まれます。実際には真似しないようお願いいたします。

あとがき

はじめまして、稲井田そうです。

第一巻、いかがでしたか?

本作は人殺しと人殺しによる後宮を舞台とした愛憎劇となっております。刺客、いわゆる暗殺者として悪人を殺している一鈴（イーリン）と、皇帝として権力ありきで人を殺している廉龍（リーロン）、しがらみと因縁の蜘蛛の糸に絡め取られた二人が、螺淵（らえん）という地で一生懸命に生きていくさまを見守っていただければ幸いです。TOブックスさんから出している攻略対象異常という物語があるのですが、それがお好きな方は、だいたい7割くらい、この話に耐性があることと存じます。

なのでおそらく大丈夫だとは思うのですが、きつくなったら適宜休んでいただければ幸いです。

螺淵（らえん）という舞台についてですが、概ね文化ベースは中華だとお考えいただいて問題ないです。

(レースやココナッツプリン等、物の名前でカタカナを入れると没入感が削がれてしまう気がして、中国語をそのまま使用している部分もあります)ただ、主に時代と文化および、そこで生きる生命については、かなり大規模にアレンジを加えております。その最もたるが糖獣（とうじゅう）と呼ばれる小白（シャオバイ）だったり、地形等になります。色々な国や世界の繋がりを感じていただければ幸いです。

(ヒントとして、螺淵（らえん）は秋に比重を置いた場所です)

人物に関しては、基本的に本心を隠したり、隠すことが目的達成の必須タスクとなっている人物が多いです。一鈴（イーリン）は自分が隠し事が得意で顔に出ない、なおかつ自分は心がないと思い込んでいるタイプであり、雨涵（ユーハン）は隠し事が出来ず、嘘をつこうとすればお腹が痛くなるような人間なのですが、他の人物たちは基本的に真実を言わない、言えない、言う必要がないの三種類です。かなりのびのび生きている圧力従僕雲嵐（ウンラン）ですが、本心が言えてない相手が二人いるので、今後楽しみにしていただければ……。

さて、お礼のお時間を。

この度、イラストを担当してくださった藤実なんな先生、お忙しいところ素晴らしいイラストを描写くださり、誠にありがとうございます。二巻でも藤実なんな先生による魅力的な描写により螺淵（らえん）の人間たちが登場しますので、読者の皆様、是非よろしくお願い申し上げます。

攻略対象異常三巻から担当いただいております、編集の扶川愛美様、太田菜月様、改稿の際細かなご相談にも快くご対応賜り、誠にありがとうございます。校正者様、中国語が時折飛び出してくる原稿にて、大変ご迷惑をおかけしてしまったことと存じます。申し訳ございません。そしてデザイナーの皆様、編集部の皆様、書店の皆様、そして本作を応援してくださっている読者の皆様に感謝申し上げます。

そして、稲井田そうの生命維持に関わる保護者会の皆様、ありがとうございます。

螺淵（らえん）をよろしくお願い申し上げます。

螺淵人物覚書
一鈴
イーリン
取得情報
年齢――――十八
好きなもの――動物
目標――残酷な皇帝を殺すこと
夢――螺淵を良くし
好きな食べ物―甘い粽子
ちまき

無敵の刺客、夜菊

螺淵を巡り数多の悪逆を打倒してきた一鈴にとって、どんな凄腕の刺客、剣豪、武人であろうと敵ではない。同業者も瞬殺してしまう。その瞳は冷酷で、残酷と恐れられる凍王に匹敵するもの。闇に潜み、粛々と敵を始末し紅の花を咲かせる夜菊としての一鈴は、螺淵の悪人から最も恐れられる存在だ。

最大の急所

しかしながら、一鈴にも急所がある。それは悪人ばかり相手にしてきたせいで、善人や弱き者に対して慣れていないことだ。悪人の命乞いには動じないが、自分と違う者――人を殺したことがない者が取り乱す様子は、一鈴の心の傷を刺激する。ゆえに雨涵に命を狙われていたにもかかわらず、その雨涵が泣き出してしまうと、刺されたほうがましだったと思うほど一鈴の心は痛んでしまう。

わたしの『神様』

一鈴は神を信じないが、心のなかにはいつも自分を助けてくれた少年の姿がある。その少年が住みやすい国になるよう、粛々と悪人を殺す一鈴であったが、後宮に入ったことで、任務との板挟みになりながらも人々に助けの手を伸ばしていく。ときには「少年だったらどうするか」を軸に考え行動する一鈴は、彼にもらったお守りを大切にしている。一方、緋天城にはある紛失物が存在し――

螺淵人物覚書

廉龍（リーロン）

取得情報

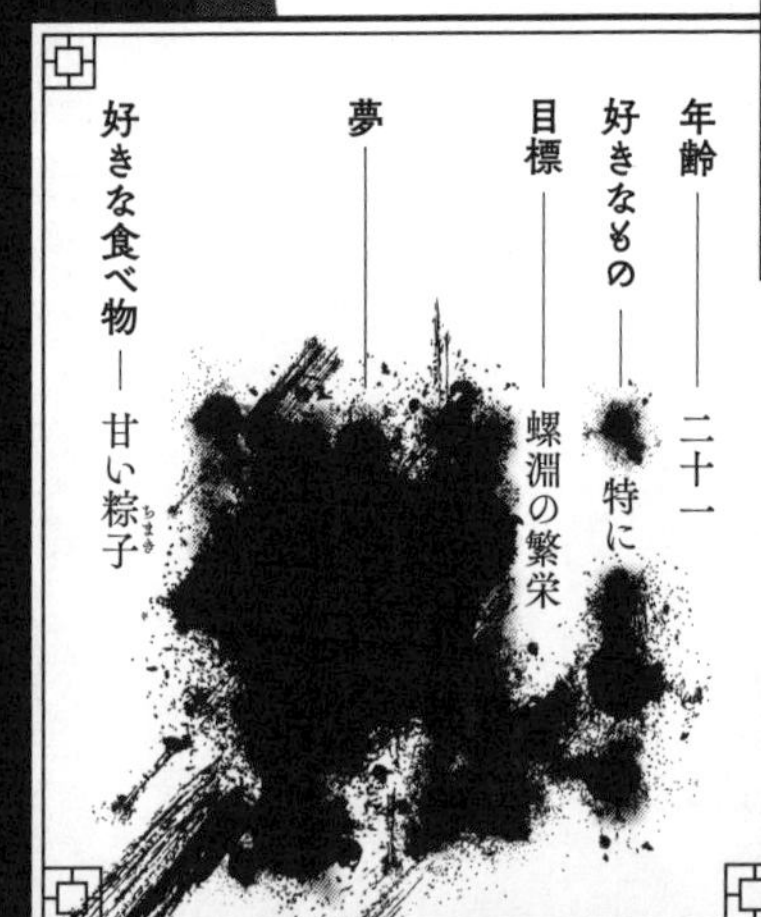

年齢――二十一
好きなもの――特に
目標――螺淵の繁栄
夢――
好きな食べ物―甘い粽子（ちまき）

残酷な皇帝

父王を殺し即位した廉龍だが、元々先帝には気に入られており、皇帝になることが決まっていたため、父を殺してまで強引に即位する必要はなかった。突然の蛮行は廉龍の秘書官、万宗すら把握できず、螺淵全土に混乱をもたらした。だが、圧政により、自らに歯向かう者を次々と粛清し、現皇帝として螺淵を統べる。天天を狙った刺客の首をすぐにはねてしまうなど、その残酷性は確かなもの。

消えない傷

心を凍りつかせた王――凍王と呼ばれる廉龍だが、一鈴の傷跡にすぐ気が付き、手当てを勧めた末に、すぐ皇貴妃の位を授けてしまう。衝動的ともとれる位の進呈に万宗は苦言を呈すが、それは廉龍が一鈴を刺客と疑っての罠だった。傷跡を指摘して触れたのも、罠か、それとも咄嗟のことなのか。

晴れぬ疑い

手練れの刺客らによる暗殺場面に遭遇すれば、巻き込まれることは必然。だが、それにもかかわらず、一鈴には傷ひとつなかった。刺客たちが虎ではなく人の手によって倒されていることを即座に見抜いた廉龍は、すぐに一鈴をただならぬ者――自分の命を狙う刺客だと疑う。さらに、自らの母でもある香栄が一鈴を気に入っている様子を見て、その疑いは深まる。しかし廉龍は一鈴を殺すことをしない。その理由は――

隠密必須の一鈴(イーリン)に
次々降りかかる
後宮の謎とは……？
淑姫・明明(ミンミン)の
身請け騒動
しう！
コミカライズも
企画進行中！
第2巻
2023年夏発売！
後宮花箋の
刺客妃
稲井田そう illust.藤実なんな
2

過去の
因縁
さらには
正体発覚の
危機!?

後宮花箋の刺客妃

2023年4月1日　第1刷発行

著　者　稲井田そう

発行者　本田武市

発行所　TOブックス
〒150-0002
東京都渋谷区渋谷三丁目1番1号　PMO渋谷Ⅱ　11階
TEL 0120-933-772（営業フリーダイヤル）
FAX 050-3156-0508

印刷・製本　中央精版印刷株式会社

ISBN978-4-86699-796-4